UNE SCEPTIQUE À SALEM :

UN ÉPISODE DE MEURTRE

(Un Roman Policier Ensorcelé – Livre Un)

FIONA GRACE

Fiona Grace

Fiona Grace est l'autrice de la série des romans policiers LACEY DOYLE, comprenant neuf tomes (à ce jour) ; ROMAN À SUSPENSE EN VIGNOBLE TOSCAN, comprenant trois tomes (à ce jour) ; ROMAN POLICIER ENSORCELÉ, comprenant trois tomes (à ce jour) ; et ROMAN POLICIER LA BOULANGERIE DE LA PLAGE, comprenant trois tomes (à ce jour).

Fiona serait ravie de vous lire, ainsi, visitez le site www.fionagraceauthor.com et recevez des livres numériques gratuits, soyez au courant des dernières nouvelles et restez en contact.

CHAPITRE UN

Mia Bold avait exactement trente-huit minutes pour enregistrer son podcast, promener son chien, prendre une douche, s'habiller et partir travailler. Serré, mais faisable.

Elle ajusta le bras de la perche et fit pivoter le micro statique vers sa bouche. Il y eut un léger grésillement lorsqu'elle ajusta l'amplificateur et le niveau sonore baissa dans son casque. L'application du prompteur jetait une légère lueur bleue sur son espace de travail bien ordonné.

Dehors, le soleil se levait tout juste sur Fishtown, une banlieue branchée de Philadelphie coincée dans la courbe du fleuve Delaware, au nord-est du centre-ville. Mia adorait l'ambiance créative du quartier avec ses peintures murales modernes et lumineuses qui décoraient les bâtiments industriels du début du siècle. Cette heure matinale était idéale pour enregistrer. Avant que les camions de livraison n'avancent lourdement dans la rue, que les cafés n'ouvrent et que la redoutée police des parkings ne commence à rôder. C'était l'heure magique où le monde se retrouvait enveloppé dans un cocon de tranquillité. Elle pouvait s'immerger et se concentrer sans aucune distraction. Mais ça ne durerait pas. Ça ne durait jamais. Elle prit une profonde inspiration et appuya sur le bouton enregistrer.

« Bienvenue sur *Vortex*, où l'on explore les peurs les plus sombres de l'humanité, les lieux hantés et les phénomènes mystérieux. Les expériences paranormales sont-elles réelles ou peuvent-elles être expliquées par la science ? Les fantômes sont-ils parmi nous ou sont-ils le fruit de notre imagination ? Je m'appelle Mia Bold, et ceci est l'épisode vingt-trois : l'étrange cas du château Warwick. »

Le ton de voix de Mia était chaleureux, confiant et teinté d'un humour ironique. Son ancien professeur de communication, Doc Lee, disait que sa voix avait tellement de miel qu'elle pourrait piéger des mouches. Cela restait le meilleur compliment qu'elle ait jamais reçu.

Elle parcourut le script qu'elle avait perfectionné toute la semaine puis jeta un œil à la citation encadrée de Steve Allen, légende de la radio et sceptique tout comme elle, affichée en grand sur son bureau.

La radio est le théâtre de l'intelligence. La télévision est le théâtre de l'idiotie. Cette opinion résumait parfaitement la philosophie de son

1

podcast. Attirer le public avec du drame, puis leur asséner les faits réels.

Elle but une gorgée d'eau et continua, « imaginez que vous soyez dans une fosse étroite, froide, humide et sans lumière. Vous pouvez à peine bouger. Au-dessus de vous, il y a une grille métallique. Une cage est suspendue au plafond, où des prisonniers sont torturés. Cet horrible endroit s'appelle l'Oubliette, la fosse la plus profonde de la prison, le donjon originel du château Warwick. Les âmes affamées et brisées qui sont mortes ici ont-elles imprimé leur essence sur le tissu de l'existence, comme le prétendent les superstitions ? Régulièrement, les visiteurs disent entendre des gémissements et avoir la sensation d'être agrippés alors qu'ils descendent les marches. Peu sont capables de contrôler leurs intestins. Un homme eut le courage d'enquêter sur ces signalements : Vic Tandy, le chasseur de fantômes notoire. Que trouva-t-il dans cet horrible endroit ? C'était... »

Au son de son homonyme, un chien bâtard d'origine douteuse fit son apparition. Tandy avait des oreilles pendantes, un pelage rebelle et des yeux marrons intelligents. Il pencha sa tête sur le côté et fixa Mia intensément. Comme elle essayait de l'ignorer, il tendit sa patte vers elle et la posa sur ses genoux. Il ne cédait pas. Elle appuya sur pause.

« Allez, Tandy. Laisse-moi tranquille. J'arrivais tout juste à la meilleure partie. » Elle lui ébouriffa les poils de la tête. « Encore quelques minutes et on sort. » Tandy comprit le message et se dirigea vers son bol d'eau, ses griffes retentissant contre le plancher en bois à mesure qu'il avançait.

Mia respira profondément. C'était la partie importante. Elle voulait montrer aux gens que la science pouvait être utilisée pour tordre le cou à la plupart des absurdités sur le paranormal. Elle appuya sur le bouton enregistrer à nouveau.

« ...qu'avait découvert Vic Tandy ? Quelque chose de mesurable : des niveaux élevés d'infrasons. Les baleines et les éléphants utilisent ce type d'onde acoustique pour communiquer à distance. Un infrason de dix-neuf hertz ou moins, la limite perceptible par l'oreille humaine, crée des distorsions visuelles, des bruits de souffle, des sentiments d'effroi, de malaise, de répulsion et des frissons. Alors, le château de Warwick est-il hanté ? Ou la combinaison des infrasons et de l'imagination a-t-elle fait apparaître les fantômes du château ? »

Mia sourit intérieurement en terminant la section. Si les infrasons créaient un sentiment d'effroi, sa voix devait créer un sentiment de confiance. Elle voulait aider les gens à faire usage de leur raison sur ces questions.

Un coup de vent balaya la pièce, froissant les papiers du tableau d'affichage au-dessus de son bureau. Y étaient épinglés des articles envoyés par des auditeurs du monde entier qui lui demandaient d'enquêter sur des cas de possession, d'apparition et d'activité paranormale, en espérant qu'elle pourrait terrasser leurs peurs comme elle le faisait toujours. Mia cherchait désespérément à enquêter sur de nouveaux cas, et non se contenter de parler d'anciennes affaires. Ces personnes souffraient, elles avaient besoin de réponses et ça la peinait de n'avoir le temps ni les ressources nécessaires pour lancer ne serait-ce qu'une seule enquête. De nombreux titres faisaient froid dans le dos et toutes les histoires méritaient d'être examinées de plus près. Elle savait qu'à chaque fois, sans faute, elle pouvait trouver un moyen de leur prouver qu'ils avaient tort.

Soudain, son téléphone vibra et un texto apparut. C'était Angie, de l'application de rencontres « occultes » Rdv-O. *Méga promo la semaine prochaine ! Ostara, la déesse de la fertilité ! J'ai besoin d'une pub, vite !*

Mince, pensa Mia. Rdv-O était le premier sponsor de son émission et sa seule source de revenus. Leur responsable marketing, Angie, lui avait bien fait comprendre qu'ils lui donnaient une chance. Il ne lui restait plus que vingt minutes pour enregistrer la publicité, sans quoi, elle risquait de ne pas respecter le délai fixé. Rdv-O voulait qu'elle décrive de sa voix fiable la façon avec laquelle les vampires et les sorcières autoproclamés pouvaient se rencontrer sur l'appli. Un vrai défi. Mais la pub ne devait durer que trente secondes. Ça ne lui prendrait pas trop de temps.

Elle commença à taper une réponse, mais Tandy avait d'autres plans. Il revint dans la pièce en trottant et se mit à geindre.

« Attends une seconde », dit Mia. Puis Tandy entreprit de faire quelque chose qu'elle ne pouvait ignorer. Il aboya. Fort. Le niveau sonore atteint un sommet.

« Zut ! » Mia retira son casque. « D'accord, d'accord, on y va. » Elle enfila un sweat à capuche et attacha la laisse au collier de Tandy. Puis elle attrapa son téléphone pour garder un œil sur l'heure. Ils se dépêchèrent de descendre les marches en ciment et coururent vers le jardin clos. Mia ouvrit le portail et lâcha Tandy. Il bondit immédiatement dans l'herbe.

« Tu as exactement trois minutes », dit-elle en s'adossant au grillage. L'immeuble dans lequel elle vivait appartenait en fait à son beau-frère, Jeffrey Milton Eubanks III. Il transformait peu à peu l'ancienne fabrique de bonbons en une vitrine urbaine. Les appartements de luxe entièrement meublés étaient bien au-dessus des moyens de Mia et de son salaire de laborantine. Mais grâce à sa sœur, Jeff l'avait laissée séjourner gratuitement dans le loft depuis l'année dernière, afin qu'elle puisse économiser de l'argent pour financer ce qu'elle et son fiancé, Mark, appelaient « la prochaine étape ». Il y eut un compromis, bien sûr. Mia dut laisser des gens visiter la propriété le soir, ce qui mit un sérieux frein à sa vie sociale. Mais ce soir, c'était différent. Mark allait quitter le bureau plus tôt. Ils avaient un grand rendez-vous de prévu. Mia sourit. L'idée de passer la soirée avec Mark lui donnait encore des papillons dans le ventre, même après tout ce temps.

Tandy se mit à donner des coups de pattes dans l'herbe, ce qui signifiait une chose : il avait fini sa petite affaire. Il avait toujours le chic pour la ramener sur terre. Elle se dépêcha de nettoyer après lui et jeta le sac dans la poubelle.

« Allez, on y va », dit-elle en courant vers la cage d'escalier. Son téléphone affichait 7 h 15 du matin. Ça commençait à être chaud. Elle devait encore enregistrer et envoyer la pub Rdv-O, se doucher, s'habiller et prendre le train pour se rendre au travail à Trenton, dans le New Jersey. La panique commençait à s'installer. Elle ne voulait pas risquer de perdre le seul sponsor de son émission, mais si elle arrivait encore en retard au travail, ça pourrait mal tourner.

Alors qu'elle s'apprêtait à remonter, une Tesla blanche familière s'arrêta dans le parking. Sur la plaque d'immatriculation on pouvait lire : JEMLALO1.

Maintenant ? C'est une blague ? se dit-elle.

La voiture s'arrêta à sa hauteur.

— Brynn ? dit-elle, surprise.

Sans un bruit, la fenêtre du côté conducteur se baissa pour révéler la demi-sœur de Mia.

— Oui, d'accord. Je t'appelle plus tard, chéri.

Brynn arracha l'oreillette Bluetooth et la fit tomber dans le porte-gobelet. Elle glissa ensuite une mèche de cheveux parfaitement coiffés derrière une oreille, ornée d'une magnifique boucle en diamant.

Mia n'avait que dix ans quand son père biologique avait quitté la ville. Peu après, sa mère se remaria avec Daniel Middleton, le père de

Brynn. Heureusement pour Mia, sa nouvelle sœur fut enchantée d'avoir l'occasion de jouer à la grande sœur. À la loterie des demi-sœurs, elle aurait pu tirer un bien plus mauvais numéro que Brynn.

— Que fais-tu là ? Je pensais que tu venais chercher Tandy cet après-midi.

— Changement de programme. Le paysagiste vient ce matin.

Brynn se gara et se glissa hors de la Tesla. Elle portait une paire de jeans grunge, un t-shirt blanc et une veste Chanel hors de prix. Ses tennis Gucci étaient maculés de boue. Une paire d'escarpins se trouvait sur le siège passager, au cas où. La tenue était un peu une métaphore, de la haute couture mélangée à des vêtements de travail. Quand elles étaient enfants, Brynn était un garçon manqué. Toutefois, après l'université, elle avait épousé un avocat extrêmement ambitieux. Elle s'habillait pour le statut, mais ses pièces couture étaient toujours jetées sur sa silhouette menue comme si elle y avait pensé après coup.

— On peut en parler plus tard ? J'ai un délai à tenir, répondit Mia, en essayant de ne pas paniquer.

Seconde après seconde, sa fenêtre de temps pour enregistrer se dissolvait. Sa sœur, en revanche, avait tendance à fonctionner à l'heure du spa, quelque part entre le lendemain et jamais.

— Alors, vous allez où ce soir ? Brynn se pencha en avant et tordit gentiment l'une des oreilles pendantes de Tandy.

Une pierre ostentatoire en forme de poire pesait sur son annulaire. Mia trouvait que les alliances étaient une tradition étrange et fastidieuse. Elle était surprise que Brynn puisse même lever son doigt. Le diamant devait valoir dans les soixante mille.

— Mark a pris des tickets pour un spectacle, répondit Mia.

Rien qu'en pensant à son fiancé, elle ressentit un nœud à l'estomac. Pourquoi donc ? Elle se réjouissait de le voir, bien entendu. Mais depuis qu'il avait décroché un nouveau job et déménagé à New York, les choses avaient changé. Trouver du temps pour des moments à deux devenait de plus en plus difficile. Il ne parlait presque jamais d'avenir et encore moins de « la prochaine étape ».

Mince alors ! Elle ne pouvait pas se laisser distraire par ce genre de pensées maintenant. Elle devait terminer son podcast.

— À quelle heure tu penses rentrer, Mimi ?

— Je passerai peut-être la nuit là-bas. Je peux t'envoyer un texto ? demanda Mia, en se dirigeant vers les escaliers.

— Pas de souci, tout ira bien. J'irai le promener plus tard, dit Brynn avec douceur. Elle ébouriffa la tête de Tandy.

— Tu es avec moi aujourd'hui, mon cœur.

— Brynn, on peut parler plus tard ?

— Je peux peut-être te conduire au train ? Brynn prit appui sur l'autre jambe et se mordit la lèvre.

Mia reconnut le tic. Elle était nerveuse.

— Tout va bien ? demanda Mia, soudainement inquiète.

— Eh bien, quelque chose est arrivé. C'est assez important.

Il y avait clairement un problème. Même si Brynn était sa demi-sœur, Mia ne l'avait jamais considérée avec autant de distance. Elle avait bon cœur et les pieds sur terre, elle ne se plaignait jamais de garder le chien ou de voir Tandy baver sur ses sièges en cuir. Mia jeta un œil à son téléphone. Les secondes passaient et avec elles, sa chance de respecter le délai fixé par Rdv-O. Elle devait vite grimper les marches et enregistrer la pub. Mais Brynn était sa sœur et Mia voyait bien que ça n'allait pas. Rdv-O devrait attendre. La famille était plus importante.

— D'accord, Brynn. Et si tu me racontais ce qui se passe pendant que je me prépare ?

Brynn soupira, clairement soulagée, et suivit Mia en haut des escaliers puis dans le loft. Elle se dirigea ensuite directement vers la machine Nespresso et se prépara un café.

Mia déposa le sac qu'elle avait préparé avec des vêtements de rechange près de la porte. La nuit précédente, elle avait passé trente minutes à essayer différentes tenues et s'était finalement décidée pour une petite robe noire moulante et la paire de talons les plus hauts qu'elle pouvait porter. Elle espérait que son look aurait l'air sexy et confiant, plutôt que confus et peu assuré.

— Tu ne fais plus ce…truc, j'espère? dit Brynn, en pointant du doigt l'installation du podcast.

— Truc ? Dis-le, Brynn, dit Mia, taquine, en fermant son sac.

— Plod-cast ?

— Podcast, corrigea Mia. Bien sûr que je continue mon podcast.

— Tu veux dire aider les gens et démasquer les supercheries ? J'y crois pas à ces choses-là, moi. Je suis contente que tu aies trouvé un moyen de t'exprimer, mais…

— Mais quoi ? Mia fouilla dans ses tiroirs et jeta une tenue de travail sur le lit.

— Eh bien, Jeffy aussi pense que c'est bizarre. Il appelle ça ton « passe-temps étrange ».

De toutes les opinions au monde, celle dont Mia se souciait le moins était celle de Jeffrey. Elle n'aurait pas su expliquer pourquoi. Ce n'était rien de précis. Il y avait juste quelque chose chez lui qui lui semblait anormal. Brynn décrivait son mari comme quelqu'un de sûr de lui, de plein d'énergie et d'ambitieux. Pour Mia, ces mêmes traits étaient de l'arrogance, de la surexcitation et de la cruauté. Elle se glissa dans la salle de bain, ouvrit l'eau et retira son sweat, en laissant la porte à moitié ouverte pendant qu'elle prenait sa douche, pour qu'elles puissent parler. C'était le moment idéal pour annoncer à sa sœur que le public de son podcast ne cessait d'augmenter.

— Ce n'est pas qu'un hobby, Brynn. J'ai plus de soixante-dix mille auditeurs.

Elle ne put s'empêcher de se sentir un peu fière.

— C'est bien. C'est beaucoup ?

— Pour une indé ? Plutôt oui ! J'ai même des sponsors.

— Mmh mmh.

Elle savait que Brynn ne voulait pas être mauvaise. Mais elle était quand même un peu blessée. Le podcast avait toujours posé problème à sa famille. Ces gens-là envoyaient encore des notes sur papier dans des enveloppes portant les armoiries Middleton, qui ressemblaient à une bête ailée tenant un bouclier avec une licorne. Chaque année, à Noël, elle recevait une pile de papeterie en lin couleur crème portant l'emblème. Sur l'étagère supérieure de son armoire, une boîte était remplie de ces articles. Mia se rinça et s'enveloppa dans une serviette. Il valait mieux changer de sujet avant que les choses ne dégénèrent.

— Tu as l'air un peu stressée. Tout va bien avec Jeff ?

Mia ne s'intéressait pas à son beau-frère, mais elle se souciait de Brynn et de son bonheur.

— Oh, il va bien. C'est de ça qu'il faut que je te parle, en fait.

— Quoi ?

Mia essuya la vapeur du miroir et passa un peigne à dents larges dans ses boucles sombres et emmêlées. Un souvenir de son père biologique lui revint à l'esprit. Ils se trouvaient sur la promenade à Ocean City, par une belle journée d'été. Frank Bold venait de lui acheter un cornet de glace à l'italienne saveur fraise-chocolat.

Son père écarta une mèche de cheveux de sa joue. « Tu es déjà allée sur la grande roue, ma chérie ? On peut voir le monde entier de là-haut. »

Mia ferma les yeux en serrant fort les paupières et s'agrippa au lavabo jusqu'à ce que le souvenir s'évapore. Penser à son vrai père était

7

toujours doux-amer. Incroyable à quel point le passé pouvait rester aussi vivace. Elle pouvait presque sentir la lumière du soleil et le goût de l'air salin. Soudain, elle revint à l'instant présent et son père n'était plus qu'un souvenir.

— Mimi ? Tu m'as entendue ?

— Désolée, tu peux répéter ?

— Quelque chose est arrivé. Un changement inattendu.

— Quel genre de changement ?

— Un changement du genre inattendu.

Mia se sécha et s'habilla de manière simple avec un jean propre et un chemisier blanc impeccable.

— On mange ensemble demain soir et tu me racontes tout ça, qu'en dis-tu ? suggéra Mia, en rentrant un bout de son chemisier.

— Je pense vraiment que je devrais te le dire maintenant, dit Brynn, en faisant tourner nerveusement son alliance.

— Très bien, Brynn, tu as gagné. Crache le morceau.

— Jeffy a vendu l'immeuble. Tu dois déménager.

Les mots eurent l'effet d'une bombe. Mia cessa de s'habiller et fixa Brynn. Elle ne pouvait pas croire ce qu'elle était en train d'entendre.

— Mais tu avais dit que je pouvais rester jusqu'à la fin de l'année.

Brynn regardait le sol. Elle était blême. Malgré le botox, un petit pli apparut sur son front au moment où elle fronça les sourcils.

— Depuis quand es-tu au courant ? demanda Mia, en essayant de rester calme.

Elle était atterrée par cette nouvelle.

— Jeffrey a dû planifier cela depuis un moment, ajouta-t-elle.

— Je pensais que c'était juste une idée en l'air. J'aurais dû te prévenir que ça pouvait arriver. Je suis désolée, Mimi.

Mia soupira profondément. L'horloge numérique de son ordinateur indiquait 7 h 45. Ça y est. C'était fichu. Elle n'avait officiellement plus le temps d'effectuer son enregistrement. Elle ne savait pas ce qui était le pire. Ne pas avoir respecté le délai limite ou être mise à la porte de son logement. Au point où elle en était, elle pourrait s'estimer chanceuse si elle arrivait à prendre son train pour arriver à l'heure au travail.

Elle envoya un sms à Angie, de Rdv-O : *Problème technique. Le fichier sera prêt demain.*

Elle savait qu'il y avait peu de chance que son excuse bidon fonctionne. Elle se résigna à l'idée d'avoir probablement perdu son seul sponsor. Puis elle se tourna vers sa sœur.

— Et son idée de louer les apparts pour créer un flux de revenus, ça devient quoi ? demanda Mia doucement.

— C'est un accord de plusieurs millions de dollars avec un client à l'étranger. Une partie de la transaction est en liquide, Mia. En liquide.

— Ça s'est passé quand ?

— Je l'ai seulement appris hier soir. Tu sais comme Jeffrey aime garder des secrets.

C'était sûrement vrai, pensa Mia. Jeffrey avait tendance à cacher des choses et Mia faisait preuve d'une curiosité insatiable… Ça ne pouvait définitivement pas marcher entre eux. Chaque fois qu'elle était près de son beau-frère, elle ressentait l'envie irrésistible de fouiller son téléphone et son ordinateur. Elle se demandait sur qui il avait bien pu tomber pour obtenir tout ce cash. Elle se faisait parfois du souci pour Brynn.

— Je me sens mal, dit Brynn en se mordant à nouveau la lèvre, je sais que j'avais dit que tu pouvais rester ici…

Mia regarda sa sœur. Elle essayait de rester courageuse mais elle était visiblement gênée par la situation.

— J'ai combien de temps ?

— Jeffy a dit deux semaines, j'ai essayé de t'obtenir plus de temps.

— T'inquiète. Ce n'est pas de ta faute. Tu as été vraiment bonne avec moi, Brynn. J'apprécie beaucoup, dit Mia, avec sincérité.

Après tout, elle avait vécu sans payer de loyer depuis un an. Elle était chanceuse et reconnaissante, et elle ne voulait pas que Brynn culpabilise davantage. Mais elle sentit son cœur se serrer. Visiblement, c'en était fini de vivre au jour le jour. Le moment était venu de parler d'avenir avec son fiancé.

CHAPITRE DEUX

Malgré tous ses efforts, Mia avait raté son train habituel. Lorsqu'elle franchit les portes vitrées de Center Pharmaceuticals, elle avait dix minutes de retard. Elle fonça vers le contrôle de sécurité, glissa son badge et courut vers les vestiaires mixtes. La plupart des membres de l'équipe de projet étaient déjà arrivés et avaient récupéré leur mission, à l'exception de Nigel Ruiz, du service de toxicologie.

— Salut, Nigel, dit Mia, en fourrant son sac à dos dans un casier.

Elle suspendit délicatement sa petite robe noire à un cintre et enfila une blouse de laboratoire.

— Salut, tu es au courant ? dit Nigel, en attachant ses cheveux teints en rouge pétant avec un élastique. Il y a une réunion à dix heures au sujet de Phoxy.

— Aujourd'hui ? répondit Mia, surprise. Pourquoi ? Je pensais que la première phase de l'essai s'était bien passée.

Phoxy était le surnom d'un composé synthétisé appelé NJ-101, 422, qui bloquait une enzyme phosphatase spécifique, éliminant pratiquement le sucre du corps. Le service de Mia avait fait la plupart du travail préclinique. La pilule orale avait la capacité de supprimer le diabète.

— Je ne sais pas quoi te dire, dit Nigel, depuis que ce type a racheté la société, les choses sont devenues bizarres.

Nigel faisait référence au nouveau PDG de Center Pharmaceuticals, Miles Cameron, un ancien gestionnaire de fonds spéculatifs très connu des tabloïds.

— J'ai un mauvais pressentiment, marmonna Nigel et il disparut dans le couloir.

Mia lui emboîta le pas, les pensées défilaient dans sa tête. Peut-être que la réunion était une bonne nouvelle ? Elle considérait souvent Phoxy comme *son* composé à elle. Après tout, elle avait aidé à concevoir la petite molécule inhibitrice.

Mia s'arrêta devant une porte flanquée d'une pancarte sur laquelle on pouvait lire : *Technologies de protéines : Dr. Timothy Bagley*. Elle frappa à la porte.

— Entrez ! aboya Bagley de sa voix retentissante. L'homme n'avait aucun savoir-vivre et il adorait jouer au patron.

Mia entrouvrit la porte.

— Hé, Tim, je passe juste récupérer ma mission, dit-elle gaiement.

— Enfin ! Où étais-tu passée ? dit Bagley en caressant d'une main son crâne dégarni. Derrière son bureau se trouvait une étagère de présentation remplie de sa précieuse collection de figurines d'animation japonaise. Au-dessus de son ordinateur trônait une photo de Wonder Woman signée par Gal Gadot. Il avait fait la queue pendant six heures au Comic Con de San Diego pour obtenir cette signature.

— Désolée. J'ai démarré tard et...

— Réunion obligatoire à dix heures, l'interrompit Bagley.

Il se leva et décrocha un bloc-notes du mur avec la mission de Mia, tout en tirant sur sa chemise pour dissimuler son ventre bedonnant.

— J'ai besoin que tu me fasses une revue de données sur Phoxy.

— Pas de problème.

Il y a longtemps de cela, il avait été technicien, mais d'après ce qu'elle avait entendu, il n'avait pas été très doué à ça. Elle se demanda s'il se rappelait même comment faire une revue de données.

— Eh bien, qu'est-ce que tu attends ? Tout de suite !

Dans le calme de son laboratoire, elle passa en revue la séquence des étapes qui avaient conduit à la création du composé NJ-101, 422, en prenant des notes concises.

Un bruit de bip interrompit son travail. C'était un texto de Mark.

Symbole d'un œil + Symbole de l'horloge.

Elle fixa les images en essayant d'en déchiffrer le sens.

Regarde ta montre ? Tu es en retard ? Oh ! À ce soir.

Elle fit défiler ses textos précédents. Visage qui fait un bisou. Pouces vers le haut. Œil. Cœur. Tête qui explose. Et son préféré, l'émoji du coureur pour dire « je suis à la bourre, trop occupé pour te parler ». Elle grimaça. Quand avait-t-elle reçu un texto écrit avec des vrais mots de la part de Mark pour la dernière fois ? Elle aurait dû se sentir flattée que son beau fiancé lui envoie un sms, mais au lieu de cela, elle se sentait légèrement contrariée. Elle n'avait pas besoin d'une prose à la Shakespeare, mais cette quantité d'émojis, ça devenait ridicule. Elle rangea son téléphone. Elle lui enverrait un texto après la réunion.

Exactement quarante minutes plus tard, avec ses notes bien en ordre, Mia attrapa son iPad et se dirigea vers la salle de conférence. Il y régnait une ambiance électrique. Un grand écran HD rutilait au centre de la salle.

Les réunions de statistiques étaient généralement un genre de « retour à la case départ ». Les défaillances importantes étaient débattues et des suggestions étaient faites sur la manière d'améliorer le composé. Mais le NJ-101, 422 avait réussi le premier essai haut la main. Et pourquoi l'écran vidéo avait-il été installé ?

Bagley était assis à côté du Dr. Anjou, le chef du laboratoire de toxicologie. Mia repéra une chaise libre à côté de Nigel, elle s'approcha et s'assit.

— Y a du nouveau ? murmura-t-elle.

— Nada, répondit Nigel. Tout le monde parle. Mais personne ne dit rien, ajouta-t-il d'un air conspirateur.

Soudain, le Dr. Pinchot, responsable de la production pour le site du New Jersey, se leva. Tout le monde se tut.

— Comme vous le savez tous, les statistiques de la première phase d'essai clinique du NJ-101, 422 ont été excellentes. Maintenant, j'ai une surprise. Veuillez accueillir le PDG de Center Pharmaceuticals, Miles Cameron.

L'atmosphère dans la pièce changea soudainement, comme un avion qui tombe du ciel. Tout le monde était sous le choc. La caméra au-dessus de l'écran géant ronronna et tourna, balayant la salle.

Puis l'écran s'alluma. Un homme au visage dur, aux cheveux en broussaille et au large sourire apparut. Vêtu d'une chemise hawaïenne, il était assis sur une véranda quelque part sous les tropiques. À sa droite, se trouvait un technicien avec un ordinateur portable. Derrière lui, une maison de luxe avec une piscine de la taille d'un lagon. Un groupe de belles femmes entraient et sortaient du champ de la caméra.

— Salut, les geeks, dit Cameron, penché en avant, un sourire aux lèvres. Alors, c'est l'équipe qui a réussi tout ça ?

Mia interrogea Nigel du regard, il haussa les épaules.

— J'ai bien peur que personne dans la salle n'ait encore été briefé, monsieur.

— Eh bien, briefons-les alors. Cameron rit.

— Concernant le NJ-101, 422… commença Pinchot.

— Vous voulez dire Phoxy ? dit Miles Cameron.

— Oui, bien sûr, Phoxy, dit Pinchot. Les participants à l'essai clinique ont ressenti un effet secondaire inattendu, mais bienvenu.

L'écran s'illumina avec des photos avant-après des volontaires de l'essai. Chaque homme et chaque femme avait perdu une quantité de poids importante.

Les scientifiques eurent le souffle coupé.

— En moyenne, chaque sujet a perdu quarante-cinq kilos en l'espace de six mois, poursuivit Pinchot. Aucun effet secondaire. Pas de défaillances. Pas de fringales.

Un murmure traversa la pièce.

— Nous sommes face à une mine d'or, dit Cameron. Au revoir, *Comme J'aime*. Sayonara, *Weight Watchers*. Phoxy va devenir la pilule minceur du siècle. Vous, les génies de la technologie, avez créé un bordel de médicament miracle. Qui a inventé ce truc ?

— Le Dr. Tim Bagley a dirigé l'équipe, répondit Pinchot.

— Eh bien, levez-vous et chapeau bas, Bagley, dit Miles Cameron.

Les scientifiques présents dans la salle commencèrent à applaudir mollement. Bagley eut du mal à s'extraire de son siège, en tirant sur sa chemise pour couvrir sa bedaine.

Mia ne pouvait pas en croire ses oreilles. Tim Bagley, l'homme qui s'orientait dans le labo tel un touriste, c'est lui qui obtenait tout le mérite ?

— Euh, merci, dit Bagley en regardant nerveusement autour de lui.

— Comment fonctionne Phoxy, exactement ? demanda Cameron.

— Eh bien, je, euh... C'est assez compliqué.

— Je ne suis pas devenu riche en étant stupide, Doc. Allez-y.

Bagley regarda Mia d'un air désespéré. Il était perdu.

— Eh bien, je, euh, Mlle Bold, pourriez-vous me passer ce rapport ?

Mia devait admettre qu'il y avait quelque chose de satisfaisant à regarder Bagley peiner de la sorte. La sueur ruisselait sur son front et ses lunettes glissaient sur l'arête de son nez. Elle lui tendit l'iPad. Mais il restait là à fixer ses notes comme un condamné.

— Alors ? demanda Cameron.

— Euh, euh, il semble que nous ayons conçu une petite molécule inhibitrice, expliqua Bagley, en s'étranglant presque.

— Oui ? Comment avons-nous fait ça ?

Mia avait hâte d'écouter la réponse de Bagley, car chaque fois qu'elle avait essayé d'expliquer les étapes du projet, il avait été trop occupé à jouer à Dragon Age ou à Minecraft sur son ordinateur pour se concentrer.

— Euh, eh bien, je dirais, nous avons échangé beaucoup d'idées…Il prit une profonde et bruyante inspiration. Puis nous avons, euh, pensé à réduire la régulation de l'insuline, et…

Mia connaissait ce ton. Bagley tâtonnait pour se sortir de la situation. Cameron hocha la tête comme si Bagley disait vraiment quelque chose. Les deux dernières années d'heures supplémentaires défilèrent devant ses yeux. Allait-il vraiment réussir à s'en tirer comme ça ? C'en était trop.

Sans réfléchir, elle se leva. Tout le monde se retourna pour la regarder. La pièce était si calme qu'on aurait pu entendre une mouche voler. Mia s'éclaircit la gorge pendant que Nigel s'enfonçait dans son siège, pressentant ce qui allait suivre.

— Phoxy cible la protéine tyrosine phosphatase PTP1B, plus précisément une enzyme, énonça Mia d'une voix claire.

La caméra pivota dans sa direction.

— Qui est-ce ?

— Mia Bold, monsieur. Je suis laborantine dans l'équipe du NJ-101, 422.

— C'est vous qui l'avez surnommé Phoxy ? demanda-t-il en souriant.

— C'est juste un surnom, un diminutif pour le type d'enzyme phosphatase que nous avons inhibé, dit Mia, soudain embarrassée.

Elle n'avait jamais imaginé que le surnom allait rester.

— Ah oui ? Eh bien, j'adore ce nom. Court, précis et facile à retenir. Vous êtes un génie du marketing. Cette substance prend des gens ordinaires et les transforme en bombes sexy. Vous avez vraiment fait bouger les choses pour l'entreprise.

Il fit signe au technicien informatique.

— Maintenant, retournez sur Bagley.

La caméra pivota vers Tim Bagley. Son visage était luisant. Il semblait sur le point de s'évanouir.

— Monsieur ? dit-il, en tirant sur sa chemise.

— Vous avez mené l'équipe, vous gagnez le prix ! Je vous fais venir à Hawaï, Doc ! annonça Cameron.

Il fit signe à l'une des filles de venir.

— Tu vois ce mec ? C'est le scientifique qui a créé Phoxy ! On va lui organiser une fête.

— Oooh, il est mignon, Cammy, roucoula-t-elle.

Elle se pencha vers la caméra, révélant un large décolleté.

— Il fait chaud ici, Doc, vous allez adorer.

Tim Bagley restait figé dans l'éclat lumineux de l'écran, comme une souris hypnotisée par un serpent.

— Excusez-moi, M. Cameron ? dit Mia. N'est-il pas un peu tôt pour faire la fête ? La deuxième phase de l'essai va prendre des années.

— Rappelez-moi votre nom ?

— Mia Bold.

— Vous pensez que j'ai fait un don à la campagne présidentielle pour ma santé ? L'agence nationale des produits alimentaires et médicamenteux a déjà enregistré Phoxy comme *pilule de régime*. On sera sur le marché dans cinq ans, maximum. Racontez-leur la meilleure partie, Pinchot.

M. Pinchot fit face au groupe de scientifiques.

— Nous suivons le modèle financier du Viagra pour Phoxy. Nous estimons que le marché supportera vingt dollars par comprimé, peut-être plus. Au vu des bénéfices estimés à long terme, M. Cameron a approuvé d'accorder une prime généreuse à tous les membres de l'équipe.

— Mais ce prix est ridicule. C'est injuste, déclara Mia. Sans essais cliniques adéquats, l'assurance ne couvrira pas ce coût pour les diabétiques. Les personnes qui pourraient être aidées par le médicament mais qui ne peuvent pas se le permettre vont mourir.

Miles Cameron regarda Mia dans les yeux, à deux doigts de perdre patience.

— On ne vous a jamais dit que vous étiez rabat-joie ? Center Pharmaceuticals va être numéro un. Plus de débat sur le diabète, compris ?

Mia sentit ses joues rougir tandis que Cameron sirotait son cocktail au champagne. La chose la plus sensée à faire était de s'asseoir, de récolter sa prime, d'avaler son sentiment d'injustice et de fermer les yeux. C'est ce que Mark aurait voulu qu'elle fasse. Mais une autre partie d'elle était absolument furieuse.

— ...Et je ne veux plus jamais entendre le mot qui commence par D.

Cameron leva son verre comme pour porter un toast, sourit d'un air satisfait et lui fit un clin d'œil.

C'en était trop. Elle perdit son sang-froid.

— Vraiment, Cammy ? C'est quoi le mot qui commence par D ?

— Tais-toi, Bold ! siffla Bagley.

— Je pense à quelques mots qui commencent par D pour vous décrire, M. Cameron, en commençant par débauché et en finissant tout simplement par débile !

— Je t'avais dit que j'avais un mauvais pressentiment, soupira Nigel et il enfouit son visage entre ses mains.

Le silence se fit dans la salle.

— Qu'est-ce que vous venez de me dire ? dit Miles Cameron, les joues en feu.

— J'ai dit que vous êtes débile, asséna Mia sans sourciller. Et par là, je veux dire lent d'esprit et incapable de comprendre une idée simple, comme la raison pour laquelle nous avons conçu ce médicament en premier lieu.

Nigel leva la tête de ses mains et regarda Mia avec respect, mais aussi avec terreur.

Sur l'écran, Miles Cameron fixait la caméra, furieux. Derrière lui, son entourage était figé. Visiblement, il fallait à tout prix éviter de contrarier « Cammy ». Le technicien informatique se ratatina derrière son ordinateur portable, comme si c'était un bouclier qui pouvait le protéger.

— Gigi, va voir où en est le déjeuner, ordonna Miles Cameron à la fille en bikini.

— Ça marche, Cammy…

— Comment avez-vous réussi à faire partie de mon équipe médicale ? Vous êtes bruyante, impolie et vous ne savez pas rester à votre place. Bagley ? Qu'est-ce qui vous a pris ?

Bagley se mit au garde-à-vous, s'éborgnant presque en essayant d'arranger ses lunettes.

— Hum… Ce n'est qu'un membre mineur de l'équipe, monsieur. Juste un singe de laboratoire. Elle est complètement remplaçable.

— Vraiment, Tim ? dit Mia en lançant un regard furieux à Bagley. Elle ne pouvait pas croire qu'il prenne cette voie.

Elle prit une profonde inspiration et essaya de s'exprimer calmement.

— M. Cameron. Il se trouve que j'ai créé le mécanisme qui fait fonctionner Phoxy. Je suis un élément essentiel de l'équipe. Ils auront besoin de moi pour continuer, peu importe comment vous commercialisez le médicament.

— C'est faux ! dit Bagley. Absolument faux.

Mia se tourna vers Tim Bagley, qui évita de croiser son regard.

— Tu te souviens comment nous avons inhibé le PTP1B, Tim ?

— Il faudrait que je consulte mes notes.

— Pas moi. Nous avons utilisé un petit peptide, le F2PMP.

— Bien entendu…

— Et comment avons-nous augmenté la puissance ?

— Hum, je ne m'en rappelle pas, dit Bagley, le front perlé de sueur. Un système d'anneau phényle ?

— En fait, c'était un système d'anneau naphtalène.

— D'accord, d'accord, dit Miles Cameron. Je vois que vous savez de quoi vous parlez, Bold. Vous voulez un meilleur poste, c'est de ça qu'il s'agit ? Une petite crise ? Attirer l'attention du patron ? Montrer de quoi vous êtes capable ? Bien. Vous êtes clairement un atout précieux pour Center Pharmaceuticals. Que voulez-vous ?

Elle ne savait pas comment répondre à ça. Elle lui avait déjà dit ce qu'elle voulait.

— Vous voulez le poste de Bagley ? Pas de problème.

— Mais c'est moi le patron, dit Bagley, en essayant de s'en convaincre lui-même.

Cameron l'ignora et se concentra sur Mia.

— Je peux vous faire monter les échelons de l'entreprise, accélérer votre ascension. Vous gagnerez deux-cent mille dollars d'ici le printemps. Mais il y a une condition. Vous devez accepter que Phoxy soit une pilule de régime. Sinon, vous pouvez vider votre casier et rentrer chez vous.

Mia prit une grande respiration et ferma les yeux pour contrôler sa colère. C'est donc ainsi que ce type fonctionnait. Quand il voulait quelque chose, il l'achetait ou faisait des menaces. Elle réfléchit pendant une seconde. Était-elle prête à tenir ses promesses ? N'était-ce pas ce que le mot *intégrité* signifiait ?

— Si vous faites de Phoxy une pilule de régime et laissez tomber les essais sur le diabète, avertit Mia, je serai forcée de démissionner.

Nigel secoua la tête et lui fit signe de se taire.

Le grand sourire de Miles Cameron s'effaça et ses yeux se transformèrent en deux puits noirs d'indignation.

— Ça suffit, j'en ai assez de vous, Bold ! dit-il, agitant les poings comme un bébé qui n'a pas ce qu'il veut, alors que des postillons giclaient de ses lèvres. Je vais vous épargner une démission. Nul n'est irremplaçable. Vous êtes virée !

CHAPITRE TROIS

Le temps que Mia vide son bureau et soit escortée hors du bâtiment, il n'était que midi. Elle prit ses sacs et se dirigea vers la rue, avec six heures à tuer devant elle. Le ciel de Trenton était couvert et la pluie menaçait de tomber à tout moment, elle décida alors de s'installer dans un Starbucks. Pendant qu'elle attendait son latte au thé vert et son sandwich italien, elle rejouait dans sa tête l'échange désagréable qu'elle avait eu avec Miles Cameron. La plupart des gens souhaitaient avoir la présence d'esprit de dire aux autres ce qu'ils pensaient vraiment. Mia, elle, disait toujours ce qu'elle pensait. Parfois, elle le regrettait plus tard, mais pas cette fois-ci. Miles Cameron était une brute. Elle était contente de lui avoir fait face. En sirotant son latte, elle se retrouva confrontée à l'inconfortable vérité. Elle avait à la fois perdu son logement et son travail.

Que devrais-je faire maintenant ? se demanda-t-elle. Elle réalisa qu'elle n'avait aucun plan. Cela la remua. N'était-ce pas une phrase que sa mère avait l'habitude de prononcer quand elle était petite ? Elle se souvint être assise avec son père biologique à la table de cuisine en linoléum, les pieds ballants, en le regardant boire un café et feuilleter un magazine.

— Tu n'as aucun plan, n'est-ce pas ? dit sa mère, en séchant un bol avec un torchon rouge et blanc.

— Les plans ne font qu'entraver la chance, chérie, répliqua Frank.

Il fit un clin d'œil à Mia.

— Allez, petite. On dirait que maman a besoin d'un jour de congé.

Ces mots signifiaient toujours qu'une aventure les attendait.

Pour une fois, elle souhaitait ressembler davantage à Frank. Rien n'avait jamais semblé le déranger. Il était l'incarnation même de la maxime latine *carpe diem*, cueille le jour. En ce moment, elle avait plutôt l'impression que c'était le jour qui l'avait cueillie. *Reprends-toi*, pensa-t-elle. *Tu ne veux pas que Mark te voie comme ça.*

« Mia », appela le barista.

Elle attrapa son déjeuner et s'installa à table. Et maintenant ? Il fallait qu'elle élabore un plan. L'idée de recommencer à zéro dans un autre labo la rendait malade. Elle venait de passer deux ans à travailler sur un médicament dont le véritable potentiel ne serait jamais exploité. De plus, le travail de laboratoire ne la passionnait pas. Pas comme l'écriture et la recherche pour ses podcasts, qu'elle adorait.

Elle ouvrit son ordinateur portable pour travailler. Elle avait déjà terminé une tonne de recherches au sujet d'une supposée apparition près d'une ligne électrique. Il ne lui restait plus qu'à écrire le scénario décrivant sa théorie, à savoir que les fantômes étaient des hallucinations provoquées par des champs électriques extrêmes. Au début, elle était trop stressée pour se concentrer, mais après quelques pages, elle adopta un bon rythme d'écriture. Quelques heures plus tard, son téléphone vibra et un flot d'émojis s'afficha.

Coureur, voiture, panneau routier, œil, toi, 18 h 00.

D'accord. À tout à l'heure, écrivit-elle en guise de réponse.

Peut-être que ce soir, Mark passerait enfin à « la prochaine étape ». L'idée d'un avenir où elle ferait ce qu'elle aime avec son fiancé à ses côtés était merveilleuse. S'ils trouvaient un logement à deux, elle pourrait faire de son podcast une carrière et passer plus de temps sur le marketing. Elle avait décroché l'appli Rdv-O, pourquoi pas aussi Rdv-Vampires et Rdv-Sorcières ? Elle ne raterait plus jamais une date limite pour une publicité. Travailler à plein temps sur *Vortex* serait un défi, mais l'idée la fit frissonner. Elle adorait travailler sur son podcast et voulait vraiment essayer d'en vivre. Le seul problème, c'était que Mark n'était pas du genre à prendre des décisions. Il avait certainement gagné en ambition depuis leur première rencontre. Mais comme Frank, Mark ne faisait jamais de plans sur le long terme. Peut-être que la perte de son emploi profiterait à leur relation. Il serait sûrement là pour elle et lui donnerait un coup de main. Son avenir tout entier se déciderait dans les prochaines heures, réalisa Mia. *Tout dépend de ce soir.*

Elle se rendit à la salle de sport, enfila une tenue adaptée et courut pendant quarante minutes. Puis elle se doucha et revêtit sa robe asymétrique en voile de coton. L'exercice physique avait naturellement coloré ses joues, ainsi elle n'avait pas besoin de beaucoup se maquiller. Juste une touche de mascara et un brillant à lèvres foncé. Ses cheveux faisaient ce qu'ils voulaient, comme d'habitude, mais elle lissa ses boucles avec un spray coiffant, attacha les lanières de ses escarpins et tourna sur elle-même pour s'assurer qu'elle était présentable. La dernière touche était un collier que Mark lui avait offert à Noël, un pendentif en or à l'effigie de Penn State, son université.

Une fois dehors, Mia s'aperçut qu'il pleuvait. Elle fut soulagée de constater que la voiture de Mark l'attendait. Elle sautilla entre les gouttes jusqu'à la berline BMW. La porte s'ouvrit et elle se glissa du côté passager. Mark était comprimé dans le siège conducteur. L'aération tournait à plein régime. Elle se pencha pour l'embrasser. Il sourit mais leva un doigt pour l'arrêter.

— Juste une seconde, dit Mark, en se penchant en avant. Les bases sont chargées. Torres est à la batte.

Mia avait rencontré son fiancé pour la première fois à l'université Penn State, où il avait joué dans l'équipe de base-ball, et ce sport continuait de l'obséder. Une fois par semaine, Mark avait travaillé dans l'équipe de nuit de la station de radio de l'école. Lorsque Mia arrivait pour travailler comme DJ lors de l'émission matinale, Mark était débraillé et nerveux à cause de tous les Red Bulls qu'il avait bus. Il restait dans le coin pendant qu'elle récitait les nouvelles et essayait de la faire éclater de rire dans la cabine. Elle avait du mal à garder son sérieux, il était tellement loufoque.

Finalement, un matin, il écrivit PETIT-DÉJEUNER ? sur un morceau de papier qu'il plaqua sur la cabine en verre. Elle acquiesça. Il lui prépara des crêpes chez lui et depuis, ils avaient été ensemble.

— Ne fais pas attention à moi, chuchota-t-elle en souriant.

Elle savait qu'il ne servait à rien de réclamer de l'attention quand les bases étaient chargées.

Torres est à l'assiette. Ce lanceur a atteint une vitesse incroyable de 145 km par heure. Premier strike. Va-t-il prendre le lancer ? Il lance ! Torres frappe la balle !

— Oh, allez ! s'écria Mark, en claquant la paume de ses mains sur le volant.

Il regarda Mia avec un sourire penaud.

— Désolé, bébé. Tu es superbe ! Je vais éteindre ça, maintenant que ma chérie est dans la voiture.

— Merci, mais loin de moi l'idée de m'interposer entre toi et Torres, dit Mia en lissant les gouttes d'eau de sa robe, tandis que l'humidité transformait ses boucles en une crinière sauvage.

Mark fit un grand sourire à Mia. Ils s'étaient vraiment bien trouvés.

— Je sais à quel point tu aimes le théâtre, annonça-t-il fièrement. Alors je nous ai pris des billets pour aller voir *En attendant Godot*. C'est censé être marrant.

— *En attendant Godot*, la pièce de Beckett ?

— Ouais, j'ai entendu dire que c'est tordant.

— En quelque sorte, je suppose. Je dirais plutôt que c'est plus une tragicomédie, répondit Mia.

— Tragicomédie ? Tu la joues critique littéraire ? dit Mark en riant. Il y a ce type de la télé qui joue dedans, celui qui fait le shérif dans la ville avec les monstres. Il joue un des clowns ou un truc du style.

— Eh bien, oui, j'aime Beckett, dit Mia, un peu préoccupée par le raisonnement de Mark.

— Alors j'attends une thèse complète après, dit-il pour la taquiner et il se pencha pour l'embrasser.

— Si tu insistes, dit-elle, un peu à court de souffle.

Alors qu'il l'embrassait, elle sentit la tension de la journée s'estomper.

Il relâcha son étreinte et posa les deux mains sur le volant.

— Maintenant, tenez-vous bien, mademoiselle Bold. Ce rendez-vous vient officiellement de commencer.

— Je vais essayer, gloussa-t-elle.

Ça faisait du bien de rire après tout ce qu'il s'était passé.

— Quelle journée ! commença Mark en s'arrêtant dans la circulation. D'abord, je suis allé au bureau des comptes étrangers et c'était dingue. Plein de gens cédaient leurs actifs à cause de ce dictateur au Moyen-Orient, celui que les Russes aiment tant. Déplacer leurs fonds via leurs comptes Forex, acheter des obligations.

Mia n'écoutait qu'à moitié, réfléchissant à la meilleure façon de présenter ses nouvelles. Puisqu'elle ne répondit pas immédiatement, Mark interpréta cela à tort comme un sous-entendu et il reporta son attention sur elle.

— Alors, comment ça a été à la fabrique de pilules ?

Elle ne savait honnêtement pas par où commencer.

— Je te raconterai quand on sera à table.

Mark roula jusqu'à un restaurant italien qu'ils aimaient bien et se gara dans le parking à moitié vide. Alors qu'il ouvrait la porte, Mia commença à se sentir nerveuse. Qu'allait-elle lui dire ? Annoncer la perte de son logement et de son travail était une perspective effrayante qui demandait beaucoup d'explications.

Le restaurant était chaleureux et accueillant. Une hôtesse corpulente les mena à un box dans le coin où ils s'installèrent pour commander. Mark s'appuya contre la table, parfaitement à l'aise.

— Alors, ton patron s'est rendu à une convention Doctor Who récemment ?

— Eh bien, c'est l'une des choses dont je veux parler.

— Docteur Who ? plaisanta-t-il.

Elle le regarda nerveusement en espérant qu'il l'aiderait d'une manière ou d'une autre, mais il ne fit que parcourir son menu et attendre qu'elle termine. Elle décida de commencer doucement et de lui parler de l'appartement en premier.

— Je dois déménager…

Il haussa légèrement les sourcils. Curieux mais pas inquiet.

— Déménager ? Je pensais que Brynn et Jeff te couvraient.

— Jeffrey a vendu l'immeuble.

— C'est pas vrai ! Jeff a vendu l'immeuble ? Il a dû toucher le gros lot. J'adore ce type.

— Je dois quitter l'appartement dans deux semaines.

— Ouh, c'est rapide. Ne t'inquiète pas, bébé, lui assura-t-il. On va te trouver un endroit, faire appel à des déménageurs. Ça va aller.

Mia regarda Mark, perplexe. Il savait qu'elle ne payait pas de loyer, mais ça ne semblait pas l'inquiéter. Elle devait lui raconter le reste, l'aider à voir la situation dans son ensemble.

— Le truc, c'est que j'ai perdu mon boulot, dit-elle.

— Vraiment ? Il s'est passé quoi ?

À présent, Mark semblait inquiet. Il se pencha en avant et donna à Mia toute son attention.

Toute l'histoire jaillit de sa bouche en milliers de petits morceaux avec, en guise de clôture, sa confrontation épique face à Miles Cameron.

— Miles Cameron ? Le multimilliardaire ?

— Oui, il était tellement horrible… Alors qu'elle décrivait les détails, l'attitude de Mark commença à changer. Son air habituellement joyeux se durcit. Ses narines se dilataient de colère.

Mia se sentit soulagée. Mark voyait ce que Cameron avait fait, comment il l'avait menacée et insultée. Il était en colère que l'on se soit mal comporté envers elle.

— Je devais défendre l'humanité, dit-elle, pour conclure son histoire de façon dramatique.

Elle leva les yeux vers son fiancé, fière et excitée d'avoir pris position.

Mark la regarda fixement pendant un moment, comme s'il essayait de trouver la bonne réponse. Le serveur apporta leurs boissons. Il vida sa bière en quelques gorgées, puis il s'exprima.

— Tu as refusé un travail à six chiffres ? Sa gorge semblait serrée.

— Il le fallait, répondit Mia, ne comprenant pas vraiment pourquoi il se focalisait sur cet aspect de l'histoire.

— Pourquoi as-tu fait ça ? demanda-t-il, furibond.

Certains clients jetèrent un coup d'œil à leur table. Mia fut déconcertée par l'intensité de sa réaction.

— Tu ne m'as pas écoutée ? Ce type était insupportable.

— C'est un multimillionnaire. Tu crois que c'est facile ? répondit Mark, de plus en plus agité.

Mia était abasourdie.

— Il allait faire capoter la mise au point d'un médicament majeur contre le diabète, dit-elle.

— C'est son entreprise, Mia. Il peut faire ce qu'il veut.

Il y avait une nervosité dans la voix de Mark qu'elle n'avait jamais entendue auparavant. Il appela le serveur et commanda une deuxième bière.

— J'ai besoin d'un autre verre après cette catastrophe.

— *Catastrophe ?* Tu veux dire par là que j'aurais dû accepter l'argent ?

— C'est exactement ce que je dis, Mia. Tu sais à quel point New York est cher. Si on avait tous les deux des salaires à six chiffres, on pourrait peut-être s'offrir plus qu'un placard. Tu nous as vraiment mis dans le pétrin.

Mia se sentit rougir. Tout le monde dans le restaurant semblait les fixer.

— Je peux trouver un autre travail, Mark.

— Toi ? Tu es technicienne de laboratoire. Tu crois qu'on va te faire une autre offre à 200 000 $? C'était ta seule chance, *notre chance.* La « prochaine étape » coûte de l'argent, Mia.

Il tomba dans un silence pesant.

Mia fixait son fiancé avec stupéfaction. Mark ne lui avait jamais parlé de cette manière. Elle se sentait honteuse, blessée et perdue. Le couple, c'était fait pour s'entraider quand les choses étaient difficiles, non ? La dame de la table à côté lui jeta un regard compatissant.

— Que veux-tu dire par là ? Je t'ai raconté ce qui s'est passé. J'ai contribué à créer ce médicament. Je ne suis pas qu'une laborantine, je suis une *excellente* laborantine.

— J'ai juste l'impression que c'est moi qui fais tout le boulot, dit Mark en haussant les épaules.

Mia sentit les larmes lui monter aux yeux. Elle étouffa ses sentiments avant qu'il ne voie à quel point elle était blessée. Comment les choses avaient-elles pu devenir si bizarres, si rapidement ? Peut-être fallait-il simplement qu'elle aille droit au but et dise ce qu'elle ressentait vraiment.

— Mark, écoute, j'aime le travail de laboratoire, mais la politique est frustrante. Ce que j'aimerais vraiment faire, c'est faire fonctionner *Vortex*.

Mark sembla s'affaisser sous ses yeux. La colère avait disparu de son visage et elle le vit s'enfoncer dans sa chaise.

— Tu vois ? C'est ça, le problème. Tu n'es pas sérieuse, Mia. Tu es toujours en train de rêver.

— Mais en tant que partenaire, ne devrait-on pas soutenir le rêve de l'autre ?

— Pas si c'est une chimère ! Qu'est-ce que tu veux que je fasse, Mia ? Dis-moi juste ce que tu veux.

— Et si tu t'engageais dans la prochaine étape avec moi ? Nous sommes fiancés depuis deux ans. Est-ce qu'on ne devrait pas emménager ensemble ? Fixer une date de mariage ? Commencer à faire des projets ensemble ?

— Ce n'est pas si simple, Mia. Il y a beaucoup de choses à prendre en considération. Mark haussa les épaules et détourna le regard.

— Mais on pourrait faire les choses simplement, Mark. Je me fiche des bagues et des invitations de mariage, et toi ?

Cette fois, il ne répondit pas. Il avait toujours les yeux baissés, perdu dans ses pensées. Puis il secoua la tête.

— Écoute, j'ai réfléchi. Peut-être qu'on devrait faire une pause.

Mia sentit son cœur se serrer, comme si elle se trouvait sur l'une de ces montagnes russes sur lesquelles Frank l'emmenait quand elle était petite, au moment où ils roulaient doucement jusqu'au sommet avant la chute abrupte de l'autre côté.

Mark était-il en train de rompre avec elle ?

— De quoi tu parles ? dit Mia, se sentant trahie, perdue et blessée. Est-ce que tu romps nos fiançailles ?

Mark se tortilla sur sa chaise, à peine capable de croiser son regard.

— Je ne pense pas que ça va fonctionner entre nous, dit-il finalement.

Mia fixa son fiancé. Depuis combien de temps y pensait-il ? Depuis que Mark s'était installé à New York pour faire carrière dans la finance, il avait été évasif. Jusqu'à présent, elle avait mis cela sur le compte du stress lié à son nouveau travail. Maintenant, elle réalisait qu'il y avait quelque chose de plus profond.

— Je me souviens quand tu avais un rêve, Mark. Tu voulais créer une communauté en ligne pour mettre en relation des mentors et des entrepreneurs en herbe du tiers-monde. Il lui est arrivé quoi à ce mec ?

— Il a grandi, répondit Mark doucement, ce que je veux maintenant, c'est être un gestionnaire de fonds spéculatifs. Et toi aussi, tu as changé, Mia. Tu le sais.

— Tu as peut-être raison, dit Mia, dont les larmes menaçaient de remonter.

Elle ne voulait pas que Mark la voie pleurer. Elle refoula ses sentiments blessés. La vérité, c'était qu'ils s'étaient éloignés l'un de l'autre. C'était toujours un type bien. Mais sa compassion avait été éclipsée par l'ambition.

— Tu sais, Mark, avant tu croyais en un monde meilleur. Je ne sais pas ce en quoi tu crois à présent. Mais je sais que ce n'est pas moi.

Elle espérait qu'il se défendrait, qu'il lui dirait qu'elle avait tort, mais il se contenta de faire signe au serveur pour demander l'addition. Ils restèrent assis en silence à attendre. Il n'y avait plus rien à ajouter.

Mia sortit son téléphone de son sac à main et ouvrit l'application Uber pour commander une voiture.

— Je dois récupérer mes affaires dans ta voiture.

Mark régla l'addition et la suivit dehors. Le chauffeur de Mia arriva et elle mit ses sacs dans sa voiture. Puis elle se tourna vers Mark et le regarda dans les yeux pour la dernière fois.

— Peut-être que nous… commença Mark.

— Tu devrais aller voir la pièce. *En attendant Godot* parle d'attendre quelque chose qui n'arrivera jamais, un peu comme moi qui attendais notre prochaine étape. Au revoir, Mark.

Elle l'embrassa sur la joue et se glissa sur le siège arrière. Alors que la voiture s'éloignait, une pluie froide commença à tomber.

CHAPITRE QUATRE

Mia se réveilla au beau milieu d'une pile de couvertures froissées. Pendant un bref instant, on aurait dit une matinée normale. Le soleil brillait à travers les stores et le bruit de la circulation commençait à s'intensifier. Elle entendit une notification sur son téléphone. Nerveusement, elle attrapa son portable. Peut-être que Mark avait changé d'avis et voulait qu'ils aient une discussion ? Elle vérifia ses sms et ses courriels. À l'exception d'un prince nigérian qui lui demandait ses coordonnées bancaires, sa boîte de réception était vide. Elle s'effondra lamentablement sur l'oreiller.

Pouah, hier c'était le pire jour de ma vie !

Le souvenir du manque de soutien de Mark était encore vif et blessant. Elle avait aussi un mal de tête atroce. Oh oui, elle s'en souvenait maintenant. Elle était restée debout jusque tard dans la nuit pour se faire un marathon des rediffusions de la série *Ghost Adventures,* arrosé d'une bouteille de pinot. Donc, c'était le premier jour du reste de sa vie. Le grand espace vide de son avenir lui semblait écrasant. Le téléphone sonna et arracha Mia à ses pensées. Était-ce Mark ? Elle se frotta les yeux et fixa l'écran de son téléphone, où elle vit un rappel plutôt désagréable.

18 h 30 ce soir. Dîner G et P.

Non !

Le dîner annuel Goudron et Plumes des Middleton était organisé chaque printemps en l'honneur d'Arthur Middleton, illustre ancêtre de la famille et fervent adepte de la punition des anti-loyalistes par la technique susmentionnée pendant la Révolution américaine. Mia pressentait qu'une fois qu'elle aurait annoncé à sa famille qu'elle avait perdu son emploi et son fiancé en une seule et même journée, ce serait elle qui serait goudronnée et emplumée.

Elle remit les couvertures sur sa tête. Être assise à un dîner des Middleton avec toutes les questions stupides et les excuses qu'elle aurait à faire était la dernière chose dont elle avait envie. *Je trouverai une excuse*, se dit-elle, *dès que cette gueule de bois se sera calmée et que mon cerveau se remettra à fonctionner.*

26

Sentant son besoin de compagnie, Tandy sauta sur le lit et se blottit contre son épaule. Mia s'était arrêtée chez Brynn hier soir pour le récupérer, en disant à sa sœur qu'elle avait mal à la tête et qu'elle avait mis fin à la soirée plus tôt. Mia jeta un coup d'œil furtif de sous les couvertures et vit qu'il la regardait d'un air interrogateur, avec ses yeux bruns étrangement compatissants. Il lui lécha la main, comme pour la rassurer.

« Tu as raison » dit-elle en rejetant les couvertures. Sa tête tourna un peu quand elle s'assit et elle prit une profonde inspiration. Elle ne pouvait pas se permettre de s'apitoyer sur son sort. Il y avait un million de choses à faire. Tandy sauta du lit et lui fit la fête, heureux de la voir se lever et s'activer.

Mia se dirigea vers la salle de bain, nettoya le maquillage de la veille et se brossa les cheveux. Elle ajouta trois aspirines à son café. Puis elle enfila un survêtement et emmena Tandy courir. Trente minutes et cinq kilomètres plus tard, elle était de retour au loft, rouge, en sueur et se sentant beaucoup mieux. Elle se doucha et s'habilla. *Pas besoin d'un chemisier boutonné impeccable aujourd'hui*, se dit-elle.

Suite à sa confrontation avec Miles Cameron, les ressources humaines avaient été assez généreuses concernant l'indemnité de licenciement, tant qu'elle acceptait de ne pas parler aux médias ou de ne pas poursuivre l'entreprise pour licenciement abusif. Elle avait aussi des économies. Elle fit mentalement le calcul. Si elle faisait attention, elle pourrait avoir de quoi couvrir un dépôt de garantie, un loyer et ses dépenses quotidiennes pendant trois mois. Ça ne laissait pas beaucoup de temps pour faire fonctionner *Vortex* mais c'était mieux que rien. Après ça, il lui faudrait trouver un autre boulot.

En revenant dans le salon, elle remarqua qu'elle avait manqué un appel. Son cœur fit un bond quand elle vit qu'il y avait un message. Peut-être que c'était Mark et que finalement, elle n'aurait pas à affronter seule un avenir incertain. Puis elle reconnut le numéro. C'était Brynn. Elle soupira et écouta le message.

« Mimi ? Jeffy a reçu un appel vraiment étrange de la part de Mark, ce matin. Est-ce que tout va bien ? Appelle-moi si tu peux. Ou je te verrai ce soir. »

Elle sentit son cœur flancher. Mark les avait appelés eux, et pas elle. Visiblement, il était plus soucieux d'entretenir sa relation avec Jeffrey comme futur client que de trouver un moyen de récupérer sa relation avec elle. Elle appréciait le fait que sa sœur s'inquiète pour elle. Mais elle n'était pas prête à parler. Quelle excuse pourrait-elle invoquer pour ne pas se rendre à ce dîner ? Une intoxication alimentaire ? Faire des heures sup' ? Mon petit ami m'a larguée et je ne veux pas avoir à tout expliquer en détails ? Elle envoya un texto à Brynn.

Je t'expliquerai plus tard. Je ne suis toujours pas dans mon assiette.

Brynn répondit tout de suite.

Ne t'avise pas de me laisser seule à ce dîner, Mimi !

Elle m'a pris en flag', pensa Mia.

Ok ! D'accord. On se voit ce soir. Mais s'il te plaît, ne parle pas de Mark devant les parents ! écrivit-elle.

Peut-être qu'il valait mieux se remettre au travail et tenter de sauver le compte Rdv-O. Elle enregistrerait la publicité et l'enverrait à Angie en s'excusant. Elle appuya sur le bouton d'alimentation de son ordinateur portable. Alors que l'écran s'allumait, elle reçut un texto d'Angie.

Ne t'inquiète pas pour la pub. Nous allons travailler avec un autre podcast qui s'appelle Cloche, Livre et je me souviens plus. C'est tout neuf. Il fait le buzz. Désolée, Mia ! Prends soin de toi.

Mince, pensa Mia, le cœur serré. Et voilà, Rdv-O, c'était fini. Maintenant, elle n'avait vraiment plus aucun revenu. Elle voulait désespérément retourner dans son lit, mais elle n'avait que deux semaines pour déménager. Elle ouvrit un nouveau document et commença à faire la liste des choses à faire.

Rassembler des cartons vides. Emballer mes affaires.

Chercher un appartement.

Des sponsors potentiels ? Démarchage téléphonique. Berk.

Ok, étape numéro un : les cartons. N'y avait-il pas un magasin UPS en bas de la rue ? Elle était sur le point de googler ses options quand le téléphone sonna à nouveau. Elle sursauta. *Je ne peux vraiment pas continuer comme ça*, se dit-elle, en regardant l'écran de son téléphone, où s'affichait un numéro inconnu cette fois-ci.

Sur un coup de tête, elle décrocha. Quoi d'autre pouvait foirer ?

— Allô ?

— Mia Bold ?

Mia se prépara à un appel de prospection commerciale.

— Oui.

— Salut Mia, je suis content que tu aies décroché ! dit une sympathique voix masculine. Avant tout, je suis un grand fan de *Vortex*. Énorme !

— Euh, merci balbutia Mia, en rougissant.

— Je m'appelle Graham Stone. Je suis producteur. Je travaillais comme showrunner à Hollywood. As-tu déjà entendu parler de *Ghosting* ?

— Vous voulez dire les gens qui ne donnent plus de nouvelles du jour au lendemain, sans explications ?

— Non, je parle du nom d'une série télé ! Avant que le *ghosting* ne fasse référence à la pratique sociale que tu décris. C'était une série dramatique d'une heure.

— Je ne sais pas trop, dit Mia, et elle chercha son nom sur Google.

Il disait la vérité. Il apparaissait dans la base de données américaine des films et séries avec une courte liste de crédits et de projets. Il était majoritairement crédité pour des effets spéciaux physiques. La série *Ghosting* avait duré une saison.

— Je sais que tu as eu du mal avec le marketing, dit Graham. J'ai entendu tes pubs. Superbe écriture, mais tu es une artiste, pas une commerciale. C'est justement là que j'interviens.

— D'accord, je vous écoute.

La curiosité de Mia était piquée.

— Je suis doué pour le marketing. Je travaille sur un tout nouveau projet et je suis déjà en contact avec les chaînes HBO et Disney. J'ai déjà Rdv-Vampire et Rdv-O comme sponsors.

— Vous avez signé avec Rdv-O ? dit Mia, grimaçant en repensant au compte qu'elle venait de perdre.

Elle se prépara à découvrir ce que ce type vendait.

— J'appelle pour te proposer un boulot. Mon nouveau projet est un podcast qui s'appelle *Cloche, Livre et Bougie*.

— Ah, oui. Angie l'a mentionné.

Alors, c'était ça le Cloche-machin à cause duquel Angie l'avait laissée tomber ? L'émission qui faisait le buzz ?

— Angie-chérie ? Elle est géniale. Écoute, je ne peux pas encore te payer, mis à part le partage des bénéfices. Mais les chiffres vont augmenter et il y a des avantages. Je peux t'offrir un super petit appartement, totalement gratuit. Tu vas l'adorer !

Comment est-il au courant que je cherche un appart ? Elle devait admettre que Graham Stone était un très bon vendeur, meilleur qu'elle ne le serait jamais. Il était tellement sûr de lui et son enthousiasme était contagieux.

— Ça a l'air génial, M. Stone, mais…

— Appelles-moi Graham.

— J'ai un chien…

— J'adore les chiens ! Comment s'appelle-t-il ?

— Tandy.

— Comme dans Vic Tandy ? C'est tordant ! Écoute, je suis le propriétaire de l'immeuble. On est ami des chiens ! C'est un endroit génial. C'est quoi ton mail ? Je t'envoie un lien.

— Eh bien, je ne pense juste pas…

— Jette un œil. Qu'est-ce que tu as à perdre ?

Ces mots eurent l'effet d'un tremblement de terre. Qu'avait-elle à perdre ? Tout ce qui l'entourait s'effondrait déjà.

— Mia Bold arobase Vortex point com, répondit-elle.

Un ding retentit et un lien apparut. Elle cliqua dessus et fut redirigée sur un site immobilier. À mesure qu'elle faisait défiler les photos, ses yeux s'écarquillaient. L'appartement était absolument charmant, avec une atmosphère coloniale de l'ancien monde, et il était entièrement meublé. Il avait l'air confortable, accueillant et directement habitable. Finalement elle regarda l'adresse.

— Mais c'est dans le Massachusetts.

— Ouaip.

— Salem, Massachusetts ? Comme dans les procès de sorcières ?

— C'est ça !

Sur combien de lieux hantés avait-elle voulu enquêter à Salem ? Trop pour les compter. Voyons voir, il y avait la prison de Salem, le rebord de Proctor, le manoir de Turner-Ingersoll, la Maison des sorcières, le cimetière Old Burying Point, et bien d'autres.

Elle calcula l'itinéraire entre Fishtown et Salem sur une carte. C'était un trajet de cinq heures. Pendant un instant, elle fut tentée de dire oui. Il suffisait de récupérer la vieille voiture qu'elle avait entreposée chez Brynn et quitter la ville. Plus besoin de Mark ni d'expliquer toute la débâcle à sa famille. Prendre la route et repartir de zéro. *Est-ce que je pourrais juste passer prendre ma voiture et partir ? Je n'ai jamais vécu ailleurs qu'en Pennsylvanie. Ce n'est pas évident, c'est sûr, mais partir et déménager à cinq-cents kilomètres de là ?* Elle décida sagement que c'était trop fou.

— Écoutez, j'apprécie vraiment l'offre, mais je dois décliner.

— Tu ne veux même pas savoir en quoi consiste le boulot ?

— Rédactrice ?

Ça semblait plutôt évident. Le rire de Graham retentit sur la ligne.

— Je veux plus que ça, Mia ! Je veux que tu sois notre livre.

— Votre livre ?

— Ouais. L'intello, tu vois. La présentatrice. On a besoin de quelqu'un qui s'y connaît en sciences et tu es la meilleure. J'adore ton écriture. J'adore ta voix. J'ai vu un extrait vidéo de toi sur YouTube et tu as le look qu'il faut. Tu es magnifique ! Je te veux pour mon émission. Je veux faire de toi une star !

Elle était contente que Graham ne puisse pas voir ses joues devenir écarlates.

— Eh bien, tout cela est très flatteur, mais...

— La première émission est prévue dans trois semaines. Prends quelques jours pour y réfléchir, mais je te préviens, je peux être très têtu. Je te recontacterai.

Graham raccrocha avant que Mia ne puisse répondre. Elle secoua la tête. Est-ce que cette conversation venait vraiment de se produire ?

CHAPITRE CINQ

Mia sortit de son Uber, en marchant avec précaution sur le trottoir inégal, dans ses escarpins en satin au style rétro. La vérité, c'était qu'elle était un peu nerveuse à l'idée d'assister au dîner annuel Goudron et Plumes. Elle leva les yeux vers les briques solides qui formaient la Taverne de la ville et semblaient planer au-dessus d'elle. Ce bâtiment historique, situé à deux pas du fleuve Delaware, avait été fréquenté par les délégués du premier Congrès continental, réuni en 1774 dans la salle des Charpentiers toute proche. Parmi les présents, on comptait George Washington, Thomas Jefferson, John Adams et l'ancêtre de sa famille adoptive, Henry Middleton, père d'Arthur Middleton, qui signa la Déclaration d'indépendance. En d'autres termes, l'endroit avait une histoire sérieuse.

Le code vestimentaire de la soirée était semi-formel avec des « accents d'époque ». Mia choisit de porter une robe moderne en dentelle de couleur crème avec jupe à volants et col arrondi. Les accessoires étaient faciles à trouver car son beau-père, Daniel Randolph Middleton, antiquaire, fournissait des articles authentiques de la culture américaine aux riches Européens. En fait, chaque Noël depuis ses dix-huit ans, Daniel offrait à Mia un superbe bijou de sa collection. Ce soir, elle portait un camée d'époque noué par un ruban rose.

Alors que Mia montait au deuxième étage, les marches en bois grinçaient sous ses pieds. Les serveurs et serveuses s'affairaient en costumes du XVIIIᵉ siècle et servaient une cuisine et des boissons d'époque. C'était un peu comme dîner dans un musée de la gastronomie, éclairé par des lustres et des bougies à flamme nue.

La famille Middleton était assise autour d'une longue table, où était disposées des chopes en étain et de la porcelaine bleue et blanche. Madison, la mère de Mia, était parfaitement mise dans un costume Chanel bleu marine, portant un ras-de-cou fait de perles qui avait appartenu à Mary Izard, femme d'Arthur Middleton. Assis à côté d'elle, en posture militaire, l'allure élégante dans son gilet traditionnel, était assis le beau-père de Mia, Daniel. Mia se demandait s'ils n'auraient pas été plus heureux au XVIIIᵉ siècle. Le contraste entre son vrai père, Frank Bold, d'une beauté brute et d'un charme décontracté, et son beau-père Daniel, guindé et traditionnel, ne pouvait pas être plus marqué. Bien que parfois intimidant, Daniel Middleton était généreux et adorait sa mère.

Jeffrey et Brynn étaient assis à l'autre bout de la table. De corpulence fine, Jeffrey aurait été beau sans cette expression tendue en permanence. Il scruta la pièce et aperçut Mia en premier. Puis il chuchota à l'oreille de Brynn.

Quel impoli ! pensa Mia. Dans son esprit, cela le définissait. Secret et inconscient de l'effet que ses actes pouvaient avoir sur les autres. Mia l'ignora.

Puis il y avait Reynolds Webb, l'acheteur des Antiquités Middleton. Il était habillé de façon impeccable avec une lavallière et une épingle à cravate antique. La seule chaise inoccupée à table se trouvait juste à côté de lui. *Pourquoi ne suis-je pas surprise ?* La nouvelle de ses fiançailles avait dû être éventée. Cela faisait des années que Daniel essayait de la caser avec le timide et nerveux Reynolds.

Mia essaya de sourire gaiement et s'approcha de la table. Mark était toujours doué pour arrondir les angles dans les situations embarrassantes. Ce soir, elle allait devoir affronter sa famille toute seule. Alors qu'elle s'approchait, Jeffrey parlait dans un monologue rapide.

— Et le cheikh a dit, « Jeff, je vais acheter l'immeuble. Aimeriez-vous prendre l'avion et venir signer les papiers à Abu Dhabi ? » Et écoute ça, il a dit, « vous pouvez séjourner dans un de mes palais ». Comment aurais-je pu refuser cette offre ? N'est-ce pas, chérie ?

— Tu vas me manquer, bébé, dit Brynn consciencieusement, son costume jaune canari faisant écho à celui de Madison.

— La voilà, dit Daniel en se levant, suivant l'étiquette d'un autre siècle. Tu es ravissante, Mia.

Il s'approcha et lui présenta la chaise.

— Tu es exquise dans cette robe, dit Reynolds et lui prit la main d'un geste courtois. Il portait des lunettes à monture métallique et ses ongles étaient parfaitement manucurés.

— Cela fait un moment que je ne t'avais pas vu, Reynolds. Comment vont les affaires ? dit Mia en s'asseyant.

— Très bien, très bien, ton père a de merveilleux nouveaux clients qui viennent des Pays-Bas, répondit Reynolds avec enthousiasme.

En face de Mia, Jeffrey s'agitait sur son siège. Il fit signe au serveur avec une énergie nerveuse et cinétique, comme s'il pouvait à peine rester assis.

Le garçon arriva vêtu d'une chemise à volants et d'un manteau d'époque.

— Un bourbon avec des glaçons, dit Jeffrey avec dédain, avant de se retourner pour faire face à Mia avec un sourire.

— Je vais prendre un shrub, dit Mia.

La boisson gazeuse était faite à partir de jus de fruits sucrés et de vinaigre, puis arrosé d'alcool.

— J'ai reçu des nouvelles de Mark ce matin, dit Jeffrey. Ce fut une dispute d'anthologie, on dirait.

— On a rompu, en fait, dit Mia. Il s'avère que l'on n'est pas faits l'un pour l'autre.

— Vous avez rompu vos fiançailles ? Oh non, dit Madison avec les yeux écarquillés. Apparemment, on ne la tenait pas au courant des ragots.

— Je suis vraiment désolée, Mimi, dit Brynn, avec sympathie, c'est horrible.

Le serveur posa leurs boissons sur la table.

— Mark pense que tu l'appelleras une fois que tu te seras calmée, dit Jeffrey, avec suffisance.

— Eh bien, il va attendre longtemps dans ce cas, dit Mia calmement.

Jeffrey essayait de l'énerver, et ça marchait. *D'abord, il rompt avec moi, puis il veut que je l'appelle ? Quel mufle !*

La serveuse arriva, vêtue d'une jupe et d'un tablier à frou-frou, ainsi que d'une charlotte blanche à volants. Elle sourit et énuméra tous les plats, en récitant leur signification, de la bière blonde préférée de Benjamin Franklin à la nature historique des tartes. Daniel et Madison écoutaient, captivés, les doigts entrelacés. Tout un menu de mets divers coloniaux était sur le point d'être recréé par un grand chef et livré dans leurs assiettes. Ils étaient au paradis de l'époque. Tout le monde commanda quelque chose d'exotique.

Mia ferma le menu et le rendit à la serveuse.

— Je vais prendre un cheeseburger, merci, dit-elle sèchement.

Daniel la regarda, étonné. Puis il lissa sa serviette et continua.

— Pour ma part, je suis ravi que tu sois à nouveau célibataire. Le monde recèle assez de gestionnaires de fonds spéculatifs. Tu peux faire mieux.

34

— Merci, Daniel, dit Mia.

Même si elle aimait le taquiner, Daniel avait toujours été là pour elle. Quand Mia avait voulu garder son nom de famille et rester Mia Bold, Daniel avait simplement dit : « Eh bien, tu es aussi une Middleton, en ce qui me concerne. » Rien que pour cela, elle l'aimait. Mais Daniel l'avait aussi adoptée sur le plan pratique, en l'aidant à payer ses études. Même si elle lui était reconnaissante pour tout ce qu'il avait fait, son père biologique et les moments magiques qu'ils avaient passé ensemble lui manquaient encore. Cette partie de sa vie qu'elle avait perdue continuait de lui tirailler le cœur.

— Mais ce n'est pas tout, déclara Jeffrey. Tu as d'autres nouvelles, n'est-ce pas, Mia ?

Mia aurait aimé pouvoir frapper Jeffrey, mais ça ne se serait pas très bien terminé. *Pourquoi est-ce qu'il m'en veut à ce point ?* se demanda-t-elle. Elle but une gorgée, maîtrisa ses nerfs, et fit face à sa mère et à son beau-père.

— Le truc, c'est que j'ai perdu mon emploi, annonça-t-elle.

— Ton travail aussi ? s'exclama Madison, en regardant sa fille avec une inquiétude maternelle. Que diable se passe-t-il, chérie ?

— C'est une longue histoire, dit Mia.

— Eh bien, tu vas venir t'installer chez nous le temps de te remettre en selle… dit Daniel.

Mia ne répondit pas. Elle appréciait l'offre, mais il n'était pas question qu'elle revienne vivre chez ses parents.

— Et j'ai une excellente idée, poursuivit Daniel. Reynolds va à une vente immobilière en pays Amish ce week-end. Je suis sûr qu'il aurait besoin d'aide et nous te paierons pour ton temps.

C'est parti, pensa Mia. Daniel avait toujours espéré qu'une des filles rejoindrait l'entreprise familiale Middleton. Les antiquités, avec en prime un week-end en compagnie de Reynolds ? Bien sûr qu'il pensait que c'était une excellente idée.

— Merci, mais je dois commencer à faire mes valises ce week-end. Je n'ai que deux semaines pour déménager, après tout.

Elle sourit à Jeffrey.

La conversation fut interrompue par l'arrivée des plats. Mia dégusta son cheeseburger tandis que le reste de la famille se régalait d'un assortiment de pains, d'une tourte au homard, d'un canard rôti, d'un lapin braisé, de côtelettes de porc fumées au bois de pommier, de poisson et même d'un plat de tofu frit à propos duquel Benjamin Franklin avait apparemment écrit. Les choses restèrent relativement civilisées pendant le dîner. Finalement, le dessert arriva. De la crème brûlée pour tout le monde. Juste au moment où Mia brisait la croûte sucrée avec sa cuillère, Jeffrey frappa un nouveau coup.

— Alors, quel est ton plan, exactement ? Il sourit, conscient que quoi qu'elle réponde, elle ne ferait qu'empirer les choses.

Elle devait admettre que son instinct était sans faille.

— Si tu veux tout savoir, on m'a offert un nouveau travail cet après-midi, dit Mia.

— Quel genre de travail ? Laissez-moi deviner. Est-ce que ça a à voir avec ton hobby ?

Elle vit Daniel se crisper à l'évocation de son podcast. Un phénomène moderne comme Internet n'était pas son lieu de prédilection.

— Eh bien, en fait, c'est un travail de podcasting, dans le cadre d'une nouvelle émission.

Brynn regarda le plafond comme si elle implorait le ciel d'arrêter l'assaut qui allait suivre.

— Oh, quelle émission ? demanda Jeffrey en savourant chaque mot.

Il savait qu'il la tenait.

— Laisse-la tranquille, Jeffy, dit Brynn, sa douceur habituelle se muant en irritation.

— C'est bon, Brynn, dit Mia d'une voix rauque. Toute chance de sortir de cet échange avec un peu de dignité disparaissait rapidement. L'émission s'appelle *Cloche, Livre et Bougie*.

— *Cloche, Livre et Bougie* ? Ça parle de quoi ? appuya Jeffrey.

— De phénomènes paranormaux, dit Mia. Ils ont besoin d'une présentatrice qui soit sceptique et scientifique, et je…

— Alors, on t'a offert un emploi de *chasseuse de fantômes* en ligne, déclara Jeffrey, triomphalement.

Il se détendit et sourit. Son travail était terminé. Madison serra le bras de Daniel, en essayant de le rassurer.

— Non, se défendit Mia. Ce n'est pas ça !

Daniel hochait la tête d'avant en arrière comme si ce qu'il entendait était si scandaleux qu'il ignorait comment réagir.

— Tu es en train de me dire que tu comptes abandonner tes études pour faire carrière dans le spectacle ? L'entreprise familiale serait une alternative raisonnable, mais tu ne veux même pas accompagner Reynolds pour un déplacement commercial ?

— Je n'ai pas encore accepté l'offre, Daniel.

— Sais-tu pourquoi toute la famille royale britannique, à l'exception du jeune Edward, et maintenant cette Meghan Markle, a toujours évité le monde du spectacle ?

— Je ne sais pas, mais je suppose que tu vas me le dire.

— Parce que c'est une profession sordide et vulgaire, dit-il, profondément contrarié.

Mia plia sa serviette et la posa sur la table. Elle prit une grande inspiration. Elle détestait se disputer avec Daniel, mais parfois, c'était tout simplement inévitable.

— Je pensais que les Middleton s'étaient rebellés contre la famille royale. N'est-ce pas ce qui nous réunit ici ce soir ? Pour célébrer notre ancêtre radical qui s'est libéré de la domination britannique ?

Elle prit une cuillère et fit tinter son verre.

— Puis-je proposer un toast, dit-elle en brandissant son shrub. Au dîner annuel Goudron et Plumes. Arthur Middleton aurait été fier.

Son toast fut reçu comme une balle de plomb. Daniel était livide. Elle venait d'utiliser une leçon d'histoire contre lui et il était clairement contrarié. Madison regardait sa fille comme si elle avait été abandonnée sur le pas de la porte par des brigands, tandis que Jeffrey souriait, heureux du chaos qu'il avait provoqué. Brynn écarquillait les yeux, tandis qu'elle regardait Mia avec admiration. Seul Reynolds, étonnamment, leva son verre.

— Oyez, oyez, dit-il, comme si rien ne s'était passé.

Mia reposa son verre, tourna les talons et partit. Mais bien que la soirée eût été un désastre, elle était repartie avec quelque chose qu'elle n'avait jamais possédé auparavant. Un tout nouveau sentiment de clarté. Si elle restait en Pennsylvanie, elle devrait supporter des mois d'appels téléphoniques inquiets et de tentatives moins que subtiles de la brancher avec Reynolds ou de l'attirer dans l'entreprise familiale Middleton. L'alternative était risquée, folle, et ses chances de réussir étaient minces, mais honnêtement, qu'avait-elle à perdre ? En fait, elle était fière d'elle. Elle prenait enfin sa vie en main. Elle repêcha son téléphone portable dans son sac à main et trouva le numéro qu'elle voulait. Après quelques sonneries, Graham Stone décrocha.

« Graham ? C'est Mia. J'ai réfléchi. J'accepte votre offre. »

CHAPITRE SIX

Une semaine après le dîner Goudron et Plumes, Mia terminait de ranger ses affaires dans sa vieille Toyota. L'appartement fourni par l'émission était meublé. Elle avait donc entreposé quelques affaires dans le garage de Brynn. Elle était impatiente de prendre la route. Mia siffla Tandy et ils s'installèrent dans la voiture.

« Tu es prêt ? » dit-elle, et elle abaissa la vitre pour Tandy avant de s'engager sur la route. En passant devant un petit bistrot français, un souvenir lui revint en tête. On y servait le plus délicieux soufflé au chocolat qu'elle eût jamais mangé. Lors de son dernier anniversaire, elle en avait partagé un avec son fiancé Mark. Ex-fiancé, corrigea-t-elle. *Ne pense pas au passé ! Reste dans le moment présent.* C'est ce qu'elle s'était répété à maintes reprises alors qu'elle se préparait à sa nouvelle vie. Elle avait passé ses journées à faire ses valises, de la paperasse et des projets. Mais le bon côté des choses, c'était qu'elle avait établi un nouveau record du monde. Après tout, combien de personnes perdent leur emploi, leur fiancé et leur logement en une seule journée et commencent une nouvelle vie une semaine plus tard ?

Alors que Fishtown devenait de plus en plus petit dans son rétroviseur, un nouveau sentiment émergea en elle. La liberté de la route. Toute la folie de ces derniers jours s'évanouissait. Elle se dirigeait maintenant vers son avenir. Que se passerait-il quand elle arriverait à Salem ? Elle n'en avait aucune idée, mais au moins tout serait nouveau. Le simple fait de prendre ses marques, découvrir où faire ses courses par exemple, serait une distraction. Et personne ne la connaissait à Salem. Les possibilités de réinventer sa vie étaient infinies. Mais ce qui l'excitait le plus, c'était le podcast. Elle avait travaillé seule pendant si longtemps. Comment ça allait être de travailler avec d'autres personnes sur une émission ? Graham n'avait pas filtré beaucoup d'infos à propos de l'équipe de *Cloche, Livre et Bougie*, mais elle pensait que ses membres devaient sûrement s'intéresser au même genre de choses qu'elle. Être entourée de personnes partageant les mêmes intérêts ne pourrait qu'être génial.

Et surtout, Mia vivrait à Salem, où les procès de sorcières n'étaient que la partie immergée de l'iceberg historique. Elle mourait d'envie d'enquêter sur toutes les histoires, les mystères et les légendes de la ville. C'était une mine de trésors en matière de comportements humains et de données scientifiques, qui ne demandait qu'à être explorée. Que c'était excitant !

Cinq heures plus tard, Mia quitta l'autoroute et pénétra dans la petite ville de Salem, dans le Massachusetts. Au lieu de se rendre directement à sa nouvelle adresse, rue Essex, elle décida de faire un détour par le port. Elle n'avait pas vu la mer depuis un certain temps et Tandy avait besoin de se dégourdir les pattes. La ville était accueillante, avec des rues larges et des arbres séculaires. Les maisons étaient un peu moins imposantes que celles auxquelles elle était habituée en Pennsylvanie, et il y avait moins de bâtiments industriels. Il y avait un air de puritanisme contenu dans l'architecture.

Elle savait que l'une des maisons les plus célèbres de la ville, la maison Turner-Ingersoll, se trouvait à proximité. Elle suivit les panneaux historiques dans une rue sans issue et s'arrêta devant l'ancien manoir colonial, rendu célèbre par Nathaniel Hawthorne sous le nom de Maison aux sept pignons. Elle laissa Tandy sortir de la voiture pour lui permettre de renifler son nouveau territoire et elle lui emboîta le pas. On racontait qu'un certain nombre de fantômes résidaient dans la maison Turner-Ingersoll : le fantôme rampant de l'escalier secret, le garçon fantôme et la cousine de Nathaniel Hawthorne, Susanna Ingersoll, pour commencer. Elle regarda fixement le vieux manoir avec ses toits à pic et ses cheminées en briques, surplombant une plage balayée par le vent. Mais elle n'admirait pas sa beauté. Elle rêvait de tester la vieille maison avec des lecteurs d'énergie magnétique et des caméras infrarouges pour prouver qu'il n'y avait pas de fantômes.

La maison se trouvait sur la côte rocheuse de Salem. En contrebas des falaises, elle pouvait voir la marina de Hawthorne Cove, où les bateaux étaient amarrés le long de pontons en bois. La mer lui rappelait toujours son père et le temps qu'ils avaient passé ensemble sur la côte de Jersey.

Mia avait encore une collection de cartes postales. *Asbury Park, Seaside Heights, Ocean City, Atlantic City, Wildwood.* Frank l'emmenait le long de la promenade et la hissait sur ses épaules, légère comme une plume. Malgré ce que disait sa mère, Frank n'était pas vraiment un escroc ; du moins, Mia ne le pensait pas. Il était plutôt un fabulateur, un beau parleur, un enchanteur. Parfois, Frank jouait à un « jeu » où il se faisait passer pour quelqu'un d'autre, se présentant comme un avocat, un archéologue ou un détective privé. Un jour, il raconta à un vendeur qu'il était dans la légion étrangère. Une autre fois, qu'il était un décrypteur de code. Puis il baissait les yeux vers Mia et lui décochait un clin d'œil. Elle gloussait et jouait le jeu jusqu'au jour où, après une sortie, elle en toucha un mot à sa mère et tout dégénéra.

Le jour où Frank quitta la ville, il emporta tous ses noms avec lui. Encore aujourd'hui, sa mère levait les yeux au ciel à la simple mention de son nom, disant qu'il était la raison pour laquelle elle avait eu deux emplois. Pour lui permettre de porter de beaux costumes et de rester auprès de sa fille. Mais ce dont Mia se souvenait, c'était un type charmant et drôle, au sourire en coin, qui lui ébouriffait les cheveux, l'emmenait sur la grande roue et chassait ses peurs d'un simple clin d'œil. Elle prit une pierre lisse, la frotta entre ses paumes comme Frank le lui avait montré, et fit un vœu. Je souhaite faire ce que j'aime. Puis elle jeta la pierre en l'air et la regarda tomber sur la plage, en contrebas.

Son père lui manquait. Mais qui était Frank Bold, réellement ? Mia ne le savait pas encore vraiment. Personne ne savait où se trouvait Frank, ni même s'il était vivant. Il était le seul mystère qu'elle n'ait jamais réussi à résoudre.

Soudain, Tandy grogna.

— Vous ne devriez pas laisser ce chien courir, dit une voix rauque.

Mia se retourna et vit un homme aux cheveux gris courts et au visage buriné, tenant du matériel de pêche et un seau dans lequel se tortillaient des appâts. Malgré la température clémente, il portait un pull en laine mangé par les mites.

— Désolée, dit Mia, je ne savais pas qu'il y avait quelqu'un ici.

— Vous n'êtes pas du coin, lui dit l'homme brutalement, en la regardant d'un air dur.

— Non, je viens d'arriver en ville, dit Mia, en essayant d'être polie.

— Je peux sentir la ville sur vous, dit l'homme. On ne peut pas construire un nouveau bateau avec du vieux bois.

Il traversa la rue et disparut dans l'allée, en direction du port.

Qu'est-ce que c'est censé vouloir dire ? Mia siffla Tandy, qui sauta dans la voiture. Il était temps de découvrir son nouveau logement. Elle suivit l'itinéraire google jusqu'à une charmante rue bordée d'arbres, à côté d'un centre commercial piétonnier. Elle suivit les instructions fournies par Graham Stone et descendit une allée pavée de briques, puis se gara sur l'une des quatre places situées derrière le bâtiment.

« Allez », dit-elle. Tandy sauta à l'extérieur et se mit à trotter gaiement à sa suite. Elle frappa à la porte métallique à l'arrière. Un vieil homme ouvrit la porte, vêtu de vêtements propres et bien repassés qui rappelaient les années soixante-dix. Son visage était très usé et comportait de profondes rides du sourire.

— En quoi puis-je vous aider ? demanda-t-il d'une voix amicale.

— Je m'appelle Mia, dit-elle.

— La fille du *Vortex* ? Je pensais que vous seriez plus âgée, dit-il en souriant. Eh bien, entrez. Je m'appelle Tom Hatter, je suis le propriétaire.

Il se pencha et ébouriffa la tête de Tandy.

— C'est votre voiture ? Je vais demander à quelqu'un de monter vos affaires. Will, j'ai du boulot pour toi !

— Oui, M. H ?

Un adolescent sortit de derrière des boîtes. Ses membres étaient trop longs pour ses vêtements et une mèche de cheveux lui tombait sur les yeux. Tandy remua la queue.

— Sors de cette voiture les bagages de cette jeune femme et apporte-les au 2A.

— Ça marche, M. H, dit Will et il s'élança vers la porte arrière, avant de revenir en courant.

Mia lui tendit ses clés et il sourit tout penaud.

— Laissez-moi vous faire visiter les lieux, dit Tom, en poussant la porte battante.

Elle conduisait à une boutique remplie de curiosités : affiches vintages, globes oculaires mystiques, porte-clés et tasses à café. Sur la vitrine, on pouvait lire *Emporium Hatter* en lettres peintes.

— Vous avez un peu de tout ici, dit Mia, en admirant le chaos maîtrisé de la boutique.

Tom s'approcha d'une carte sur le mur.

— Salem fut fondée en 1626. Nous sommes une petite ville portuaire, dit-il d'un ton de maître de cérémonie. Seulement quarante-cinq kilomètres carrés dont la majeure partie est de l'eau, ce qui ne laisse que vingt-trois kilomètres de terre. Nous sommes aussi la ville la plus hantée des États-Unis. Il y a l'hôpital de Salem, la prison de Salem, la Maison Joshua, Gallows Hill, la Maison des sorcières... Bon sang, même cet endroit est hanté.

— Cet immeuble ? Qui hante ces lieux selon vous ? demanda Mia, amusée.

— Eh bien, le capitaine Joseph White a été assassiné juste en bas de la route. Ils disent que les conspirateurs, Richard Crowninshield et les frères Knapp, sont passés par ici après avoir échafaudé leurs plans à la chambre des communes de Salem. Puis Crowninshield l'a matraqué à mort dans son sommeil. On peut les entendre parfois.

— Les entendre ?

— Ils chuchotent, dit Tom en jetant un regard prudent de côté.

— M. H ? J'ai laissé les sacs devant la porte, dit Will et il s'agenouilla pour caresser Tandy.

— Pensez-vous que je pourrais aller le promener de temps en temps ? demanda-t-il à Mia.

— Bien sûr, répondit-elle. Tu peux me faire visiter aussi.

— Je vous accompagne à votre chambre, dit Tom. Will ? Garde un œil sur la boutique.

Il conduisit Mia à la porte d'entrée du magasin, qui faisait face à une place ouverte avec un café et quelques boutiques, dont la plupart semblaient proposer des articles de nature occulte.

— Vous avez votre propre entrée, dit-il.

Il ouvrit la porte avec une clé et monta l'escalier. Mia et Tandy lui emboîtèrent le pas. En haut des escaliers se trouvaient des portes numérotées. Il tourna la clé dans la serrure de l'appartement 2A et ouvrit la porte sur un appartement petit, mais charmant. Mia reconnut le même salon, la même chambre et la même petite kitchenette qu'elle avait vus sur les photos. En se promenant, elle remarqua une fenêtre inclinée.

— C'est étrange, dit-elle, en pointant du doigt la bizarrerie.

— Oh, c'est la fenêtre de la sorcière, lui dit-il. Elle est inclinée comme ça pour que les sorcières ne puissent pas voler à l'intérieur.

Mia lui lança un drôle de regard avant d'entrer dans la cuisine. La cuisinière était manifestement ancienne et très singulière. Il y avait une grande surface plane entre les brûleurs et quatre petits couvercles sur chacun d'eux au lieu d'un seul grand. Elle essayerait de comprendre plus tard.

Quelqu'un avait placé avec soin un tapis en forme de chien sur le sol avec un bol rempli d'eau, et un bouquet de fleurs fraîches était posé sur la table basse. Un mot en dépassait.

— C'est Ollie Cooper, le partenaire de Graham, qui a tout préparé. Il a dit que vous deviez lire ce mot dès votre arrivée, lui indiqua Tom en souriant.

— C'est merveilleux, Tom. Je dois dire que je suis surprise que Graham m'offre un appartement gratuitement. C'est tellement généreux.

— Eh bien, dit Tom en se penchant pour chuchoter. Il se trouve que Graham est mon fils. Je suppose que s'appeler Hatter ne lui convenait pas.

— Oh ! dit Mia. Je vois.

— L'immeuble est dans la famille depuis des générations. Je l'ai laissé utiliser ces pièces pour ses projets, dit Tom. Ça m'aide à rester jeune d'avoir des jeunes gens comme vous ici. Je vous laisse vous installer.

Il lui fit un clin d'œil et lui remit un jeu de clés. Le porte-clés portait l'inscription *Emporium Hatter* et l'image d'une sorcière sur un manche à balai.

— Il vaudrait mieux que vous laissiez la fenêtre de la sorcière fermée. On ne sait jamais.

Mia rit et prit les clés.

— Encore une chose, dit-il. La poignée de porte se coince parfois. Il faut la soulever et lui donner un petit tour. Sinon, vous êtes coincée ici.

Il sortit et ferma la porte derrière lui.

Mia ébouriffa la tête de Tandy. Puis elle se dirigea vers les fleurs et saisit l'enveloppe. Le mot disait :

Bienvenue à Salem !
La réunion d'équipe commence à 17 h 30, à l'auberge Black Cat.

L'auberge Black Cat ? C'était un lieu hanté tristement célèbre, autrefois fréquenté par les marins. On raconte qu'une femme esseulée traversait le grenier à la recherche de son amant perdu en mer. Il y avait une adresse et un plan dessiné à la main. Le Black Cat se trouvait à quelques pas.

Soudain, on frappa légèrement à la porte. Mia tourna la poignée et découvrit une jeune femme menue, habillée à la bohème, qui se tenait debout devant sa chambre. Probablement âgée d'un peu moins de trente ans, elle avait un visage d'elfe et des cheveux bleus courts coiffés d'un bonnet rayé. Tandy se précipita immédiatement vers elle et commença à lui lécher la main. C'était toujours bon signe.

— Je m'appelle Sylvie Payne, dit la jeune femme avec un fort accent du Jersey. Je suis l'ingénieur du son.

Elle s'agenouilla pour caresser Tandy dont la queue frétilla frénétiquement alors qu'ils se saluaient comme de vieux amis.

— Pour *Cloche, Livre et Bougie* ?

— C'est bien ça. Je suis aussi votre voisine. Elle tenait une clé accrochée à un porte-clés similaire et la secoua. Je suis au 2B. Je crois qu'on est en retard pour la réunion d'équipe. Ça te dit de chercher le Black Cat avec moi ?

CHAPITRE SEPT

En se promenant rue Essex, Mia eut l'impression d'entrer dans une scène tirée d'un drame d'époque. En passant devant le parc Lappin, les jeunes femmes aperçurent la sculpture *Ensorcelé*, une statue de sorcière chevauchant un balai, encadrée par la pleine lune.

— Ils ne plaisantent pas avec leurs sorcières, remarqua Mia.

— Ni avec leurs sorciers, ajouta Sylvie, tandis qu'un homme vêtu d'un gilet victorien passait à côté d'elles, se débattant avec ses manches en dentelle.

Elles traversèrent la rue et entrèrent dans une promenade de pavés et de briques fermée à la circulation automobile. Des stands colorés débordaient de marchandises magiques et d'objets mystiques. Mia remarqua des boules de cristal, des pentagrammes et des sacs d'herbes empilés sur des chariots. Les touristes passaient à côté en mangeant des pommes d'amour. La porte d'un bâtiment était grande ouverte, révélant une foire psychique bourdonnant de touristes. Alors que le ciel s'assombrissait, une brise fraîche se leva et des lampadaires de style vintage commencèrent à luire doucement. Elle frissonna. C'était charmant mais étrange.

— J'avais l'habitude d'écouter ton émission, dit Sylvie. C'était génial, sauf la qualité du son. Du matériel bon marché, une qualité de son inférieure. C'est aussi simple que ça.

— J'ai monté mon studio d'enregistrement en mode MacGyver, dit Mia en riant. Et je n'ai jamais pu me payer le luxe d'avoir un ingénieur du son. Je faisais vraiment tout moi-même du mieux que je pouvais.

— Eh bien, tout ça va changer maintenant. Tu auras une équipe entière à ta disposition, et grâce à moi, ta voix sonnera comme de l'or liquide.

Mia sourit intérieurement. Sylvie était culottée et confiante, elle n'y était pas habituée. Mais si Tandy l'aimait déjà, tout irait bien entre elles. Au fil du temps, Mia avait appris qu'elle pouvait s'en remettre entièrement au jugement de Tandy.

— Je crois que c'est par ici, dit Mia en suivant la carte.

Alors qu'elles marchaient sous un lampadaire, celui-ci flamba soudain puis s'éteignit. Sylvie leva les yeux vers le lampadaire puis secoua la tête.

— Ne fais pas attention à mon poltergeist, dit-elle d'une façon détachée.

— Ton quoi ? dit Mia, pas sûre d'avoir bien entendu.

— Mon poltergeist, répondit Sylvie. Ça fait des années qu'il me suit. Je crois qu'il s'agit de mon cousin mort.

— Tu penses que ton cousin te hante ?

— Écoute, je sais que tu es sceptique, mais cette chose me suit depuis des années. Les lumières s'allument et s'éteignent, le volume augmente. C'est dingue. Pour tout te dire, je pense même à me faire exorciser.

Mia classa ce fait étrange dans un coin de sa tête et, alors qu'elles arrivaient au Black Cat, elle tint la porte à Sylvie. Elles entrèrent, passant sous un lourd lustre avant de pénétrer dans une pièce dotée d'un plancher en bois et d'un plafond aux poutres épaisses. Il était impossible de dire de quand datait l'auberge au premier coup d'œil. Le bois était vieux et sombre et il y avait une grande cheminée, qui paraissait bien usée.

Deux hommes, qui semblaient être des habitués, jouaient aux fléchettes dans un coin. L'un d'entre eux se retourna et fixa Mia. Était-ce bel et bien le type qu'elle avait croisé près de la Maison aux sept pignons ? Elle vit le barman, un gros nounours, qui nettoyait les verres et observait le jeu de fléchettes d'un air maussade.

Une main se leva et leur fit signe de venir.

— Mesdames, vous voilà. C'est Graham.

Graham Stone se leva et sourit, les bras ouverts. Il portait une chemise criarde et une veste de costume violette, sa chemise était pratiquement déboutonnée jusqu'au nombril. Une épaisse chaîne en or de style rappeur était suspendue à son cou. Ses cheveux, gominés, étaient coupés à la dernière mode. Compte tenu de la saison, sa peau était étrangement orangée.

Il avait du charisme, c'était certain. Mais il donnait à Mia l'impression d'un vieux vendeur de voitures d'occasion s'apprêtant à lui vendre un citron. Elle ne savait pas si elle pouvait lui faire confiance.

— Laissez-moi vous présenter tout le monde, dit-il. Voici mon partenaire, Ollie Cooper, c'est lui qui s'occupe de la trésorerie. Tournez-vous vers lui pour tout ce qui touche au contrat.

— J'ai tellement entendu parler de toi, Mia, dit Ollie.

Il faisait intello et était habillé de façon classique, stylo en argent accroché à la poche avant de sa veste. Lui et Graham formaient un couple détonnant. Mia se détendit immédiatement lorsqu'elle l'aperçut. Il arborait une expression spontanée et un sourire chaleureux. Le fait qu'il ait installé des choses pour Tandy l'avait déjà séduite.

— Merci d'avoir installé les choses pour mon chien, dit Mia en souriant.

— Bien sûr. Nous voulons que toi et…

— Tandy, dit Mia.

— Oui. Nous voulons que Tandy et toi vous sentiez chez vous.

Ollie sourit. Elle se demanda s'il avait entendu parler de Vic Tandy.

— J'ai déjà eu le plaisir de rencontrer Sylvie, dit-il. Je peux vous offrir un verre à toutes les deux ?

Il fit signe à la serveuse de venir pendant que Graham continuait les présentations.

— Voici Jake Lowry, le meilleur assistant son de l'industrie. Il sait aussi comment manier une caméra. Il sera avec nous à chaque fois que nous sortirons du studio.

Jake se leva, il dominait Graham en taille.

— Ravi de te rencontrer, dit Jake, en tendant un bras épais recouvert de tatouages colorés.

La main de Mia disparut pratiquement dans la sienne, alors qu'ils se serraient la main. Elle était quelque peu décontenancée par la taille impressionnante de l'homme, mais sa poignée de main était légère, comme s'il était conscient de sa force et qu'il essayait d'être doux.

— Où est l'assistant personnel ? s'énerva Graham. Maudit soit ce gamin, il était censé arriver tôt.

La porte d'entrée s'ouvrit brusquement et Mia fut surprise d'apercevoir Will. Il courut vers le groupe, portant une pile de scripts dans ses bras. À bout de souffle, il les laissa tomber sur la table.

— Désolé, M. Stone, j'ai dû clôturer la caisse avant d'aller faire les copies.

Il s'écroula sur un siège avec enthousiasme, visiblement ravi de faire partie de l'émission.

— Il ne reste plus qu'une personne et il est en retard, comme d'habitude.

Mia se pencha vers Sylvie.

— De qui parle-t-il ? murmura-t-elle.

— De ton coprésentateur, Johnny Astor, répondit Sylvie. Il est dément.

— Mon coprésentateur ? s'étonna Mia.

Elle savait qu'un podcast avec deux présentateurs était un format en vogue, mais selon ce que lui avait dit Graham, elle devait être l'unique présentatrice.

— Qu'entends-tu par dément ?

— Tu verras.

— On ne va pas attendre la diva plus longtemps, dit Graham en faisant un signe de tête à Will, lequel se mit à distribuer les scripts.

Et voilà, écrit en noir et blanc sur la couverture : *Cloche, Livre et Bougie* avec Johnny Astor et Mia Bold. Mia se demanda si l'ordre des noms renseignait sur leur statut ou s'il était simplement alphabétique.

— Bienvenue sur l'émission. Vous savez maintenant tous que j'ai été showrunner sur *Ghosting*. Mais saviez-vous que j'ai aussi une formation d'ingénieur en mécanique ? Eh oui. Ça m'a ennuyé, alors je me suis lancé dans les effets spéciaux. Savez-vous quel est le péché capital du divertissement ? Les gens ennuyeux. Ce que les effets spéciaux m'ont appris, c'est que la peur est le contraire de l'ennui. Les gens aiment avoir peur.

Il s'interrompit et attendit que chacune des personnes présentes autour de la table intègre cette révélation.

— Alors oui, nous sommes une émission sérieuse, poursuivit-il, il est certain que nous allons explorer les faits qui se cachent derrière les phénomènes. Nous avons ici une scientifique sceptique qui va nous recadrer si on s'éloigne du droit chemin. Mais nous allons aussi créer de la tension. Nous allons ficher la trouille aux gens et notre règne de la terreur commence ici même, demain soir, avec l'affaire du Black Cat.

Demain soir ? Comment allait-elle se préparer, faire des recherches sur l'affaire et rechercher d'autres explications, avec un seul jour de préavis ?

— Mais je n'ai pas eu le temps d'enquêter, déclara Mia.

— Je t'ai réservé l'endroit pour demain après-midi, il sera tout à toi, la rassura Ollie.

La porte s'ouvrit en grand. Un homme entra. *Johnny Astor*, pensa Mia. Il était grand et mince, en noir des pieds à la tête : jean noir, chemise noire et cheveux en bataille manifestement teints en noir. Alors qu'il s'approchait de la table, il souriait avec assurance.

— Désolé pour le retard, dit-il en se glissant dans le box, j'espère que je n'ai rien raté.

— Graham nous parlait du péché capital, dit Ollie.

— Les gens ennuyeux ? dit Johnny en regardant Mia.

Il tendit la main et ils échangèrent une poignée de main.

— Donc, tu es Mia Bold. J'ai écouté *Vortex*, le premier épisode en tout cas.

Mia rougit. Le premier épisode ? Était-ce une insulte ?

Johnny se pencha vers elle et plongea son regard dans le sien. Ses yeux étaient d'un vert profond et étincelant, comme une prairie herbeuse qui scintille après la pluie.

— Écoute, sans vouloir être méchant, ton émission était un peu... rasoir. Que disais-tu à propos de l'hôtel Stanley dans le Colorado ? Celui sur lequel Stephen King s'est basé pour écrire *Shining* ? Ah oui, je me souviens. Tu as attribué ce phénomène aux « radiations naturelles des formations rocheuses qui provoquent des pics d'énergie électromagnétique sur le terrain », et le cri que les clients entendaient était « l'appel d'un élan dans la nuit » ? Assez tarabiscoté comme explication, mais jolie voix.

Il dégaina le même sourire, comme un faisceau de lumière détournant l'attention de ses insultes.

Quelle condescendance ! Les gens le laissaient-ils toujours s'en tirer avec ce comportement ?

— D'après toi, qu'est-ce qui a causé le phénomène au Stanley ? demanda Mia, agacée. Quelle est ta théorie concernant les apparitions ? Le piano ? Les voix d'enfants désincarnées ?

— Eh bien des fantômes, bien sûr, répondit Johnny. Le rasoir d'Occam, l'explication la plus simple est généralement la bonne.

Mia était abasourdie. Pas étonnant que personne ne lui avait parlé de ce type. Il faisait partie de la pire sorte de conspirateurs, de ceux qui utilisent leur intellect pour défendre des théories folles.

— Des fantômes ? La méthode scientifique exige un examen plus approfondi que cela, s'indigna-t-elle. Est-ce ainsi que tu envisages d'enquêter sur les phénomènes, en mettant cela sur le compte d'une légende primitive qui n'explique rien ?

Ollie leva les mains en l'air, comme un arbitre.

— Ok, vous deux, intervint Ollie. Peut-être qu'on devrait juste s'en tenir à regarder le script. Bien sûr, vous l'étofferez de vos opinions. Mais regardons la structure.

— Je sens que ça va être un podcast passionnant, s'enthousiasma Graham, en se frottant les mains. Mais gardons les étincelles pour demain.

Soudain, la salle se fit silencieuse. Les joueurs de fléchettes interrompirent leur jeu. Les hommes accoudés au bar posèrent leurs verres et levèrent les yeux en direction du plafond. Tout le monde entendait la même chose : des pas lents, lourds et méthodiques qui se déplaçaient au-dessus d'eux. *Boum, boum, boum.* Les cheveux de Mia se dressèrent sur sa tête.

— C'est un fantôme ! s'exclama Johnny, tout excité. Pour notre première soirée ensemble !

Mia le regarda, incrédule.

— On ne sait pas…

— C'est une activité poltergeist typique de deuxième phase, déclara Johnny, des bruits de pas venant du plafond, des coups, des bruits forts.

— Mais nous devons enquêter, s'irrita Mia, c'est tout l'intérêt de l'émission.

Mia regarda le plafond. Pratique, cette apparition de fantôme au Black Cat. Il n'y avait qu'un seul moyen de découvrir la vérité. Johnny Astor était peut-être crédule, mais elle allait enquêter et découvrir de quoi il en retournait vraiment.

CHAPITRE HUIT

Alors que Mia déverrouillait la porte de son appartement, son ventre gargouilla. Elle n'avait rien mangé depuis le petit déjeuner. Derrière elle, Sylvie fit basculer une énorme boîte à pizza sur le côté pour la faire passer par l'ouverture. Tandy était heureux de les voir. Il observa Mia avec une attention ravie tandis qu'elle versait des croquettes dans un bol. Mia apporta des assiettes et des serviettes dans le salon. Puis, elle et Sylvie commencèrent à manger. Après une journée aussi longue et chargée, la pizza avait une saveur délicieuse.

— Miam, dit Sylvie. Des glucides, c'est exactement ce qu'il me fallait.

— Au fait, pourquoi as-tu accepté ce boulot ? demanda Mia.

— J'ai enfreint ma règle d'or : ne jamais sortir avec un musicien, raconta Sylvie. Je m'occupais du son pour un groupe appelé Amplitude. Puis j'ai rencontré le chanteur principal, Dexter. On est sortis ensemble et disons que ça ne s'est pas bien passé. C'était un vrai connard. Le podcast fut l'excuse parfaite pour quitter la ville. Et toi ?

Bien que Sylvie fît bonne figure, Mia pouvait voir qu'elle souffrait. Elle décida de raconter la vérité.

— J'ai insulté mon patron, qui m'a viré. Puis j'ai rompu avec mon fiancé, Mark.

— Je savais qu'il y avait un côté rebelle en toi.

Sylvie plongea sa main dans sa poche et en ressortit deux mignonnettes de bourbon. Elle en jeta une à Mia.

— Un dernier verre ?

— Tu as toujours de l'alcool sur toi ?

— Quand je me prépare pour un voyage en train à vous écraser l'âme entre Jersey et Salem, oui. Classe, non ? Alors, il s'est passé quoi avec le fiancé ?

— Il détestait mon podcast.

Les mots lui firent mal, rien qu'à les prononcer. Comment envisager de partager sa vie avec quelqu'un qui ne vous encourageait pas ?

Sylvie leva sa bouteille en portant un toast.

— À Mark et Dexter. Qu'ils trouvent ce qu'ils cherchent.

Elles rirent et burent leur mignonnette d'un seul trait. Jusqu'à cet instant, Mia n'avait pas réalisé à quel point elles partageaient des points communs. Toutes les deux, elles avaient eu le cœur brisé.

— Alors, que penses-tu de l'équipe ? demanda Sylvie. Graham me fait penser à un mafieux du Jersey.

— Mais Ollie et Jake ont l'air plutôt normaux et Will est un gentil garçon.

Mia fit une pause.

— Penses-tu vraiment que le Black Cat soit hanté ?

— On me paie juste pour que ta voix sonne bien. Mais en gros, je n'y crois pas.

— Johnny Astor y croit vraiment, lui, dit Mia, agacée.

— Astor ? C'est une vraie diva, dit Sylvie. Je parie qu'en ce moment, il est chez lui en train de se googler.

Elles éclatèrent de rire rien qu'à cette idée.

— Il faut que tu lises ses tweets.

Elle tendit son téléphone à Mia.

Ne manquez pas la nouvelle émission de Johnny Astor !

Soyez à l'écoute de la terreur et envoyez des sms à Johnny en direct !

Johnny Astor va faire un peu de chasse aux fantômes !

— Il tweete à la *troisième personne* ? dit Mia, stupéfaite.

Elles éclatèrent de rire à nouveau. Tandy trotta vers elles, voulant participer à la blague. Mia se sentait mieux. Le stress de ces derniers jours diminuait. Sylvie avait tellement les pieds sur terre et était si amusante. Mia sut qu'elles deviendraient vite des amies.

— Hé, c'est quoi cette fenêtre inclinée ? demanda Sylvie.

— C'est une fenêtre de sorcière. Apparemment, elles n'aiment pas voler de côté.

— Euh…je vais tâcher de m'en souvenir, dit Sylvie, en bâillant. Tu ferais mieux d'aller dormir si on doit chasser les fantômes demain. Si des sorcières frappent à cette fenêtre, je suis au bout du couloir.

Elle sourit et tourna la poignée. La porte ne s'ouvrit pas.

— Donne-lui d'abord une secousse, puis tire vers le haut et tournes, sinon tu es coincée ici.

Sylvie haussa les épaules, impassible.

— Bon à savoir, dit-elle. Fais de beaux rêves.

Alors que Mia commençait à déballer ses affaires et à se préparer à aller au lit, elle pensait à la chance qu'elle avait d'avoir Sylvie juste au bout du couloir. Puis le téléphone sonna. Elle s'apprêtait à l'ignorer, quand elle reconnut le numéro.

— Coucou, maman, dit-elle gaiement.

— Mia ? C'est toi ?

— Bien sûr que c'est moi. Tu viens d'appeler *mon* numéro.

— Je n'arrive pas à croire que tu aies quitté la ville sans me dire au revoir. Tu aurais pu être kidnappée. Tu sais que je ne supporte pas les gens qui disparaissent comme ça, pas depuis...

Elle s'arrêta juste avant de prononcer le nom de *Frank Bold*. Madison avait une douzaine d'histoires qui commençaient par « pas depuis que Frank Bold... »

— Je suis vraiment désolée, maman. Brynn savait où j'étais, tout va bien, je te promets.

— Je ne comprends pas pourquoi tu gâches ta vie. Tu étais fiancée à un homme merveilleux. Tu avais un bon travail. Et maintenant, regarde-toi ! Tu chasses des fantômes.

— Je démystifie les fantômes, maman. C'est très différent !

Mia changea de tactique. La meilleure façon de dissiper l'anxiété de Madison était de lui donner le sentiment d'être incluse. Elle fit le récit de chacune des étapes de son voyage jusqu'à Salem. Après quelques minutes de bavardage banal, Madison fut suffisamment distraite et commença à s'ennuyer. Elle couvrit le combiné d'une main et cria :

— Chéri ? J'ai Mia au bout du fil !

Pourquoi les gens font-ils ça ? pensait Mia. *Ce n'est pas comme si je ne pouvais pas entendre.* Elle grimaça à l'idée que Daniel lui fasse la leçon quant au fait d'avoir gâché sa vie entière et ses études, ainsi que d'avoir quitté la ville sans rien dire à sa mère. Elle entendit le bruit caractéristique qui indiquait que sa mère passait le téléphone à son beau-père.

Mia retint son souffle.

— Je veux que tu saches que je suis fier de toi, dit Daniel d'une voix rauque, j'ai été très dur avec toi l'autre soir. Et je ne le dis pas assez souvent. Mais je le suis. Fier, je veux dire.

La gorge de Mia se serra. Des larmes de soulagement et de gratitude lui montaient aux yeux. Mais avant qu'elle ne puisse lui dire merci, Madison reprit le téléphone.

— Tu vois, Mia ? Les gens changent. Peut-être que tu devrais appeler Mark, pour essayer d'arranger les choses ? Ce serait dommage d'avoir gâché ces six dernières années.

Ouah, maman, super façon de gâcher un beau moment, pensa Mia.

— Écoute, maman, je commence tôt demain.

Avant que Madison n'ait le temps de protester, elle ajouta :

— Je t'aime. Je promets de t'appeler bientôt.

Mia raccrocha, les joues en feu. En fait, elle n'avait plus pensé à Mark jusqu'à cette seconde précise. Elle fut d'abord submergée par un flot de colère et de ressentiment à son égard, puis la curiosité la piqua. Que faisait-il ? Ça ne pouvait pas faire de mal de jeter un coup d'œil sur Facebook. Elle ouvrit l'application sur son téléphone et parcourut le fil d'actualités. Un ami avait posté des photos d'une soirée en ville à New York. Elle reconnut quelques-uns de ses amis de l'époque universitaire. Puis elle s'arrêta.

Mark était là, il enlaçait une blonde sexy en robe moulante. Ils semblaient horriblement confortables. L'estomac de Mia se noua. *Eh bien, il n'a pas perdu de temps.* Elle fit un zoom sur la photo. La fille lui semblait familière. Qui était-elle ? Puis ça lui revint. Daisy Weston, très sociable et chef des pom-pom girls à l'époque de l'université Penn State. Mark ne l'appelait-il pas Daisy l'écervelée ? Elle se rendit sur la page Facebook de Mark pour voir s'il y avait d'autres photos. Elle eut un choc.

Je suis bloquée ! Quel abruti ! Ils étaient séparés depuis une semaine à peine et il était déjà en train de voir ailleurs et de passer à autre chose. Elle se dirigea vers la fenêtre et l'ouvrit. Sorcière ou pas, elle avait besoin d'air frais.

C'est alors qu'une notification retentit sur son téléphone, un texto venant d'Ollie Cooper.

15 h 00 auberge Black Cat
Deux heures pour fouiner avant le début de l'émission
Pour info, Graham a invité un public d'influenceurs en direct

Mia prit conscience qu'elle ne pouvait pas se permettre de s'apitoyer sur son sort. Avec les influenceurs dans le public, les enjeux étaient montés d'un cran. Elle ouvrit l'une de ses valises et en sortit une boîte en métal, qu'elle ouvrit lentement.

À l'intérieur se trouvait son kit de chasse aux fantômes : une caméra 4K à vision nocturne à spectre complet, une monture et un trépied ; un lecteur EMF avec un thermomètre d'ambiance, rétroéclairé en rouge pour que l'écran soit visible dans le noir ; un enregistreur EVP de poignet ; et, bien sûr, une lampe de poche tactique. Elle n'aurait que quelques heures pour faire des recherches et enquêter sur l'auberge. Elle avait intérêt à être efficace.

Tout son avenir pouvait potentiellement se décider le lendemain soir. Il était hors de question de laisser Johnny Astor transformer leur émission en film d'horreur de série B ringard. Ils l'avaient engagée pour être sceptique et jouter avec Johnny.

Que les jeux commencent.

CHAPITRE NEUF

Tôt le matin, Mia et Tandy sortirent faire un jogging devant la Maison des sorcières, l'une des plus anciennes maisons de Salem, un site qu'elle mourait d'envie de voir. *Un mauvais choix de mots, peut-être,* se dit-elle hâtivement. La structure en bois gris foncé, avec son toit à pic et ses planches en ardoise, demeurait inchangée depuis le XVIIe siècle. C'était la maison du juge Jonathan Corwin, responsable de la condamnation à mort de dix-neuf personnes innocentes pendant le procès des sorcières de Salem. Que ces rues bordées d'arbres avec palissades aient été le théâtre de tant de douleur et d'atrocités était difficile à croire. Mia aurait vraiment voulu entrer, mais elle avait une journée bien remplie devant elle. Elle allait enquêter sur l'auberge Black Cat.

Elle prit le chemin du retour, en courant, le long de la rue Essex, Tandy à ses côtés. Chaque fois qu'il apercevait un chat, et il y en avait beaucoup à Salem, il ralentissait, remuait la queue et essayait de faire connaissance. Ses tentatives se terminaient généralement mal : crachat, glapissement et griffure sur le visage. Mais Tandy continuait d'essayer.

Alors qu'ils arrivaient au centre commercial piétonnier, les commerçants commençaient à installer leurs stands, créant ainsi une petite agitation le long des pavés. Mia repéra Will. Il balayait devant la boutique Emporium Hatter.

— Salut Will, l'interpela Mia, est-ce qu'il y a un endroit sympa pour manger dans le coin ?

— L'endroit le plus couru est le Café Noir, répondit Will.

— Ils acceptent les chiens ?

— Ouais, maintenant que tu le dis. Juste au coin en tournant à gauche lui indiqua-t-il en montrant le chemin du doigt.

Sur son chemin, Mia croisa plusieurs boutiques de sorcellerie, dont les vitrines exposaient des cartes de tarot, du matériel de magie et des livres. Elle passa devant un magasin à l'air particulièrement misérable, peinture écaillée et vitrines sales, appelé *Le Chaudron*. À l'intérieur, elle pouvait apercevoir des racines nouées suspendues au plafond et une mygale dans une cage. *Quelle ville de fous,* pensa-t-elle.

Un peu plus loin, elle aperçut un store à rayures noires et crème, sur lequel était écrit distinctement en lettres écrues : *Café Noir*. Devant le joli restaurant, de petites tables et chaises circulaires en fer forgé étaient éparpillées. Elles ressemblaient à celles que Mia avait vues à Paris, un été, lors de son voyage en sac à dos à travers l'Europe. La façade du café avait de grandes fenêtres ornées, biseautées et divisées par du plomb. Les clients s'installaient déjà. Tout comme à Paris, les chiens étaient autorisés à accompagner leurs maîtres. Quel délicieux contraste avec les magasins occultes et les pièges à touristes.

À l'intérieur, le café était spacieux, avec du bois brun chaleureux et un éclairage moderne. Les gens faisaient la queue pour prendre leur café du matin. Une paire de baristas s'occupait des grandes machines à espresso en cuivre, l'un prenant les commandes tandis que l'autre préparait les consommations. Partout où l'on regardait, on voyait des ficus verts et verdoyants, et des plantes à caoutchouc. Mia prit place à une table recouverte d'un tissu blanc amidonné. Tandy s'installa à ses pieds.

Derrière le comptoir, un homme grand, bien bâti, vêtu d'une chemise blanche impeccable, les manches retroussées et gilet, examinait attentivement une composition florale. Il prit le vase et se dirigea vers une crédence. Alors qu'il passait à côté de Mia, son regard croisa le sien et resta bloqué dessus. Il était d'une beauté dévastatrice. Mâchoire carrée, yeux noisette chaleureux et cheveux brun doré coiffés en arrière. Il posa le vase, se tourna vers elle et sourit, repoussant de son front une mèche de cheveux égarée. Mia rougit et détourna le regard, à la recherche d'un menu. Elle avait parfaitement conscience de ne pas être à son avantage dans son sweat à capuche trempé de sueur, son t-shirt de la NASA et son pantalon de survêtement bleu délavé.

Cachée derrière le menu, elle eut une deuxième surprise. Tous les plats avaient l'air appétissants et sophistiqués. Il y avait des crêpes de toutes sortes, salées et sucrées, des croissants frais et d'autres produits de base français. Elle s'efforçait mentalement de faire un choix tout en résistant à l'envie de lever les yeux et jeter un coup d'œil au bel étranger.

Soudain, une grande main masculine plaça une gerbe de fleurs au centre de sa table. Elle leva les yeux et vit l'homme se tenir au-dessus d'elle. Lorsque leurs regards se croisèrent à nouveau, elle ressentit la même sensation électrique. Il sourit, conscient de sa réaction. Mia resta très calme, essayant de cacher le fait qu'elle était complètement subjuguée par sa présence. Tandy se leva et mit sa tête sous la main de l'homme. Il caressa affectueusement la fourrure du chien avant de tendre la main à Mia.

— Je ne pense pas que nous nous soyons déjà rencontrés, dit-il.

Pendant un court instant, Mia resta figée, ne sachant pas quoi faire. Mais ses yeux chaleureux la rassurèrent. Elle prit sa main et à son contact, un frisson traversa son corps.

— Eh bien, je viens d'arriver. Alors, à moins qu'on ne se soit rencontré ailleurs ?

— Dans un rêve, n'est-ce pas ? Avant-hier soir, dans un château ? Je m'en souviens maintenant.

Il avait des dents d'un blanc étincelant et des rides profondes aux coins des yeux.

— Ah oui, ce château. Je l'ai visité tellement de fois que j'ai perdu le fil, répondit Mia.

Mon Dieu, étaient-ils en train de flirter ? Elle jeta un regard autour d'elle, mais personne ne leur prêtait attention.

— Je m'appelle Hugh Wolfe. C'est mon café.

— Le Café Noir est à vous ?

— C'est bien ça, dit-il, je suis le propriétaire et le chef. Vous ne m'avez toujours pas dit votre nom. Est-ce un secret ?

— Mia, dit-elle, Mia Bold.

— Qu'est-ce qui vous amène à Salem, Mia Bold ?

— Je présente un podcast. *Cloche, Livre et Bougie.* Le premier épisode est ce soir.

— Vous êtes donc une personnalité des médias ! Je suis flatté que vous vous soyez arrêtée dans mon café. Vous avez déjà commandé quelque chose ?

— Non, j'étais juste…

— Est-ce que ça vous dérange si je choisis à votre place ? Nous venons de recevoir le plus incroyable des cafés torréfiés de Tanger. J'aimerais que vous y goûtiez. Il est parfumé d'un soupçon d'orange, de cannelle et de clou de girofle. C'est offert par la maison. J'aimerais connaître votre avis.

Mia rougit, ne sachant que dire ou faire. Elle n'était pas habituée à ce qu'un beau jeune homme lui offre un café. Peut-être que tout cela faisait partie de sa stratégie commerciale : offrir un café à une nouvelle cliente.

— Oui, bien sûr, avec plaisir, dit-elle, soulagée que les bonnes manières de la famille Middleton l'aient empêché de se décomposer.

La porte s'ouvrit et une femme fit son entrée. De corpulence mince, elle était vêtue d'un chemisier noir en dentelle, d'un corsaire moulant en vinyle et d'une cape trois quarts en velours. Ses cheveux noirs étaient coupés droit. Lorsqu'elle vit Hugh, elle lui fit signe de la main comme si elle était de la royauté, en agitant ses ongles pointus et manucurés telles des griffes. Elle se dirigea ensuite droit sur eux et s'arrêta devant leur table, une main sur la hanche, juchée sur des talons trop hauts pour marcher. Hugh sembla dépérir sous son regard.

— Où étais-tu vendredi, Hugh ? dit la femme d'un ton acerbe. Je pensais que tu viendrais au vernissage. J'ai attendu pendant une heure.

— Il y avait trop de monde au café, Vicki. Puis-je te présenter mon amie Mia ?

Soudain, le visage de Vicki se transforma. En réalisant qui se tenait en face d'elle, elle pinça ses lèvres et plissa ses yeux. Si des poignards avaient pu sortir de ses pupilles, Mia aurait été tuée sur le coup.

— Vous êtes Mia Bold ? La podcasteuse ? dit Vicki, en la détaillant de haut en bas.

— C'est bien ça. Est-ce qu'on se connaît ? dit Mia, en lui tendant la main.

Vicki ignora le geste.

— Techniquement, non. Mais vous m'avez pris quelque chose d'important, dit-elle, en la regardant fixement de ses yeux de chat surmaquillés.

— Moi ? Mais je ne vous ai jamais rencontrée.

— Vous m'avez piqué *mon* travail.

— Quel travail ? s'étonna Mia.

— Graham Stone m'avait promis le poste de présentatrice pour *Cloche, Livre et Bougie*. Maintenant que je vous ai devant moi, je dois dire que je suis choquée. Ils ont affirmé que vous étiez une célèbre podcasteuse. Je trouve cela difficile à croire. Pour commencer, je m'attendais à quelqu'un de plus *soigné*.

Elle fit un signe vers les vêtements de sport de Mia avec dégoût.

— Vicki ! s'exclama Hugh, en colère. Mia est mon invitée.

Mia sentit ses joues se colorer de rouge. Cette fois-ci, ce n'était pas de la gêne mais de la colère. Elle ne savait pas que quelqu'un d'autre avait été envisagé pour présenter *Cloche, Livre et Bougie*. Si on avait réellement promis ce travail à Vicki, elle avait raison d'être en colère. Mais elle n'avait pas à l'attaquer personnellement !

— Vous êtes podcasteuse ?

— Je suis Vicki Carlyle. Je suis une influenceuse. Vous m'avez peut-être vue sur Instagram ?

— Euh, pas vraiment.

— Je fais un mashup de la mode et de Salem.

Elle étendit ses bras pour illustrer.

— Je l'appelle Chaudron Chic. J'étais censée être la coprésentatrice de *Cloche, Livre et Bougie* avec Johnny Astor.

— Je n'ai rien à voir avec cette décision, dit Mia.

— Eh bien, Graham a fait une grave erreur.

Mia essaya de tenir sa langue, en vain. Elle fut submergée par cette pulsion profondément ancrée en elle de dire ce qu'elle pensait.

— Ça ne m'étonne pas que vous n'ayez pas été engagée, Vicki. Premièrement, il faudrait travailler votre relationnel.

Les yeux de Vicki se firent plus petits alors que son regard se remplissait de venin.

— Comment osez-vous…, commença-t-elle, mais Mia l'interrompit.

— Deuxièmement, les années 80 demandent à récupérer leurs vêtements gothiques. Qui espérez-vous influencer dans cet accoutrement, exactement ? C'est pour une fête d'Halloween ?

Mia crut couler lorsqu'elle réalisa qu'elle avait recommencé. Dire tout haut ce que la plupart des gens gardaient pour eux. Elle jeta un coup d'œil à Hugh. Il était choqué. Puis il couvrit sa bouche d'une main, dissimulant un rire.

Puis ce fut au tour de Vicki de réagir. Elle se raidit, son visage devint encore plus blême qu'il ne l'était déjà. La colère pouvait se lire sur son visage. Puis elle se pencha en avant sur la table et regarda Mia dans les yeux d'un regard froid et assassin.

— Faites passer un message à Graham de ma part, siffla Vicki, dites-lui que son émission va échouer, et vous aussi, Mia Bold. Je ferai tout ce qu'il faut pour qu'il en soit ainsi.

— Ça suffit, intervint Hugh. Vicki, je peux te parler une seconde ?

Il l'éloigna de la table.

Mia assista de loin à un échange animé, horrifiée et embarrassée d'en être à l'origine. Sans un mot de plus, elle attrapa Tandy et se glissa dehors. Elle avait eu assez de drame pour la journée. Elle avait quelque chose de bien plus excitant à faire : enquêter sur l'auberge Black Cat.

CHAPITRE DIX

Sur le chemin du retour, Mia envoya un texto à Sylvie. Le prochain arrêt n'était pas ami des chiens. Elle déposa donc Tandy à l'appartement et lui donna un os frais à mâcher. Sylvie frappa à la porte d'entrée, puis la poussa pour l'entrouvrir.

— Prête ? J'ai déjà commandé un Uber, dit-elle, son matériel de sonorisation dans les bras.

— Allons-y, dit Mia.

Elle ne disposait que de quelques heures pour faire des recherches avant de pouvoir enquêter sur place, à l'auberge Black Cat, et elle avait besoin de chaque instant pour se préparer. L'Uber les attendait sur le trottoir et elles grimpèrent sur le siège arrière avec tout leur matériel.

— Comment s'est passé le petit déjeuner ? demanda Sylvie.

— Pas terrible. Je suis tombée sur l'un des influenceurs. Une folle.

— Pas étonnant dans cette ville, dit Sylvie.

Mia ne put s'empêcher de penser au beau et charmant Hugh Wolfe. Mais il valait mieux ne pas se faire d'illusions. Les mecs comme ça étaient toujours pris. Tout ce qu'elle espérait, pour son bien à lui, c'était que cette horrible Vicki n'était pas sa petite amie.

Devant elles, se dressait un manoir à trois étages en briques rouges. Le vieux bâtiment majestueux se trouvait à l'écart de la route, derrière une clôture en fer forgé. Le panneau affichait : Bibliothèque publique de Salem. Les jeunes femmes remercièrent le chauffeur, déchargèrent leur matériel et montèrent les marches.

— Attends, dit Sylvie avant de pousser les portes vitrées.

Elle plaça un micro avec une bonnette rembourrée devant le visage de Mia.

— Dis quelque chose, rends la recherche passionnante.

— Nous sommes arrivées à la bibliothèque publique de Salem, construite en 1855 par un éminent capitaine de mer du nom de John Bertram, raconta Mia. Nous allons voir si nous pouvons trouver des documents en lien avec l'auberge Black Cat.

Sylvie leva le pouce en l'air en signe d'approbation, puis elles entrèrent.

L'intérieur de la bibliothèque était sombre, un tapis vert foncé au sol et du bois rougeâtre aux murs. À l'accueil, le bibliothécaire les observa d'un air sceptique.

— J'espère que vous ne ferez pas de bruit, dit-il en feuilletant les retours.

— Croyez-moi, vous ne vous apercevrez même pas de notre présence, lui assura Sylvie.

— Je cherche les actes et les archives de la ville, dit Mia.

— La plupart des registres de propriété se trouvent à la mairie. Mais nous avons une salle entière consacrée à l'histoire de la ville. Et il y a des documents sur microfilm qui remontent à près de deux cents ans. Vous devez d'abord vous enregistrer.

Elles remplirent les formulaires et le bibliothécaire les accompagna à la salle qui abritait les documents historiques de Salem.

— Vous devriez trouver tout ce dont vous avez besoin ici. Vous pouvez accéder aux microfilms sur les postes informatiques.

Au bout d'une heure de recherche dans les journaux datant de 1830 et les cartes historiques, Mia interpela Sylvie.

— Regarde ça, dit-elle triomphalement.

— Ça ressemble à des cartes de propriétés. C'est l'auberge Black Cat ? demanda Sylvie, perplexe.

— Exactement, dit Mia.

Elle imprima ce dont elle avait besoin et elles retournèrent rue Essex afin de se préparer pour le podcast.

Ollie Cooper l'avait prévenue que des influenceurs seraient présents. Voulant apparaître sous son meilleur jour, Mia prit une douche et enfila un jean foncé ajusté, un chemisier de soie couleur crème, une veste de motard, puis noua un médaillon ancien autour de son cou. Elle jeta un sac sur une épaule, attrapa son kit de chasse aux fantômes et rejoignit Sylvie, qui avait l'air d'une dure à cuire dans son jean, sa chemise en flanelle et ses bottes Doc Marten. Will attendait dehors en baskets et en sweat à capuche.

— J'ai pris mon après-midi. Ça te dérange si je m'incruste ? demanda Will à Mia, en souriant. Tu veux que je porte ça pour toi ?

— Ce serait super, répondit Mia, reconnaissante.

— Et moi alors ? dit Sylvie. Tu ne proposes pas de porter mes sacs ?

— Mince, je suis désolé. Laisse-moi... dit Will, écarlate.

— Je te taquine, t'inquiète, dit Sylvie en riant.

Ils descendirent la rue en direction de l'auberge Black Cat.

— Qu'est-ce qu'il y a dans la boîte ? demanda Will.

— Un équipement pour mesurer les champs électromagnétiques et la température, dit Mia.

— Trop bien ! s'exclama Will. Tu peux m'apprendre à utiliser ce truc ?

— Bien sûr, répondit Mia, avec plaisir.

— Alors, tu ne crois pas aux fantômes ?

— La plupart du temps, ce que les gens perçoivent comme étant des fantômes sont en réalité des phénomènes naturels.

— Tu veux dire que toutes les apparitions sont truquées ? dit Sylvie.

— Eh bien, il existe des imposteurs, c'est sûr. Mais bien souvent, il y a un phénomène physique réel qui provoque des hallucinations. Parfois, c'est psychologique, une sorte d'hystérie déclenchée par les légendes et les mythes.

— Comme les procès de sorcières ? dit Will.

— Oui, comme ceux-là, dit Mia. J'essaie quand même de garder l'esprit ouvert…

— Dommage que Johnny Astor ne le fasse pas, observa Sylvie.

— Toi et Johnny, vous êtes assez différents, remarqua Will en s'adressant à Mia. Je suppose que c'est ce qu'il faut pour faire une bonne émission ?

Mia acquiesça. L'idée que ses producteurs se souciaient plus de l'audience que des faits réels la dérangeait.

— Rester neutre demande de la discipline, remarqua Mia. Mais je pense que la vérité est importante et que ça vaut la peine de se battre pour elle.

— Je peux faire ça, dit Will en souriant, me battre pour la vérité.

À leur arrivée, l'aubergiste disait au revoir au dernier client, après le rush du déjeuner. Mia le reconnut du soir d'avant. C'était un homme costaud, aux cheveux noirs et aux moustaches démodées qui remontaient sur les joues. Lorsqu'il aperçut Mia et Will, sa lèvre inférieure ressortit et il plissa les yeux.

— Nous sommes fermés, dit-il d'un ton bourru.

— C'est Mia Bold, l'informa Sylvie. C'est la star du podcast. La feuille de service précise que nous sommes censés être ici à quinze heures.

Le visage de l'aubergiste se transforma immédiatement. Il sourit, révélant une dent en argent bien voyante. Puis il tendit une main aux doigts épais. Ils se serrèrent la main.

— Je suis Dutch Brown, dit-il, Ollie Cooper m'a dit que vous passeriez.

— Ravie de vous rencontrer, dit Mia, j'attends avec impatience notre entretien.

Dutch les fit entrer. Leurs pas résonnaient dans l'entrée vide, surplombée par un lustre en cristal.

— Alors, en quoi puis-je vous aider ? s'enquit Dutch.

Mia fit un signe de tête à Sylvie.

— Je vais commencer à enregistrer. Faites comme si je n'étais pas là, dit Sylvie en positionnant un micro devant eux.

Dutch se redressa et s'éclaircit la gorge.

— Pouvez-vous me parler des apparitions de fantômes, commença Mia, me montrer où elles ont eu lieu ?

— Eh bien, tout d'abord, il y a deux fantômes principaux. Celui qui hante le grenier. Elle a perdu son amant en mer et s'est pendue. Mais le fantôme le plus effrayant, c'est celui de la jeune fille, dit Dutch.

— La jeune fille ? demanda Mia.

— Au début du siècle, le Black Cat était une halte pour les pirates et les bandits de grand chemin. La fille de l'aubergiste a été assassinée à l'arrière par un bandit. Il l'a étranglée à mort. Ils disent qu'elle a essayé de crier mais que personne ne l'a entendue.

— Cette fille a été aperçue à plusieurs reprises ? demanda Mia.

— Ouaip, affirma Dutch. Elle a été vue dans la cave à vin, dans la ruelle où elle a été tuée et là-bas, dans cette chaise à bascule. Quand elle se met en colère, elle casse des choses. Parfois, elle est vêtue d'une robe de chambre victorienne blanche.

— Vraiment ? s'étonna Mia. Une robe de chambre victorienne ?

— Je l'ai vue sur le palier une fois, confirma la barmaid, en nettoyant un verre. Je montais avec la caisse quand soudain, elle a surgi. Ses yeux étaient affolés, comme si elle fuyait quelque chose.

— C'est vrai, ajouta Dutch, en hochant la tête vers la barmaid. Elsa et moi l'avons vue là-haut sur le palier.

— Will, peux-tu ouvrir la boîte ?

Will s'exécuta et posa le kit de chasse au fantôme de Mia sur le bar, puis ouvrit le loquet.

— Ouah ! s'exclama Will. C'est quoi tout ça ?

Mia regarda Sylvie, ne sachant pas si elle pouvait empiéter sur le temps d'enregistrement.

— Continue, dit Sylvie. Explique-nous. Je pourrai éditer au montage.

— D'accord, laisse-moi voir. Ça, c'est une caméra de vision nocturne. Et ça, c'est un enregistreur EVP, dit Mia, en le glissant sur son poignet. Ce qui veut dire « phénomènes vocaux électroniques ». Il enregistrera notre session et toute fréquence trop basse pour nos oreilles.

— Comme une boîte enregistreuse pour fantômes ?

— D'une certaine façon. La folie en moins.

Elle appuya sur le bouton enregistrer. Ensuite, elle déballa le compteur EMF et le donna à Will.

— Ça sert à quoi ?

— Ce compteur EMF mesure les *champs magnétiques électroniques* en milligauss. Deux milligauss et demi représentent une faible émission et cent milligauss une forte émission. Chaque appareil électronique émet de l'énergie électromagnétique, certaines ionisantes, d'autres non. Les lumières, le lave-vaisselle, le câblage dans le mur, et même ton téléphone. Nous avons une idée générale de la quantité d'énergie que chaque appareil doit émettre. Par exemple, si tu te tiens à un mètre d'un micro-ondes, tu seras exposé à environ vingt-cinq milligauss, c'est-à-dire bien au-delà de la dose recommandée.

— Donc, il vaudrait mieux que je me tienne à l'écart quand j'atomise un burrito ? plaisanta Will.

— Exactement, sourit Mia. Les EMF peuvent créer des phénomènes physiques intéressants.

Après lui avoir montré comment faire une lecture et chercher des pics d'énergie, elle sortit de son sac un carnet Moleskine noir et un stylo.

— C'est pour faire quoi ? s'enquit Will.

— Pour marquer toute variation dans les EMF. Éteins ton téléphone et prenons des mesures sur le palier dans un quadrillage.

Will éteignit son téléphone et se rendit sur le palier.

— Prêt.

— Dis les lectures à voix haute, s'il te plaît.

Will se déplaça avec précaution.

— Deux virgule cinq ; trois ; trois virgule cinq. Hé, l'aiguille saute.

— Intéressant. La température ?

— Vingt-deux, elle ne bouge pas. On cherche des endroits froids ? sourit Will.

— Exactement, confirma Mia.

Après une dizaine de minutes de lecture, elle se tourna vers Dutch.

— Peut-on voir la chambre à l'étage, d'où venaient les bruits hier soir ?

Will ramassa la boîte en métal et Sylvie lui emboîta le pas avec précaution, le micro dans les mains, tandis qu'ils suivaient Dutch à l'étage, en évitant le deuxième étage. À mesure qu'ils montaient les marches, celles-ci devenaient de plus en plus raides. Arrivés tout en haut, ils tombèrent sur une porte étroite.

— Ça fait un moment que personne n'a grimpé jusqu'ici, dit Dutch, en déverrouillant la porte avec précaution, comme si quelqu'un dormait à l'intérieur. Le personnel a trop peur d'entrer.

À l'intérieur, c'était le noir complet. Dutch tâtonna le long du mur jusqu'à trouver l'interrupteur, puis l'alluma. Une ampoule nue pendait du plafond et clignota un instant, avant de s'allumer. Toutefois, elle n'illuminait que faiblement, comme si les ombres noires de la pièce essayaient de la consumer. Mia sentit ses cheveux se dresser sur sa tête.

— Si ça ne vous ennuie pas, je vais redescendre, dit Dutch, reculant hors de la pièce comme si un tigre était à l'intérieur.

Mia entra dans la pièce, suivie de Will.

— Le compteur devient fou, dit Will. La température chute.

— Alors c'est ici qu'on va s'installer, dit Mia en s'agenouillant.

Elle sortit le trépied de sa boîte et monta la caméra 4K de vision nocturne à spectre complet.

— La prochaine fois que ce fantôme passera par ici, on l'enregistrera, ajouta-t-elle.

Sylvie sourit et leva son pouce vers le haut.

CHAPITRE ONZE

— Où sont-ils tous ? dit Mia, en mélangeant une eau gazeuse avec une rondelle de citron. L'enquête s'était plutôt bien passée, même s'ils n'avaient trouvé aucune preuve de l'existence d'un fantôme. Will était parti précipitamment après avoir reçu un texto urgent de la part de Graham. Avant de rencontrer ce dernier, Mia ne savait pas qu'il était possible d'hurler par sms.

— Tu ne connais pas grand-chose à Hollywood, n'est-ce pas ? dit Sylvie, en grignotant quelques cacahuètes salées.

— C'est-à-dire ? dit Mia.

— Je veux dire par là, qu'il y a d'un côté les gens au-dessus de la ligne et de l'autre, les gens en-dessous. Un podcast, c'est un peu comme un film de ce point de vue. Au-dessus de la ligne, tu as les réalisateurs, les producteurs et les stars auxquelles revient tout le mérite.

— Tu veux dire comme Johnny Astor ?

— Voilà.

— Et en dessous de la ligne ?

— Les artisans qui travaillent dur et qui font que la magie opère, comme votre humble servante. Jake vient de m'envoyer un texto.

Sylvie avala sa boisson d'un trait.

— Je dois donner un coup de main pour le reste du matériel. Je reviens tout de suite, ajouta-t-elle.

Elle disparut, laissant Mia seule face à son verre, bien que ce ne fut qu'une eau gazeuse.

À dix-huit heures tapantes, l'équipe commença à arriver au Black Cat.

Jake et Will furent les premiers à passer la porte avec la plupart du matériel. Le propriétaire, Dutch Brown, avait déjà installé quelques tables devant la cheminée, ainsi, Jake et Will se mirent à configurer l'espace. D'un côté, ils placèrent une chaise à bascules et posé sur un support, le menu du déjeuner de Dutch fraîchement imprimé ; et de l'autre, le trépied de la perche.

Mia frémit d'excitation en réalisant que c'était la « scène » qu'elle occuperait avec Johnny Astor pour enregistrer le podcast. Même si la diffusion était strictement audio, un petit groupe d'influenceurs serait présent. Jake et Will installèrent des chaises pour le public, accrochèrent le logo de l'émission et s'occupèrent du câblage.

La porte d'entrée s'ouvrit à nouveau, et Sylvie pénétra dans l'auberge, traînant une lourde table de mixage. Mia était impressionnée par ce petit bout de femme capable de soulever du matériel aussi lourd et imposant. Jake se précipita et posa ses mains sur la table, mais quand il essaya de s'en emparer, elle le chassa.

— C'est du matos délicat, dit-elle, je ne veux pas qu'une grosse brute dans ton genre casse mes micros. Va installer la table et les trépieds. N'oublie pas, il me faut une ligne de mire.

— Compris, chef, dit Jake, en retournant à sa tâche.

Sylvie se dirigea vers Mia, assise au bar, script ouvert, révisant ses notes pour la soirée.

— Ça va ? demanda Sylvie.

— Nerveuse. Prête, je crois. Mais nerveuse. Au fait, pourrais-tu évaluer ceci pour moi ?

Elle lui tendit l'enregistreur.

— Un EVP ? Bien sûr, dit-elle, en glissant l'appareil dans sa poche.

— Il ne reste plus qu'à attendre, soupira Mia, en jetant un œil à une horloge démodée au mur.

— Le temps est la seule chose que tu n'as pas, observa Sylvie. Ce train va quitter la gare dans une heure. Fais de la place, Orson Welles, voici Mia Bold et sa voix de velours. C'est ta grande première ce soir et grâce à moi, ta voix sera du miel pour les oreilles.

— Essaies-tu de me rendre nerveuse ?

— Je pense que c'est impossible. Tu es plutôt cool, comme cliente, répondit Sylvie.

Soudain, elle plissa les yeux et tendit le cou.

— Que fais-tu, Jake ? La ligne de mire, tu te souviens ?

— Qu'est-ce que tu dois voir ? cria Jake.

— Les artistes ! Quoi d'autre à ton avis ?

Elle fonça droit sur Jake pour lui dicter ses instructions, ce qui était hilarant, puisqu'il faisait trois fois sa taille. Sylvie avait toujours le chic pour alléger l'atmosphère.

La porte s'ouvrit à nouveau, laissant entrer les gens du dessus de la ligne. Graham Stone semblait avoir pioché sa tenue dans la garde-robe hippie de la série *That '70s Show* : un costume décontracté à larges revers couleur terre de Sienne brûlée, une chemise à motifs à col pointu et une cravate à motif cachemire qui rappelait à Mia le film des Beatles,

Yellow Submarine. L'étrange couleur de la veste accentuait la teinte orangée de son bronzage artificiel. À sa suite, apparut Ollie Cooper, vêtu d'une tenue plus classique : pantalon gris, chemise à col blanc et pull bleu marine. Il se dirigea droit sur Mia.

— Tu es superbe, dit-il. Élégant mais futé. Tu as reçu mon texto, je crois ?

— À propos des influenceurs ? Oui. J'en ai même rencontré un par hasard.

— Vraiment ? Qui ça ?

— Je ne sais pas si elle est invitée. J'espère que non. C'était Vicki Carlyle.

À la mention de son nom, Ollie grimaça.

— Ah oui, Mme Carlyle. Je me souviens d'elle.

— Elle affirme qu'on lui avait offert le poste de coprésentatrice ? Elle pense que je lui ai piqué son boulot.

— Oh non, pas du tout, soupira Ollie. Je te le jure, Mia, on n'envisageait que toi pour le poste et on s'estime très chanceux de t'avoir ici.

— Je dois avouer que j'ai été un peu surprise de la façon dont Graham a flatté mon émission, dit Mia.

— Graham est un vendeur, chuchota Ollie. Il essaie toujours de vendre quelque chose. Je soupçonne que les liens qu'il entretient avec les influenceurs sont basés sur de vagues promesses. Une pratique commerciale malheureuse qui se retourne généralement contre lui.

Il fit signe à Elsa, la barmaid, et commanda un gimlet au citron vert.

— Il vaudrait mieux éviter Mme Carlyle à l'avenir. Elle a du mal avec…la réalité, je dirais, ajouta-t-il.

Il y eut un tonnerre d'applaudissements. Mia et Ollie se retournèrent.

— Puis-je avoir votre attention, s'il vous plaît… dit Graham, attirant tous les regards sur lui.

Mais avant qu'il ne puisse continuer, la porte s'ouvrit en grand.

Johnny Astor entra, décontracté, vêtu de noir des pieds à la tête. Ses cheveux avaient été lissés et tombaient en cascade soyeuse sur ses épaules. Autour du cou, un collier en argent avec un pendentif Ankh et à un doigt, une bague en argent en forme de crâne. Le bleu saisissant de ses yeux était accentué par un khôl foncé. *Attendez ! Des yeux bleus ? Ses yeux n'étaient-ils pas verts la dernière fois ? Il doit porter des lentilles de contact*, pensa-t-elle. Il semblait prêt à prendre le devant de la scène. Mais Mia se demandait s'il était prêt pour l'émission. Elle doutait qu'il en ait eu le temps, vu tout ce pomponnage.

— Notre star est arrivée, annonça Graham. Maintenant que nous sommes tous là, faisons de notre mieux pour que ce soit un grand spectacle. Dans quelques minutes, les influenceurs arriveront. Ne les laissez pas vous distraire. Ils sont juste là pour observer. Ils posteront et tweetteront leurs impressions pour aider à créer un buzz.

Mia ressentit une vague d'excitation. Il commençait à se créer une énergie cinétique. Johnny Astor aperçut Mia et traversa la pièce.

— Je dois aller faire des trucs de producteur, dit Ollie, puis il disparut, les laissant seuls.

Johnny Astor inspecta Mia de haut en bas et approuva.

— Tu es magnifique, dit-il, classique mais sexy.

— Je suis heureuse de satisfaire à tes critères rigoureux, dit Mia.

— Je suis Scorpion ascendant Vierge, à quoi t'attendais-tu ? De quel signe es-tu ?

Mia leva les yeux au ciel. Elle était contente que les échanges se réchauffent entre elle et Johnny, mais l'astrologie ? Il croyait vraiment à toutes les idées folles et superstitieuses qui pointaient le bout de leur nez.

— Je suis Capricorne.

Il acquiesça d'un air entendu.

— J'ai fait quelques recherches cet après-midi, dit Mia en changeant de sujet. Je te fais le topo ?

— Des recherches ? À quel propos ?

— L'apparition. Ou plutôt les apparitions. Il y aurait soi-disant deux fantômes.

— Ça me fait penser, j'ai réfléchi à nos personnages à l'antenne, à notre chimie. Sois le M. Spock de mon capitaine Kirk, et jouons ces rôles à fond. Tu vois ce que je veux dire ?

— Bien sûr. Tu veux dire que tu es ce type impulsif qui se met dans le pétrin sans réfléchir ?

— Ouais, exactement.

— Et moi je suis l'esprit rationnel qui a une réponse scientifique à tout.

— C'est ça.

Mia adhérait bien à ce concept, jusqu'à ce que Johnny continue de parler.

— Tout Kirk a besoin d'un acolyte à la tête dure comme Spock, sourit Johnny. Excitant, n'est-ce pas ?

70

— Oui.

Mia n'était pas vraiment excitée qu'on la qualifie d'acolyte, mais elle devait admettre qu'avoir une équipe à sa disposition et un public était plutôt cool.

Johnny observa la salle et tous les préparatifs en cours et sourit d'un air suffisant.

— Ça fait des années que je travaille mes réseaux, ça paye enfin.

Mia essaya de ne pas ricaner, se souvenant des tweets à la troisième personne que Sylvie lui avait montrés.

— Au fait, continua-t-il, j'ai jeté un œil à tes flux. Il te faut vraiment une meilleure stratégie commerciale. Moi, par exemple…

Fort heureusement, le conseil de Johnny fut abrégé lorsque la porte s'ouvrit et que les influenceurs commencèrent à entrer. Chaque personne qui passait la porte portait une tenue soigneusement étudiée.

Johnny Astor se mit à chuchoter.

— Tu vois ce type ?

Il désigna un type dodu, à l'allure de bûcheron et à la moustache en guidon.

— Son flux Instagram ne tourne qu'autour de la pilosité faciale. Et cette fille ?

Il fit un signe de tête en direction d'une blonde à l'air renfrogné en robe noire fluide et rangers.

— Elle est connue pour écrire des poèmes interminables sur ses petits amis. Pense à l'Odyssée d'Homère, mais avec des petits amis. C'est dingue.

— Quel rapport avec notre podcast ? demanda Mia.

— Euh, *tout*.

Johnny secoua la tête, sortit son téléphone de sa poche et flanqua son flux Twitter sous le nez de Mia.

— Et donc ? dit-elle, sans comprendre.

— Le tweet que j'ai posté il y a vingt minutes à propos de l'émission de ce soir, dit-il comme s'il parlait à une enfant. Regarde l'activité ! Il y a déjà trois cents likes et soixante-dix retweets.

— Et c'est bon ?

Johnny la dévisagea, stupéfait.

— Je viens *tout juste* de le poster. La seule chose qui serait mieux que ça, c'est que notre hashtag soit dans les tendances !

Il y eut un nuage de tissus écarlate à la porte et Vicki Carlyle fit son entrée.

— Oh non, dit Johnny.

CHAPITRE DOUZE

Si Mia ne l'avait pas vu de ses propres yeux, elle n'aurait jamais cru que Johnny Astor chercherait un jour à se rendre invisible. Mais il se tenait au bar, figé, tandis que Vicki Carlyle flânait à travers la pièce dans sa robe rouge couleur sang. Son teint était aussi blanc que de la craie et son maquillage exagéré surpassait de loin celui de Vampirella.

— Johnny, dit Vicki en s'approchant de lui.

Elle regarda froidement Mia tandis qu'elle se penchait vers Johnny et lui faisait deux baisers dans l'air.

— Où étais-tu passé ? Je ne t'ai pas vu depuis l'audition, continua-t-elle.

Mia sentit Johnny reculer, comme s'il essayait de se dissoudre et de disparaître.

— Salut, Vicki, je suis content que tu aies pu venir. J'ai juste été très occupé à me préparer pour ce soir.

— Tu es superbe. Je parie que tu ne t'es pas donné tant de mal pour un entretien avec Dutch Brown ?

Elle sourit d'un air faussement timide et se pencha vers lui. Avant que la situation ne devienne plus gênante encore, le son d'une cloche les sauva. Tout le monde se retourna et vit Graham brandir une grande cloche en bronze antique qu'il fit sonner d'un geste lent et macabre. Pour donner le ton, sans doute.

— Veuillez tous vous asseoir, dit-il. Bienvenue dans le teaser de *Cloche, Livre et Bougie*. Je vous ai invité ici pour vous donner un petit avant-goût de notre nouvelle émission. Veuillez rester silencieux, après tout, nous enquêtons sur une apparition. Si les présentateurs se déplacent, vous garderez l'audio. Alors, restez assis et profitez.

— Tu veux bien nous excuser ? dit Johnny, et il tira Mia vers la table d'enregistrement.

Alors qu'ils prenaient place, Mia vit Vicky lui lancer un dernier regard à vous glacer le sang. Est-ce que cette femme pouvait se montrer encore plus désagréable ? Soudain, la pièce lui parut étouffante. Mia se sentit toute rouge et étourdie. Une vague de nervosité traversa son corps. Elle n'avait jamais fait de podcast en direct. Jake Lowry apparut, tenant deux oreillettes dans sa main.

— Vous devez en porter une, dit-il.

— Qu'est-ce que c'est ? demanda Mia.

— Une oreillette IFB, dit Johnny en la mettant dans son oreille.

— C'est un système de repli interruptible, précisa Jake, c'est pour permettre au producteur ou au réalisateur de vous parler.

— Tu veux dire Graham ? dit Mia, surprise. Il va me parler dans l'oreille ?

— C'est ça, confirma Jake.

Il clipsa les fils à leur col avant de les attacher à un petit récepteur noir, puis il leur tendit les boîtes.

— Glissez ça dans votre poche arrière, dit Jake.

— *Test. Vous m'entendez ?*

La voix de Sylvie arriva à leurs oreilles. Mia leva les yeux. Voir Sylvie assise à la table de mixage était réconfortant.

— Est-ce que Graham va vraiment être dans mon oreille ? dit Mia.

— *Tu peux toujours dire qu'elle est tombée*, sourit Sylvie.

— C'est rien, tu t'y habitueras, dit Johnny, en glissant sur sa chaise, complètement dans son élément.

Mia prit également place à table. Puis Jake accrocha un petit micro Bluetooth à leur chemise.

— C'est l'interrupteur. N'y touchez pas avant que Sylvie ne vous fasse signe, indiqua Jake. Sinon, l'effet Larsen va exploser dans votre oreille.

Il ajusta la perche et recula.

Johnny et Mia firent face au petit public d'influenceurs. Vicki regardait Mia froidement, les doigts positionnés sur son téléphone comme des poignards.

— Ne te retiens pas, chuchota Johnny en souriant. Souviens-toi, tu es mon M. Spock.

Leur échange suscita un autre regard aigri de la part de Vicki.

Soudain, les doigts de Jake apparurent devant eux. « Trois, deux, un. » Il pointa Mia et Johnny du doigt. Au fond de la pièce, Sylvie actionna un interrupteur, une lumière rouge s'alluma et elle leva le pouce en l'air. Ils étaient en direct. Une voix off préenregistrée fut diffusée.

« *En direct de Salem, Massachusetts, la ville de tous les événements surnaturels et étranges. Cloche, Livre et Bougie. L'émission qui explore les fantômes, les démons et les phénomènes inexpliqués avec vos hôtes, Johnny Astor et Mia Bold.* »

La salle explosa en tonnerre d'applaudissements.

— Je suis Johnny Astor. Aujourd'hui, nous diffusons un épisode spécial en direct de l'auberge Black Cat, où une série d'apparitions de fantômes rend la vie dure à Dutch Brown, le propriétaire. Mia, tu as exploré les lieux tout l'après-midi. Qu'as-tu découvert ?

Mia se sentait nerveuse en direct, devant un public. Elle était tellement occupée à essayer de se calmer qu'elle manquât presque le signal de Johnny. Elle prit une grande inspiration, se blinda et se lança.

— Eh bien, Johnny, comme tu le sais, je suis sceptique, mais tout phénomène inexpliqué vaut toujours la peine d'être étudié. Une bonne partie des Américains croient aux fantômes, 38 % pour être exacte. Selon le propriétaire, le Black Cat serait hanté par deux fantômes, alors cet après-midi, j'ai mené une enquête préliminaire.

— Ça fait beaucoup d'adeptes. Donc, qu'as-tu recherché exactement ?

— Nous avons mesuré les champs électromagnétiques ou EMF. Bien que mon assistant, Will Proctor, et moi ayons vu quelques pics, il n'y a pas eu de lectures concentrées élevées.

À l'autre bout de la pièce, Will sourit jusqu'aux oreilles. On venait de mentionner son nom en direct au monde entier.

— Sur ce, allons discuter avec Dutch Brown, le propriétaire, dit Johnny.

Dutch s'approcha de la table, passa la tête sous la perche et se laissa tomber lourdement sur la chaise.

— Bienvenue dans l'émission, Dutch. Quand est-ce que tout cela a commencé ? demanda Mia.

— Eh bien, ça a vraiment commencé quand j'ai acheté l'auberge il y a dix ans. Le propriétaire précédent m'avait prévenu qu'il y avait des esprits tourmentés. Mais je ne l'ai pas cru jusqu'à ce que je le constate par moi-même.

— Vous avez dit plus tôt que vous aviez identifié deux fantômes différents. Pouvez-vous nous parler d'eux ? continua Mia.

— L'un d'eux hante le grenier. L'histoire raconte qu'une jeune femme en mal d'amour attendait le retour de son marin. Elle avait l'habitude de grimper les escaliers jusqu'à la fenêtre du grenier pour essayer d'apercevoir son bateau en mer. Un jour, la rumeur a dit le bateau avait coulé. Aucun survivant. Elle s'est pendue le jour même.

— Ici même, dans l'auberge ? dit Johnny. Avez-vous vu ce fantôme ?

— Eh bien, c'est plutôt ce qu'on appelle un esprit tourmenté, répondit Dutch, bouffi d'orgueil, comme s'il était expert. Elle fait les cent pas dans le grenier.

— Et l'autre fantôme ? dit Mia. Vous avez dit qu'il s'agit d'une jeune fille ?

— C'est un esprit en colère.

Dutch croisa les bras devant lui comme pour se réchauffer face à ce sujet glacial.

— C'est à vous faire froid dans le dos, continua-t-il. L'histoire remonte à l'époque victorienne. La fille de l'aubergiste a été assassinée à l'arrière par un bandit de grand chemin. Plus rien ne pousse là où elle est morte.

Dutch était certainement en train d'en rajouter, mais Mia savait qu'il ne fallait pas le contredire tout de suite. Son ancien professeur de communication, Doc Lee, disait que la meilleure façon de coincer un menteur était de le laisser parler.

— Et vous avez vu ce fantôme ? demanda Johnny.

— Une fois. Juste là, sur le palier. C'est ce qu'on appelle un ectoplasme, dit Dutch. Elle déplace des meubles, casse des verres.

— Comme un poltergeist ? dit Johnny.

— Exactement, confirma Dutch. Parfois, elle hurle.

— Le soir où vous l'avez aperçue, dit Mia, à quoi ressemblait-elle ?

— Elle est passée devant moi en courant en robe de chambre blanche victorienne.

— Étiez-vous sobre ? Aviez-vous consommé quoi que ce soit ? dit Johnny.

— Non, dit Dutch. C'était un soir comme les autres. Tout le monde était rentré chez soi. Il n'y avait que moi, je finissais de ranger.

Soudain, une voix se fit entendre dans l'oreille de Mia. Elle se redressa, surprise. Johnny hocha la tête, il l'avait entendue aussi. Ce n'était pas un fantôme, c'était Graham, qui criait dans leur oreille.

« *Dites-lui de vous emmener voir le fantôme, il nous faut plus de drame.* »

Sylvie leur signala d'allumer leur micro Bluetooth.

— Pouvez-vous nous montrer où vous avez vu le fantôme ? dit Johnny.

Dutch se leva et les conduisit sous un énorme lustre de cristal, puis jusqu'au palier. Le public tendit le cou.

— C'était ici, dit-il. La robe qu'elle portait flottait autour d'elle comme un nuage pendant qu'elle courait.

75

Alors qu'ils montaient les escaliers, on entendait un faible bruit de tapotage sur les téléphones. Les influenceurs postaient déjà leurs mises à jour. Mia, en revanche, observait attentivement Dutch. De minuscules perles de sueur étaient apparues à la racine de ses cheveux. Il tirait nerveusement sur ses moustaches. Mia savait qu'il était temps de contredire le récit de Dutch Brown avec les faits qu'elle avait trouvés à la bibliothèque.

— Dutch, j'ai bien peur que vous ayez été mal informé. Ce bâtiment a été construit en 1930, commença Mia. Avant cela, la parcelle de terrain appartenait à un domaine voisin. Le propriétaire foncier l'utilisait pour cultiver des légumes. Pourquoi une fille victorienne d'une autre époque hanterait-elle un bâtiment qui n'existait même pas de son vivant ?

« *Johnny ! Remets ça sur les rails !* » cria Graham dans leurs oreilles. Mia sursauta au son de sa voix.

— Un poltergeist n'est pas toujours connecté à un endroit fixe, Mia, dit Johnny. Peut-être que le fantôme s'est connecté à Dutch ?

Mia lui lança un regard noir avant de se tourner à nouveau vers Dutch.

— N'avez-vous pas dit que l'apparition provenait d'un incident dans le passé de l'auberge ? Un bandit de grand chemin qui a assassiné une jeune fille ? Ce type de violence était plus répandu aux XVIIe et XVIIIe siècles qu'à l'époque victorienne.

Le visage de Dutch se tordit comme s'il allait être malade. Une goutte de sueur glissa sur le côté de son visage. Les influenceurs fixaient le petit groupe sur le palier. On aurait pu entendre une mouche voler.

— Eh bien, je ne suis pas exactement sûr de...

Soudain, il y eut un grand *boum* venant d'en haut. Johnny Astor sursauta.

— Vous avez entendu ça ? dit Johnny, nerveusement. Il y a quelqu'un là-haut ?

— Non, répondit Dutch, les seules personnes présentes sont en bas.

— Allons voir ce que c'est, dit Johnny.

Ils suivirent Dutch jusqu'au deuxième étage. Une porte était grande ouverte.

— Il y a quoi là-dedans ? demanda Mia.

— C'était la chambre des domestiques autrefois, dit Dutch. Nous l'utilisons pour l'entreposage.

Mia avança et poussa la porte pour l'ouvrir. Il y eut un long grincement. La pièce était plongée dans le noir complet.

— Il fait si sombre, je ne vois rien, dit-elle, cherchant des doigts un interrupteur le long du mur.

Elle l'actionna et la pièce fut éclairée par une fine lumière jaune. Le long d'un mur se trouvait une énorme bibliothèque. Au centre du plancher, un livre ouvert.

— Quelque chose a fait tomber un livre de l'étagère, dit Johnny, décrivant ce qui se passait pour leurs auditeurs et le public en bas. Un vieux livre avec une illustration.

— Trop lourd pour tomber de l'étagère tout seul, observa Mia.

Elle s'approcha du livre et s'accroupit pour le regarder de plus près. Les pages étaient ouvertes sur une lithographie en particulier. Elle regarda l'image avec suspicion. C'était une jeune fille en chemise de nuit victorienne, assise dans une chaise à bascule. Le papier était du vélin épais aux bords irréguliers, comme on imprimait les livres il y a des centaines d'années. Elle consulta la page des droits d'auteur.

— Qu'est-ce que ça dit ? demanda Johnny.

— Imprimé pour la première fois en 1890.

Elle se retint de lever les yeux au ciel. Toute cette histoire d'apparition était un peu trop évidente.

— L'ère victorienne ? demanda Johnny.

Mia s'approcha de lui et lui montra la lithographie. Une jeune fille avec une expression tourmentée.

— C'est *elle*, s'exclama Johnny en écarquillant les yeux. C'est le fantôme que Dutch a décrit.

Une étrange fraîcheur traversa la pièce comme si on avait ouvert la porte d'un réfrigérateur. Puis il y eut un cri profond à vous glacer le sang.

CHAPITRE TREIZE

Alors que le cri résonnait dans le vieux bâtiment, les cheveux de Mia se dressèrent sur sa tête. Quelqu'un était-il en danger ?

— Prends ça ! dit-elle en fourrant le livre entre les mains de Johnny.

Alors qu'elle s'élançait dans le couloir à la recherche de la source du bruit, son cœur se mit à battre la chamade. Elle descendit les marches en trombe pour s'assurer que tout le monde allait bien en bas. Le petit groupe d'influenceurs leva les yeux vers elle.

Un second cri perçant déchira l'air, et une vague de terreur traversa la pièce. Vicki se leva d'un bond de sa chaise et regarda Graham, le visage frappé par la peur. Elle se précipita vers la porte, ses jambes cisaillant l'air aussi rapidement que ses talons le lui permettaient. Sa robe rouge s'accrocha à l'embrasure de la porte et de ses doigts tremblants, elle tenta de libérer le tissu. Lorsque le troisième hurlement désincarné retentit, Vicki arracha sa robe pour s'enfuir au plus vite. Un autre influenceur lui emboîta le pas, en marmonnant quelque chose à propos d'un rendez-vous avant de disparaître dans la nuit. Les autres décidèrent de tenir bon. Bien que clairement perturbés, ils se mirent à tapoter furieusement sur leur téléphone.

Graham regardait la scène fixement, l'anxiété pouvait se lire sur son visage. Il fit signe à Sylvie de passer à la publicité. Immédiatement, elle fit diffuser les pubs de leurs sponsors.

Constatant que tout le monde allait bien, Mia essaya de comprendre ce qui se passait. Les cris avaient dû provenir d'un endroit situé en profondeur. Le choc laissa place à de l'agacement. Était-elle censée croire qu'un fantôme faisait tout ce bruit ?

Graham attira l'attention de Mia. Il s'éloigna des influenceurs pour qu'ils ne puissent pas l'entendre et d'une main, il dissimula sa bouche. Sa voix bourdonna dans l'oreille de Mia comme un moustique en colère.

« Retourne là-haut ! Découvre ce qu'il se passe avant qu'on ne reprenne l'antenne. »

Mia tourna sur ses talons et remonta les escaliers, déterminée à comprendre ce qui se passait. Dutch se tenait au deuxième étage, devant la porte ouverte.

— Qu'est-ce que c'était ? demanda Mia.

— Un fantôme, dit Dutch. Je vous avais dit que c'était une crieuse ! Elle le fait tout le temps.

— Une crieuse ? dit Mia, exaspérée. Les fantômes n'ont pas de cordes vocales.

Elle passa devant lui et entra dans l'ancienne chambre des domestiques où Johnny attendait, cramponné au livre, l'air paniqué.

La voix de Graham aboya dans leurs oreillettes. « *Il se passe quoi là-haut ?* »

— C'est complètement dingue, articula Johnny, un livre vient de s'envoler de l'étagère. Et puis, eh bien, vous avez entendu...

« *Vous avez trois minutes* », s'impatienta Graham.

Mia examina la bibliothèque avec méfiance. Elle était sur le point d'inspecter les étagères, quand Johnny lui fit signe. Il éteignit son micro.

— Qu'est-ce que tu en penses ? chuchota-t-il.

Mia mordit sa lèvre et éteignit aussi son micro.

— Trop de coïncidences, difficile de croire que ça soit réel.

— Et le livre qui tombe ? Le hurlement ! C'était terrifiant.

— Arrête un peu, Dutch a récité une liste interminable de clichés. L'ectoplasme ? Des choses qui se cassent ? En plus, il était sur le point de se sentir mal quand j'ai évoqué le fait que le bâtiment avait été construit en 1930. Maintenant, un livre s'ouvre pile sur une image du fantôme qu'il vient de décrire ? Et comment un fantôme peut-il crier ? Les ondes sonores sont des choses réelles, physiques. Ça ne peut être qu'une arnaque.

— Pourquoi quelqu'un se donnerait-il tant de mal ? dit Johnny. Regarde ce livre, c'est une antiquité.

— Exactement ! Qu'est-ce qui est venu en premier, le livre ou l'histoire ?

Johnny la regarda et fronça les sourcils.

— As-tu la moindre preuve qu'il ment ?

Mia réfléchit.

— Non, je suppose que non.

— Alors je vais choisir de croire Dutch. On est des chasseurs de fantômes, Mia.

« *Redescendez* », dit Graham, exaspéré.

Alors qu'ils se dépêchaient de descendre, Mia ne pouvait s'empêcher de penser qu'on l'arnaquait. Tout cela lui rappelait les longues histoires élaborées que Frank Bold inventait. Cette situation avait ce même côté surréaliste. La façon dont Frank tissait soigneusement les fils, vous donnant l'impression d'avoir eu l'idée tout seul.

— Deux des plus grands influenceurs sont partis ! dit Graham, furieux. Vous les avez fait fuir.

— Vous auriez dû voir Vicki, dit Sylvie avec un sourire satisfait. Elle a déchiré sa robe en tirant dessus pour s'échapper.

— Ce n'est pas ce que tu voulais ? dit Johnny. Les effrayer ?

— Pas au point de les faire fuir ! s'irrita Graham.

— Allez, Graham, dit Johnny, c'est du bon matos et tu le sais.

— Je déteste devoir vous interrompre, dit Sylvie, mais il ne nous reste que trente secondes de publicité. Je pense que vous venez de trouver le moment parfait pour mettre fin à l'émission. Un sacré suspens.

— Tu as raison, dit Graham. Diffuse l'outro. L'émission en direct est terminée. On enregistrera le reste pour la semaine prochaine et on fera le montage ensemble.

— C'est toi le chef, acquiesça Sylvie.

Elle passa l'outro à leur public Internet en direct. « *Ceci conclut l'épisode teaser de Cloche, Livre et Bougie, avec Johnny Astor et Mia Bold. Que se passera-t-il au Black Cat ? Pour le découvrir, restez à l'écoute du prochain épisode du podcast le plus effrayant du net.* » Alors que la lumière rouge s'éteignait, l'équipe de tournage applaudit. Le direct était terminé. Ils n'étaient plus à l'antenne.

Graham se tourna vers les influenceurs qui restaient, pour aplanir les choses.

— Chers amis, j'espère que vous avez aimé ce que vous avez vu. Restez à l'écoute pour découvrir la suite et n'hésitez pas à poser vos questions à tout moment.

Les influenceurs étaient en pleine effervescence alors qu'ils lui serraient la main et s'en allaient.

Après une courte pause, Mia et Johnny reprirent leur place à table pour continuer l'entretien de Dutch Brown. Sylvie leur fit signe de commencer.

— Heureux de vous retrouver sur *Cloche, Livre et Bougie*, dit Johnny, où nous venons de survivre à une rencontre dramatique avec un poltergeist !

— Un *prétendu* poltergeist, corrigea Mia.

— Alors, Dutch, commença Johnny, pourriez-vous nous dire pourquoi le fantôme de la jeune fille a déplacé ce livre ?

— C'est comme je vous l'ai dit. Elle est en colère. Elle casse des choses, elle déplace des choses.

— Pourquoi pensez-vous que le fantôme fait ça ? demanda Johnny.

— Je pense qu'elle a du mal à traverser vers la lumière.

Mia manqua de s'étouffer. Dutch avait-il regardé tous les films de fantômes des années 80 ? Tout semblait mis en scène, comme dans le manoir hanté à Disneyland. Le conseil de Doc Lee lui revint à l'esprit. Au lieu de le confronter, elle devrait l'encourager à parler.

— Essayez-vous de communiquer avec elle ? dit Mia.

Comme si les esprits pouvaient entendre ce qu'il allait leur dire, Dutch se pencha plus près.

— Si vous ne faites aucun bruit, elle traverse parfois le voile…

Le silence se fit dans la salle. Ils laissèrent le temps passer, à l'affût du moindre bruit. Soudain, un grincement se fit entendre. Sylvie fixa du regard un endroit et le montra du doigt.

Dans le coin de la pièce, la chaise à bascule se balançait lentement d'avant en arrière, toute seule. *Couic, couic, couic.*

— La ch-chaise, bégaya Johnny en sursautant. Elle b-b-ouge.

Il se leva d'un bond et trébucha en arrière, en la montrant du doigt. Will se réfugia à l'autre côté de la pièce, tandis qu'Ollie Cooper et Graham la fixaient du regard, interloqués.

Mia suivait calmement les événements, stupéfaite que tout le monde gobe cette absurdité. D'abord, un livre qui tombe pile à la page de l'illustration d'une jeune fille victorienne assise dans une chaise à bascule. Puis une chaise à bascule se met à bouger ? Quelle était la prochaine étape du spectacle ? Une poupée hantée ? Des gremlins ? Des enfants qui parlent à travers les parasites du téléviseur ?

— Avez-vous déjà entendu parler de la loi du mouvement de Newton ? dit Mia à voix haute.

— Quoi ? dit Dutch, en la regardant avec méfiance.

— En gros, elle dit que lorsqu'un corps exerce une force sur un deuxième corps, le deuxième corps exerce simultanément une force égale en magnitude et en direction opposée sur le premier corps.

— Si vous le dites.

« *Où veux-tu en venir ?* » La voix de Graham lui parvint à l'oreille. Il était agacé.

Soudain, Mia se sentit pleine de confiance. Elle retira son oreillette et la jeta sur la table. Puis elle se leva et se dirigea vers la chaise. D'abord, elle passa sa main sur le dessus de la chaise, à la recherche de tout type de mécanisme externe qui pourrait être à l'origine du mouvement. Ensuite, elle s'accroupit et inspecta le sol. Sous l'un des patins de la chaise, le sol grinça. Elle poussa vers le bas et le plancher s'enfonça. Elle suivit le plancher des yeux et son regard s'arrêta au pied de Dutch Brown.

— C'est de la physique, Dutch. La chaise ne peut pas bouger toute seule, une force doit la déplacer.

— Mmh mmh, marmonna Dutch.

— Dans ce cas précis, votre pied, Dutch, dit-elle d'un ton neutre.

— Quoi ? Non, je n'ai rien fait, se défendit-il, les joues gonflées et les yeux globuleux.

— Vous poussez avec votre pied sur une planche mal fixée, ce qui fait basculer la chaise.

— C'était un accident, dit Dutch, je ne savais pas…

— Je pense au contraire que vous savez exactement ce que vous faites, dit Mia. Pourquoi ?

— Non, ce n'était pas mon intention…

Le regard de Dutch allait de Mia à Johnny, comme un condamné à la recherche de la clémence du jury. Johnny regarda Mia et hocha la tête. Il comprit ce qui se passait.

— Écoutez, Dutch, vous devez dire la vérité, dit Johnny.

Dutch regarda le sol et poussa un soupir.

— C'est juste que je ne peux pas compter sur l'autre fantôme. Elle va et vient quand elle veut.

— Donc, ce fantôme de petite fille est un faux, mais l'autre est réel ? dit Johnny.

— C'est ça. Ce truc avec le plancher, ce n'est qu'un petit tour, quelque chose sur lequel je peux compter. Mais tout le reste était réel.

— Et le hurlement ? dit Mia. C'était réel ?

— Le fantôme fait du bruit. Vous avez entendu les pas l'autre soir. J'étais derrière le bar quand c'est arrivé. Tout comme Elsa.

— Où est Elsa maintenant ? demanda Mia.

Dutch haussa les épaules. Mia se leva et se dirigea vers l'autre côté du bar. Pour que ce hurlement se propage, il devait provenir d'un passage dans le bâtiment, peut-être un ascenseur ou une cage d'escalier. Soudain, elle entendit un léger bruissement et un craquement, comme si quelqu'un déplaçait son poids. L'origine du bruit la mena jusqu'à une porte dans le mur du fond, qu'elle ouvrit. Elsa se tenait là, debout dans une cage d'escalier qui menait sans doute à la chambre des domestiques.

C'était donc ainsi que le cri avait traversé le bâtiment.

Elsa sortir de là, le visage cramoisi, se tordant les mains nerveusement.

— Alors c'est toi qui as hurlé, dit Mia sèchement. Et le livre qui tombe ? C'était toi aussi ?

— Non, ça, ce n'était pas moi, répondit Elsa.

— Arrête un peu, s'exaspéra Mia.

— Je le jure sur la Bible, dit Elsa.

— Pourquoi se donner tant de mal ? dit Johnny.

— Pour attirer plus de touristes, dit Dutch. Je me suis dit que si je refaisais les menus et que j'avais un fantôme plus fiable, les gens se passeraient le mot. J'attirerais beaucoup de monde. Je suis vraiment désolé, mais le vrai fantôme est inconstant. Elle va et vient à sa guise. Je ne peux pas du tout compter sur elle.

— Si cette apparition est truquée, je ne peux pas continuer, dit Mia.

— Non ! dit Dutch. L'autre fantôme est réel ! Je le jure.

— Soyons clairs. Vous admettez que la petite fille fantôme est une stratégie commerciale. Mais l'autre fantôme, celui qui n'est pas fiable, il existe bel et bien ?

— Exactement !

Will étouffa un rire. Johnny leva les mains en l'air en signe d'abandon. Graham fit signe à Sylvie de couper. Elle appuya sur le bouton pause.

— Réunion d'équipe. Tout de suite !, cria-t-il.

CHAPITRE QUATORZE

Mia descendit une bonne gorgée de soda et regarda Sylvie, qui haussa les épaules. Cela faisait dix minutes que Graham Stone faisait les cent pas au beau milieu de l'auberge Black Cat en râlant. Finalement, il en vint au fait.

— C'est de *ta* faute, cria Graham à Ollie Cooper, alors que des postillons s'échappaient de sa bouche en voltigeant. Je t'avais bien dit qu'engager Mia Bold causerait des problèmes. Les fantômes vendent, pas les sceptiques.

— Quoi ? dit Mia, abasourdie par la révélation. Mais c'est toi qui m'as appelé ! Tu as dit que tu aimais mon podcast. Tu m'as supplié de venir ici à Salem.

— J'ai menti, dit Graham. Tu n'étais pas mon premier choix.

— C'est vrai, reconnut Ollie, en se tournant vers Mia. Mais c'est toi, le bon choix. Je te voulais. Tout comme Johnny.

Et voilà un second choc. Elle fit face à Johnny Astor.

— *Toi*, tu voulais de moi ? dit Mia. Tu n'as fait que te moquer de moi depuis le début.

— Il me fallait un M. Spock, sourit Johnny.

— Eh bien, faux fantôme ou vrai fantôme, je m'en fiche. Nous devons finir cette émission, dit Graham. Arrête de faire l'ingénue, Mia. On essaie de faire de l'audience. Qui dit fantômes, dit audience. Contrairement à ce numéro à la *Alice détective*.

— Je ne compte pas détruire ma réputation pour des revenus publicitaires, rétorqua Mia, soit nos enquêtes sont réelles, soit je m'en vais.

— Mia a raison, dit Sylvie. De plus, *Vicki*, ton premier choix, sort facilement de ses gonds.

Jake et Will accueillirent le jeu de mots avec un rire. Vicki avait laissé un morceau de sa robe rouge accroché dans l'embrasure de la porte.

— Il n'y a pas de conflit ici, dit Ollie Cooper, en essayant de jouer l'arbitre. Enquêtez sur le vrai fantôme, c'est tout.

— Celui du grenier ? dit Mia. Et si c'était aussi un faux ?

— Elle est bel et bien réelle, objecta Elsa de derrière le bar.

84

— Mia, écoute, dit Ollie, je te voulais parce que tu es intègre. L'intégrité, ça ne se trouve pas à tous les coins de rue. Si ce qu'affirme Dutch est vrai, je pense que tu seras tout aussi honnête, n'est-ce-pas ?

— Bien sûr que je le serai, dit Mia.

— Quoi qu'il arrive, on est gagnant, dit Jake. Nous devrions être des diseurs de vérité, par-dessus tout.

— Oui, approuva Will, nous devons nous battre pour la vérité.

Mia fut touchée que l'équipe se rallie à son camp.

— Qui t'a demandé ton opinion ? dit Graham, en s'en prenant au stagiaire. Maintenant, remets cet IFB dans ton oreille, Mia, et va chasser les fantômes.

Sylvie s'approcha de Mia et lui remit l'enregistreur EVP au poignet, puis elle appuya sur le bouton enregistrer.

— Tu ferais mieux de porter ça. On ne sait jamais.

La nuit était tombée et il faisait bien plus sombre dans l'auberge. Mia et Johnny suivirent Dutch jusqu'au grenier. Il marchait devant, une lanterne à la main. Lorsqu'ils atteignirent le palier, il ouvrit la porte étroite et actionna l'interrupteur. L'ampoule suspendue n'illuminait que faiblement, puis elle se mit à clignoter.

— C'est quoi le problème avec l'électricité ici ? dit Johnny.

— Le câblage est défectueux. Utilisez plutôt la lampe.

Dutch tendit la lanterne à Mia. Alors qu'il poussait la porte du grenier pour l'ouvrir plus grand, les gonds émirent un bruit de grincement. À l'intérieur, l'œil rouge de la caméra 4K qu'elle avait installée plus tôt était encore visible. Elle vérifia le dispositif à son poignet. Il enregistrait.

« *Dites-nous où vous êtes* », dit Graham dans leurs oreillettes.

— Nous avons grimpés au sommet du Black Cat, dit Johnny. Qu'est-ce qu'on regarde, Dutch ?

— C'est dans ce grenier que la fiancée du marin s'est pendue.

— Celle dont on a entendu les pas au plafond, l'autre soir ?

— On a entendu *quelque chose*, intervint Mia, un phénomène inconnu.

— Allons à l'intérieur et jetons un œil, dit Johnny.

Alors qu'ils entraient dans la pièce, il y régnait une atmosphère glaçante. La poussière était épaisse, comme si elle n'avait pas bougé depuis des années. La lanterne diffusait une lumière inquiétante. Le plancher était vieux et le plafond était haut et pointu, disparaissant dans l'ombre. Les chevrons étaient à peine visibles dans la faible lumière, et ressemblaient à des côtes englouties par le bâtiment. Mia souleva la lanterne pour éclairer les chevrons couverts de toiles d'araignée poussiéreuses.

— C'est effrayant ici, dit Johnny, poursuivant son récit. C'est rempli de vieux meubles, d'une bibliothèque, et de quelques malles de cabine. Est-ce que tout ceci était déjà là lors de votre achat ?

— Oui, dit Dutch. L'ancien propriétaire m'a averti de ne pas déplacer ses affaires.

— Le matériel de couture était à elle aussi ? demanda Johnny, en montrant un mannequin sans tête fait de tissu et constellé d'épingles à nourrice, tel une poupée vaudou.

— L'histoire raconte qu'elle cousait sa robe de mariée, dit Dutch. En secret, ici, pour que personne ne la voit. Tous les jours, elle allait regarder à la fenêtre en espérant voir son bateau. Jusqu'au jour où elle apprit qu'il avait disparu en mer.

Mia était si occupée à vérifier son matériel qu'elle n'avait pas encore remarqué le contenu de la pièce. Elle regarda autour d'elle. Les lieux « hantés » étaient toujours les mêmes : vieux, abandonnés et remplis de souvenirs difficiles. Ce grenier cochait toutes les cases avec ses toiles d'araignée poussiéreuses, ses effets personnels abandonnés et ses vieilles malles abîmées contenant on ne sait quoi, verrouillées contre le temps. Au centre du mur tourné vers l'extérieur, la lune brillait doucement à travers une fenêtre octogonale. En s'approchant, Mia aperçut au loin le sombre océan.

— Cette fenêtre, c'est là qu'elle attendait son amant, dit Dutch depuis l'entrée.

— Oui, je peux voir jusqu'à la mer, dit Mia.

— Savez-vous où elle s'est pendue ? demanda Johnny.

— Là-bas, dit Dutch nerveusement.

Il montra du doigt, voulant éviter d'avoir à entrer dans la pièce. Mia suivit l'angle de l'endroit qu'il pointait. Il y avait une lourde poutre en haut du plafond, avec assez de place pour y glisser une corde. Mia souleva la lampe plus haut. Des marques étaient griffées dans la poutre.

— Je dois aller plus près, dit-elle à Johnny.

— On pourrait déplacer cette table, suggéra-t-il.

Ils soulevèrent la table et la placèrent sous la poutre. Johnny tendit la main pour que Mia trouve son équilibre. Alors qu'elle faisait un pas en avant, les pieds en bois vacillèrent de façon instable. Elle tendit le cou, essayant de déchiffrer les marques sur la poutre.

— On dirait de l'écriture, dit-elle, en plissant les yeux.

— Qu'est-ce qui est écrit ? dit Johnny.

Alors qu'elle lisait le message, un terrible frisson lui traversa le corps.

— *Enterrez-moi en mer*. Et il y a un nom. *Molly Sutcliffe.*

Au moment où elle prononça ses mots, la table bascula comme si un tremblement de terre s'était déclenché. L'ampoule nue se balança, heurta le plafond et se brisa, au moment même où la lampe que Mia tenait dans sa main s'éteignit. La pièce fut plongée dans l'obscurité. Puis quelque chose courut à travers le grenier, avec frénésie.

Mia perdit l'équilibre et tomba dans l'obscurité. Elle se contorsionna dans l'air, essayant de mettre ses mains devant elle pour rattraper sa chute. Puis elle sentit Johnny la rattraper.

— Fais attention, dit-il d'une voix étouffée. Il y a du verre sur le sol.

Mia et Johnny marchèrent prudemment sur les planches, l'ampoule cassée craquant sous leurs pas. Quand ils arrivèrent à la porte, Dutch était plaqué contre le mur opposé et secouait la tête.

« *Qu'est-ce qui vient de se passer ?* » rugit Graham dans leurs oreilles.

— Il y avait quelque chose dans cette pièce, répondit Johnny, la voix tremblante. Quand Mia a lu l'inscription, cette chose a mal réagi !

— *Tu veux dire Molly Sut-*

— Ne le dis pas ! dit Johnny. Ne redis pas ce nom.

Mia devait l'admettre, elle était secouée. De la pure peur et de l'adrénaline coulaient dans ses veines. Dutch avait-il organisé une autre apparition ?

— Avez-vous quelque chose à voir avec ce qu'on vient de vivre, Dutch ?

Il secoua violemment la tête.

— Non, comment aurais-je pu faire ça ? Vous ne l'avez pas senti ?

— On dirait que nous avons eu à faire à un vrai phénomène paranormal cette fois-ci, dit Johnny, retrouvant son calme.

— Il faut que j'y retourne, dit Mia. On a besoin de cette caméra.

— Es-tu folle ? dit Johnny, devenant blême.

— C'est la seule façon de savoir ce qui s'est passé. A-t-on une autre lampe ?

Johnny fouilla dans sa poche, sortit un briquet et le tendit à Mia.

— Es-tu sûre ? dit-il, réellement soucieux de son bien-être.

Mia hocha la tête. Elle alluma le briquet et entra dans la pièce plongée dans le noir en tenant la flamme devant elle. Elle traversa la pièce et récupéra la caméra. Lorsqu'elle fit demi-tour, l'obscurité de la pièce était telle que le briquet n'était qu'une minuscule étincelle dans le noir.

Du coin de l'œil, un visage pâle et fantomatique semblait la fixer du fond de l'obscurité. Puis il disparut. Elle retourna dans le couloir, sous le choc. Si c'était un tour, il était très réussi.

— Alors ? dit Johnny.

Elle secoua juste la tête alors qu'ils descendaient tous les deux les escaliers pour faire face à l'équipe.

— Alors, tu as enfin trouvé quelque chose que tu ne peux pas expliquer, dit Graham d'un air suffisant.

— Il doit y avoir une explication, dit Mia.

— Il y en a une, enchaîna Johnny, on vient de rencontrer le *vrai* fantôme de Dutch.

Mia restait plantée là, pendant que son esprit s'emballait, essayant de rationaliser l'existence de Molly.

— On dirait que les choses deviennent un peu *trop réelles* pour notre sceptique en chef, dit Graham.

Ollie intervint, attrapa le bras de Mia et la prit à part.

— Pourquoi ne pas prendre congé de l'équipe et aller boire un verre avec Sylvie ? Jake et Will peuvent ranger le matériel.

Elle acquiesça, le regard vide.

Ollie fit un geste à Sylvie. Elle comprit le signal, donna des instructions à Jake et rassembla les affaires de Mia.

— Ne t'inquiète pas, dit Ollie. Je ferai en sorte qu'ils te lâchent la grappe. Tu fais un travail incroyable.

Sylvie lança un sourire à Mia et tint la porte ouverte.

— Allez, on s'arrache.

CHAPITRE QUINZE

Mia sortit dans l'air frais de la nuit, elle était quelque peu secouée. *Que venait-il de se passer là-dedans ? Un fantôme dans le grenier ? Comment était-ce possible ?* Sylvie sentait que Mia était bouleversée. Elle l'emmena au coin de la rue Essex. La vie nocturne avait commencé à s'animer. Des groupes de personnes se promenaient au centre des larges ruelles en briques.

Il y avait quelques stands éparpillés qui vendaient des souvenirs et quelques boutiques de magie avec les portes ouvertes. Deux enfants passèrent en courant, se poursuivant l'un l'autre avec des baguettes lumineuses. Sylvie donna un coup de coude à Mia et pointa du doigt deux guides touristiques, vêtus de capes noires et de cols blancs amidonnés, menant un groupe vers un endroit hanté. Leurs grands chapeaux de pèlerin aux boucles étincelantes s'inclinèrent sur le passage des deux jeunes femmes.

— Je parie que ça doit être la folie ici à Halloween, dit Sylvie. Où va-t-on ?

Mia haussa les épaules. Elle n'en avait aucune idée.

— J'ai entendu dire qu'il y avait un bar sympa sur le toit de l'hôtel Salem. C'est juste en bas de la rue, proposa Sylvie.

— Super, dit Mia, en regardant un musicien de rue, déguisé en zombie, qui jouait *Moon River* à l'harmonica.

Elles parcoururent la rue en direction de l'hôtel Salem. Un groupe de fashionistas bobo aux cheveux multicolores et à l'énergie résolument gothique disparut à l'intérieur, devant elles, cartes d'accès en main. Mia et Sylvie les suivirent jusqu'aux ascenseurs et montèrent jusqu'au dernier étage. Là, elles tombèrent sur un bar et un restaurant sophistiqué en plein air, avec vue sur toute la ville. L'atmosphère était propre et lumineuse, avec un mobilier moderne du milieu du siècle. L'exact opposé du Black Cat. Mia était encore sous le choc et essayait de faire le tri dans ce qu'elle avait vécu. Sa main tenait fermement la caméra dans sa poche. Elle était impatiente de voir ce qui avait été filmé. Toute l'auberge était-elle piégée ?

— Je suis Todd, je serai votre serveur, annonça un jeune homme d'une vingtaine d'années, les cheveux attachés en queue de cheval.

Sylvie commanda deux verres de pinot et une assiette de tacos.

— On va partager, dit Sylvie. Voyons si c'est bon avant de nous engager.

Avec tact, elle attendit que les boissons arrivent pour parler. Un verre de vin plus tard, Mia commençait à se détendre.

Sylvie se pencha vers elle et la regarda droit dans les yeux.

— Que s'est-il passé dans le grenier ? demanda-t-elle.

— C'était si rapide, dit Mia. Je lisais l'inscription sur la poutre, puis la lanterne s'est éteinte, l'ampoule a éclaté, je suis tombée, et Johnny m'a rattrapée.

— *Johnny* t'a rattrapée ? Je l'avais catalogué comme une vraie mauviette.

— Il n'est pas si terrible. Je veux dire, oui, c'est un narcissique, mais je pense qu'il y a de l'espoir.

Les filles éclatèrent de rire, alors que la tension se dissipait.

— Eh bien, ça va faire un super podcast. Vous m'avez donné la chair de poule, dit Sylvie.

— Vous êtes les filles de *Cloche, Livre et Bougie* ? demanda Todd, le serveur, en posant l'assiette de tacos devant elles.

— C'est nous, dit Sylvie. Je vois que notre réputation nous précède ?

— Deux blogueurs sont venus, assez effrayés. Ils ont dit qu'un fantôme hurlait au Black Cat.

— Eh bien, ce n'était pas un... commença Mia, mais Sylvie l'interrompit.

— Qu'ont-ils dit d'autre ? demanda Sylvie, en souriant gentiment.

— Que c'était la chose la plus effrayante qu'ils aient jamais entendue ! répondit le serveur. Au fait, mon immeuble est hanté aussi. Le locataire précédent est mort, mais il n'est jamais parti, si vous voyez ce que je veux dire.

— Il semble y avoir beaucoup de fantômes dans cette ville, remarqua Mia.

— Vous n'avez pas idée ! dit-il, puis il disparut pour s'occuper de ses autres tables.

Mia le regarda partir, perplexe. Est-ce que tout le monde avait une histoire de fantôme dans cette ville ?

— Mia, as-tu déjà entendu l'expression *faire l'idiote* ? Tu devrais essayer un jour, dit Sylvie, en arrosant son taco de sauce piquante. Miam ! C'est trop bon.

Mia essaya de ne pas fixer Sylvie alors qu'elle dévorait joyeusement son taco.

— Quoi ? Sylvie avala, puis haussa les épaules. La chasse aux fantômes, ça m'ouvre l'appétit.

Mia hésita, ne sachant pas si elle devait raconter la suite à Sylvie. Elle regarda sa nouvelle amie dévorer une seconde bouchée géante. Elle ne pouvait plus garder ça pour elle plus longtemps.

— Il s'est passé autre chose de bizarre, dit Mia, j'ai vu un visage.

— Quoi ? dit Sylvie, bien que ça ait donné plutôt quelque chose comme *qhampf*?

— Quand je suis retournée à l'intérieur chercher la caméra, il y avait quelqu'un dans la pièce avec moi.

Sylvie ne dit rien, mais alors que leurs regards se croisaient, Mia put voir qu'elle la croyait.

— J'ai hâte de voir les images.

Mia piocha finalement dans leur assiette commune. Puis elle hocha la tête avec gratitude. La nourriture était délicieuse et elle s'était confiée à la bonne personne. Sylvie était gentille, terre à terre et d'une étrange sagesse.

Soudain, une voix les interrompit.

— Êtes-vous Mia Bold ?

Mia leva les yeux et vit un homme se tenir debout devant leur table. Il avait le teint pâle, des yeux bleus perçants, un front haut et des cheveux argentés fins et droits. Il portait une veste couleur lavande.

— Et vous êtes ? rétorqua Sylvie.

— Je suis T.G. Prophet, dit-il en fixant Mia. Vicki Carlyle a dit que vous avez été le témoin d'une apparition ce soir ?

— On a bien enregistré notre podcast, oui, répondit Mia, en grimaçant à la mention de Vicki Carlyle.

— Prophet ? dit Sylvie. Comme le type qui a écrit tous ces livres new age ?

— Le seul et l'unique. Je possède la librairie Ascension sur Main Street. Nous avons beaucoup d'âmes tourmentées qui ont besoin d'aller de l'autre côté, ici à Salem. Je pourrais écrire un livre avec toutes mes expériences en matière d'apparitions. En fait, j'ai...

Il glissa une copie sur la table. Il y avait une photo de lui, encadrée dans un triangle violet. Le titre était *Aller de l'autre côté, le chemin de la lumière*. Mia leva les yeux vers T.G., se demandant ce que signifiaient les initiales et comment elle était censée l'appeler. Est-ce que tout le monde dans cette ville était dingue ?

— Euh, merci ? dit Mia.

Sylvie la fixait, elle voulait qu'elle *fasse l'idiote.*

— Ma carte est à l'intérieur. Si votre *mort* a besoin d'aide pour aller de l'autre côté, appelez-moi.

T.G. Prophet s'éloigna, laissant Mia et Sylvie se regarder.

Quand il fut hors de leur champ de vision, elles partirent dans un fou rire.

— Quoi, pourquoi tu ris ? dit Mia.

— Il avait son livre avec lui ? dit Sylvie, en se tenant les côtes. Qui fait ce genre de choses ?

— Johnny Astor, dit Mia, et elles rirent toutes les deux jusqu'aux larmes.

Puis, à point nommé, son téléphone annonça un message entrant et l'avatar parfaitement soigné de Johnny Astor apparut sur son téléphone. Il n'y avait pas de message. Juste une url. Mia appuya sur le lien.

— Qu'est-ce que c'est ? dit Sylvie.

Un flot de tweets avec les hashtags #ClocheLivreBougie et #AubergeBlackCat surgit sur l'écran de téléphone de Mia.

La nuit la plus effrayante de ma vie

J'ai déchiré ma robe en fuyant un fantôme

Le podcast qui a failli me tuer

— C'est une sorte de flux Twitter, dit Mia, sceptique.

— Laisse-moi voir, dit Sylvie en prenant le téléphone. Oh mon Dieu !

Précédé d'un son aigu, un autre message de Johnny arriva. Le message était ponctué d'assez de points d'exclamation pour justifier que son auteur soit poursuivi pour outrage à la grammaire.

Nous faisons officiellement partie des tendances !!!!!!!!

Alors que Mia lisait le torrent de tweets, elle commença à se sentir mal à l'aise. Les fans étaient de vrais adeptes, absolument dévoués au paranormal. Que se passerait-il une fois que l'entretien avec Dutch serait diffusé et que ces personnes découvriraient que la première apparition avait été truquée ? Elle avait réussi à démasquer son histoire de fantôme, mais était-ce ce que les fans voulaient entendre ? Et si Graham avait raison, les fantômes vendent, mais pas les sceptiques ? Soudain, le premier épisode de *Cloche, Livre et Bougie* ressemblait moins à un changement de carrière qu'à un coup de pied dans la fourmilière.

CHAPITRE SEIZE

Mia se sentait un peu mieux, alors qu'elle rentrait chez elle avec Sylvie. Elles saluèrent Johnny en passant. Il tenait salon, entouré de fans en adoration. La nuit était douce et couverte, l'air était vif. Seules quelques étoiles filtraient à travers les nuages.

— Alors, que penses-tu de Salem jusqu'à présent ? demanda Sylvie.

— J'aime bien, dit Mia. Les habitants sont un peu bizarres.

— Ce n'est rien comparé au New Jersey.

— J'allais souvent sur la côte avec mon père...

Soudain, elles entendirent une voix rauque et un grand coup. Dans la rue latérale étroite où se trouvaient les magasins de sorcellerie, Mia reconnut la façade effrayante qu'elle avait remarquée plus tôt : Le Chaudron. La porte érodée s'ouvrit sur des charnières rouillées.

— Dehors, cria une voix. Retournes dans la rue, là où tu as ta place.

Un balai en lambeaux balaya violemment ce qui ressemblait à une boule grise sale dans la rue.

Mia et Sylvie s'arrêtèrent. Un grand épouvantail de femme se tenait dans l'embrasure de la porte. Elle leur lança un regard noir avant de baisser son regard en direction des pavés. « Tu portes la poisse », dit-elle en claquant la porte derrière elle.

Quelque chose de petit et de poilu frissonnait dans une flaque d'eau sale.

Mia alla regarder. Au début, elle pensait que c'était un rat, mais en s'approchant, elle fut choquée par ce qu'elle découvrit. Elle retint son souffle. Un chaton maigre la regardait avec de grands yeux jaunes. Puis, il émit un minuscule bruit de miaulement, comme un couinement.

— Oh, mon Dieu, dit Mia en s'agenouillant.

Le chaton frotta sa tête contre sa main. Mia prit le petit paquet dans ses bras et retourna vers Sylvie.

— C'est un chat ? dit Sylvie. La folle a jeté un chat dans la rue !

— Elle est vraiment minuscule. On ferait mieux de la ramener à la maison, dit Mia, en berçant soigneusement la créature sans défense.

Elles grimpèrent les escaliers et ouvrirent la porte de l'appartement de Mia.

Tandy renifla et regarda Mia comme si son rêve était devenu réalité. Elle apportait un chaton dans l'appartement ! Sa queue remuait comme un moulin à vent alors qu'il dansait sur lui-même.

Mia emmena le chat errant sur le comptoir de la cuisine et l'inspecta sous toutes les coutures.

— C'est bien une fille, confirma-t-elle. Plus de peur que de mal. La pauvre.

Elle épongea la chatonne doucement avec de l'eau tiède avant de la sécher avec le torchon. Dès que l'indigne bain à l'éponge fut terminé, la chatonne leva les yeux vers Mia et se mit à ronronner. Sa fourrure était d'un blanc pur avec de légères rayures grises et son nez était rose avec des taches de rousseur.

— Tu dois être affamée, dit Mia.

Elle ouvrit une boîte de thon et la chatonne dévora presque toute la boîte. Elle prépara un panier à linge avec une belle serviette molletonnée et posa la chatonne dans l'espace propre et doux. Après avoir fait sa toilette, la chatonne se recroquevilla rapidement en une petite boule et s'endormit.

Sylvie tenait Tandy par le collier pendant qu'il observait le spectacle avec délectation.

— Oh ! dit Sylvie. Comment vas-tu l'appeler ?

— L'appeler ? Je ne peux pas la garder.

— Pourquoi pas ?

Oui, pourquoi pas ? pensa Mia. Il y avait un million de raisons. Elle n'avait jamais eu de chat. Elle était encore en train de réfléchir à sa nouvelle vie à Salem. Elle pouvait à peine prendre soin d'elle et de Tandy.

Elle regarda Tandy, qui essayait de se dégager de la prise de Sylvie.

— Tu peux le lâcher, dit-elle.

Elles regardèrent le chien curieux s'approcher du panier, y enfoncer son nez et renifler, tout en remuant la queue. La chatonne s'étira et frotta son visage contre son museau. Tandy la lécha, puis se jeta par terre, à côté du panier à linge, et prit place pour protéger sa nouvelle amie.

— Rose, dit Mia.

— Quoi ?

— Je vais l'appeler Rose. D'après la femme détective qui a aidé Houdini à traquer les faux esprits.

Rose Mackenberg était l'un des personnages historiques préférés de Mia.

— Une pourfendeuse d'escrocs ? dit Sylvie, en souriant. C'est parfait.

Mia n'arrivait pas à croire qu'elle envisageait sérieusement de garder la chatonne. C'est alors que Rose scella son destin en se roulant sur le dos, frottant son nez rose avec ses pattes poilues, et laissant sortir le bâillement le plus doux et le plus satisfait que Mia ait jamais vu.

— Je ferais mieux d'envoyer à Will une liste de courses.

J'ai trouvé un chaton. Besoin d'une boîte pour chat, de litière et de nourriture, sèche et humide. Dix dollars pour toi si tout est devant ma porte demain matin à la première heure.

Will répondit avec un émoji surpris et un émoji pouce levé.

— Bon. Jetons un œil aux images et à l'enregistreur EVP, dit Mia.

— Je pensais que tu ne demanderais jamais, dit Sylvie, en sortant son ordinateur portable.

Elle téléchargea tous les fichiers et aligna les enregistrements côte à côte sur son moniteur pour les comparer.

— C'est le film et l'EVP. Et par ici, nous avons les relevés de Will, dit-elle. Quand la table s'est mise à trembler, le son à basse fréquence est devenu fou.

Mia fixa les pics verts des ondes sonores à basse fréquence.

— Qu'est-ce qui a pu provoquer cela ? Will et moi avons relevés des lectures plus intenses, plus tôt dans le grenier, mais pas de beaucoup.

— Bonne question. Comparons, dit Sylvie.

Elle se déplaça vers les images de la caméra infrarouge. Des particules de poussière flottaient devant l'objectif. Alors qu'elle passait le film en avance rapide, la plus grande partie des images ne montrait qu'un espace vide. Elle arrêta l'avance rapide au moment critique où Mia montait sur la table. Soudain, une étrange ombre fumée se précipita dans la pièce et la table trembla violemment.

— Qu'est-ce que c'est ? dit Mia, surprise.

— Ouah ! s'exclama Sylvie. Je ne sais pas. Je n'ai jamais rien vu de tel.

— Dutch doit avoir truqué quelque chose, dit Mia, frustrée.

— De la fumée ? Comment a-t-il pu truquer ça ?

— Je ne sais pas exactement, mais comment de la fumée peut-elle secouer une table ?

— Et si c'était réel ? Pourrais-tu l'envisager ?

— Seulement après avoir épuisé toutes les explications logiques, dit Mia. Je suis quelque peu attachée à la géophysique.

Comment le livre était-il tombé ? Qu'est-ce qui avait fait tomber la table ? Et pire encore, quel était le visage qu'elle avait vu dans le grenier ? Elle décida de retourner au Black Cat dès le lendemain et découvrir ce qu'il s'était réellement passé.

***

Mia se réveilla à l'aube et passa la tête hors de la porte d'entrée. Elle ne savait pas comment il avait fait, mais Will, l'assistant personnel miracle, avait réussi à se procurer tout ce dont elle avait besoin. Deux sacs contenant de la nourriture, de la litière, un bac à litière et une petite souris en plastique à peine plus grande que Rose attendaient devant sa porte. Un reçu était soigneusement agrafé à l'un des sacs.

Elle commença par donner à manger à Rose. Puis, pendant que la chatonne mangeait, elle installa la litière et tourna le panier à linge sur le côté pour qu'elle puisse entrer et sortir toute seule. Quand Rose eut fini de manger, Mia la prit dans ses bras, la porta jusqu'à la litière et retint son souffle. Elle n'avait pas beaucoup d'expérience avec les chats, mais elle avait entendu dire qu'ils savaient instinctivement ce qu'il fallait faire. Rose se soulagea, puis retourna à son panier, se mit en boule et s'endormit rapidement. Mia espérait que le reste de la journée se déroulerait aussi facilement.

Alors qu'elle enfilait sa tenue de sport, elle repensait aux événements de la veille. Il y avait trop de questions en suspens. Le seul fait réel sur lequel elle pouvait s'appuyer était que Dutch Brown avait admis avoir truqué la première apparition. *Qui truque une apparition en truque une autre.*

Elle se sentait idiote. Après tout, n'était-elle pas là pour démasquer les escrocs ? Et même si Dutch Brown avait admis avoir truqué une des apparitions, quid de l'autre ? Tout cela était si frustrant ! Il valait mieux prendre l'air pour se vider la tête. Elle trouva Tandy étendu fidèlement à côté du couchage improvisé de Rose. Elle accrocha sa laisse et ils sortirent.

Il était si tôt que les rues étaient encore vides. Un brouillard venant de la mer s'étendait sur les pavés, Mia voyait à peine ses pieds. Alors qu'ils passaient devant Le Chaudron en courant, Tandy grogna comme s'il savait ce qui s'était passé la nuit dernière.

« Bon garçon », dit Mia, heureuse que son chien soit un aussi bon juge de caractère. Le magasin était aussi calme que la rue et Mia ne pouvait s'empêcher de penser de façon obsessionnelle au Black Cat et aux événements qu'elle ne pouvait pas expliquer.

Pourquoi le livre était-il tombé ? Que s'était-il passé dans le grenier ?

Au bout d'un kilomètre environ, elle ralentit au rythme de la marche. En tournant au coin de la rue, Mia aperçut l'auberge. Elle se sentait attirée comme à un aimant. Si seulement elle pouvait revoir l'endroit à la lumière du jour et examiner la bibliothèque et le grenier pour voir s'il y avait des preuves de trucage. Les camions de livraison commençaient tout juste à arriver. Elle en regarda un se garer à l'arrière d'une boulangerie. En bas de la rue, un autre camion livrait des marchandises à un bar.

Peut-être que quelqu'un au Black Cat serait là pour réceptionner des livraisons ? C'était un pub après tout.

Elle avait prévu de passer devant l'auberge uniquement, mais une fois arrivée devant la porte, elle ne put résister. Avec de la gentillesse et du tact, Dutch accepterait peut-être qu'elle visite les "zones hantées" à la lumière du jour.

Comment pourrait-il refuser ? S'il disait la vérité.

Mia frappa à la porte. Personne ne répondit. Elle frappa encore. Rien.

Tandy se mit à geindre d'un ton étrange qu'elle reconnut.

« Qu'est-ce qu'il y a, mon garçon ? » dit-elle. Il gratta la porte, anxieux. C'était étrange. En général, Tandy ne faisait cela que lorsque quelque chose n'allait vraiment pas, comme la fois où son beau-frère, Jeffrey, avait décidé d'entrer dans son appartement de Fishtown et l'attendait à l'intérieur, avec une liste de choses à faire.

Elle essaya d'ouvrir la lourde porte d'entrée, mais elle était fermée à clé. Tandy avait la queue entre les pattes et les oreilles baissées. Quelque chose n'allait vraiment pas. L'avant de l'auberge était obscurci par du verre opaque et laiteux recouvert de stencils. Il y avait un espace libre plus haut, alors elle saisit le châssis de la fenêtre et grimpa sur le rebord. Puis elle fit quelques pas sur la pointe des pieds pour jeter un coup d'œil à l'intérieur. Elle eut le souffle coupé par ce qu'elle découvrit.

Au beau milieu de l'entrée gisait Dutch Brown, l'aubergiste. Sur lui s'était écrasé le lourd lustre de l'entrée, tel une araignée de métal le clouant au sol.

CHAPITRE DIX-SEPT

Mia manqua de tomber du rebord de la fenêtre, mais elle s'agrippa plus fort au montant latéral et se redressa. Dutch ne bougeait pas. Il était absolument immobile, coincé sous le poids du lustre. Puis elle se souvint de son téléphone. Elle le sortit de sa poche, mais l'étui glissant en plastique s'écrasa sur le sol. Elle le ramassa, ouvrit le clavier et composa rapidement le numéro des urgences.

— Quelle est votre urgence ? demanda un opérateur.

— Il y a eu un accident ! dit Mia, le cœur battant la chamade. Je suis à l'auberge du Black Cat. Je crois que Dutch Brown, le propriétaire, est blessé. Envoyez de l'aide, s'il vous plaît.

Au loin, une voix lui dit : « La police va arriver. Est-ce que ça va ? Êtes-vous en sécurité ? »

Mia ne répondit pas.

« Dutch ! » Elle appela et frappa à la fenêtre. Il ne répondit pas. *Je ne peux pas juste attendre que l'ambulance arrive*, pensait Mia, désespérée. Il pourrait être en train de mourir là-dedans. Elle regarda autour d'elle, cherchant un moyen d'entrer dans l'auberge. Elle poussa sur la fenêtre, mais le cadre était renforcé. Puis elle sauta en bas et vérifia à nouveau la poignée de porte. Les mains moites, elle tira sur la poignée en cuivre, mais la porte ne cédait pas. Elle prit une grande inspiration et de son épaule, elle donna un grand coup contre le bois. Mais la serrure était solide et ne bougea pas d'un centimètre. Dutch pourrait être gravement blessé, se dit-elle en cherchant désespérément un autre moyen d'entrer.

Tandy aboya et s'élança sur le côté du bâtiment.

« Qu'est-ce qu'il y a, mon garçon ? » cria-t-elle, puis elle courut à sa suite. Tandy s'arrêta et se mit à gratter une porte latérale. Elle essaya d'ouvrir la porte. Verrouillée. Elle regarda aux alentours et repéra une fenêtre basse à guillotine double sur le côté du bâtiment. Elle essaya de l'ouvrir en la secouant, mais la fenêtre était bloquée. Il y avait une simple espagnolette au centre. L'idée d'entrer par effraction ne l'enchantait guère, mais elle ne pouvait pas attendre plus longtemps. Dutch avait besoin d'aide immédiatement.

D'un coup de coude, Mia brisa un carreau de fenêtre. Puis elle tendit le bras à l'intérieur pour défaire l'espagnolette, déchirant au passage sa manche sur le bord dentelé, et poussa la fenêtre vers le haut. D'un seul bond, Tandy sauta à l'intérieur, par-dessus le verre. Mia grimpa sur le rebord aussi vite et aussi prudemment qu'elle le put et atterrit sur le sol. Elle ne savait pas trop quelle direction prendre, mais Tandy aboya et courut en direction de l'entrée. Elle s'élança après lui, glissant et manquant de chuter dans le virage, le cœur battant à mille à l'heure.

Puis Tandy stoppa net et releva une patte comme un chien d'arrêt. Dutch Brown était allongé face contre terre, couvert de poussière de plâtre, le corps tourné vers la porte. Mia se précipita vers lui. Le verre brisé qui jonchait le sol crissait à chacun de ses pas. Elle vit une large entaille à l'arrière de sa tête. Le lustre avait dû le heurter violemment.

« Dutch ? Est-ce que ça va ? » dit-elle en priant de ne pas être arrivée trop tard.

Comme il ne bougeait pas, elle hissa le lustre sur une épaule et tira de toutes ses forces. Le monstre de métal roula lourdement sur le côté, libérant un nuage de poussière qui se déposa sur les vêtements et les cheveux de Mia.

« Réveillez-vous, s'il vous plaît ! » Elle attrapa sa chemise et essaya de le retourner pour lui faire un massage cardiaque et du bouche-à-bouche, mais il était aussi lourd que du plomb. Respirait-il au moins ? Il n'y avait rien, pas de respiration, pas de pouls. Lorsqu'elle toucha sa peau, elle fut paralysée par la peur. Il était froid. Pas d'un froid ordinaire, mais d'un froid glacé. L'intérieur de ses bras était pâle, comme vidé de son sang.

Dutch Brown était mort.

Une vague de peur et de nausée la traversa. Elle trébucha en arrière, s'écrasant contre le lustre qui s'ébranla et dispersa encore plus de poussière et de débris. Elle ferma les yeux. *Calme-toi, calme-toi*, se dit-elle. Puis une pensée terrifiante la traversa.

Était-ce vraiment un accident ? Ou quelque chose de pire ?

Elle se souvint des pas qui venaient du plafond et du visage qu'elle avait aperçu dans le grenier, la façon dont la table avait bougé et puis sa chute. C'était comme si on l'avait poussée. Était-il possible qu'il y ait vraiment un fantôme ? Un poltergeist avait-il *tué* Dutch Brown ? Mia respirait si fort qu'elle pouvait à peine penser. Elle ouvrit les yeux et essaya de se concentrer sur ce qu'elle devait faire ensuite.

Puis soudain, elle réalisa.

Elle venait d'entrer par effraction dans le bâtiment, de déplacer le lustre et le corps. Il n'y avait aucun témoin pour confirmer ses actions. Qu'allait penser la police ? Soudain, elle se sentit malade et seule. Des larmes lui brûlaient les yeux. Mais elle n'avait pas le choix, elle ne pouvait pas laisser Dutch étendu là.

Le choc commençait à s'installer, elle se sentait engourdie. Elle leva les yeux au plafond. On y voyait un trou irrégulier, où la rosace avait été arrachée, éparpillant des morceaux de plâtre lorsque le lustre s'était écrasé. Il y avait comme une ombre. Une traînée de moisissure noire ? Est-ce que ça avait pourri là pendant des années et s'était soudainement cassé ? C'était peut-être un accident après tout. Près de la tête de Dutch, se trouvait la rosace sectionnée avec la chaîne brisée, également noire. Rien que d'imaginer Dutch se tenir sous l'immense lustre lorsque le poids était venu s'écraser sur lui la rendait malade. Est-ce qu'il avait été terrifié ou pris complètement par surprise ? Avait-il souffert ou était-il mort sur le coup ?

Seule dans l'entrée près du cadavre de Dutch, Mia se sentait nerveuse. Où était la police ? Pourquoi cela prenait-il tant de temps ? La ville n'était qu'à un kilomètre et demi de là. Tandy trotta vers elle et gémit, les oreilles collées contre sa tête.

« Qu'est-ce qu'il y a ? » dit Mia.

Un instant plus tard, elle entendit les sirènes approcher. Leur hurlement devint assourdissant alors que deux voitures de police faisaient crisser leurs pneus devant le bâtiment, suivies d'un camion de pompiers et d'une ambulance. Elle entendit les portes des véhicules claquer. Enfin.

Mia se leva et se dirigea vers l'entrée, comme en transe. Elle ouvrit le loquet, puis la lourde porte.

Deux policiers se tenaient à l'extérieur. L'un d'eux était une femme costaude, aux taches de rousseur et aux cheveux roux. L'autre était un homme mince, à l'expression impatiente et à la moustache taillée. Leurs uniformes portaient l'écusson caractéristique de la police de Salem, une image de sorcière sur un manche à balai. Au centre se trouvait la phrase : Ville des sorcières. Derrière eux, une équipe d'ambulanciers attendait les instructions.

— Je pense qu'il est mort, dit Mia.

Ses cheveux foncés étaient couverts de particules de plâtre blanc et elle saignait là où elle avait déchiré sa chemise.

Les policiers jetèrent un coup d'œil au corps de Dutch, puis se regardèrent entre eux. Leurs badges disaient qu'il s'agissait des agents Lynn et Spitzer.

Spitzer fit signe à un ambulancier de le suivre à l'intérieur tandis que le reste de l'équipe resta près de l'ambulance.

— Sortez, s'il vous plaît, dit l'agent Lynn à Mia.

Tandy grogna.

— Tout va bien, mon garçon, dit Mia.

Elle tapota la tête de Tandy en suivant l'agent de police sur le trottoir. Un groupe de badauds se formait tout autour des abords de la scène.

— Vous saignez, fit remarquer l'agent Lynn. Vous avez besoin d'aide ?

Mia inspecta son bras. La longue égratignure à l'endroit où la vitre l'avait coupée était déjà en train de sécher pour former une croûte.

— Non. Elle secoua la tête, toujours aussi hébétée. Je vais bien.

Au bout de cinq minutes, Spitzer réapparut, secouant la tête vers sa collègue.

— Le type est mort depuis des heures, j'ai demandé un trente et un MI. On va devoir attendre un inspecteur.

Spitzer retourna à l'intérieur. L'ambulancier sortit et rejoignit son équipe pour attendre la police scientifique.

— C'est quoi un trente-et-un MI ? demanda Mia, en mode automatique.

L'agent Lynn regarda Mia avec une expression neutre.

— Une mort inexpliquée. Vous avez une pièce d'identité ?

Mia sentit son estomac se nouer. Dutch Brown était mort. Et vu la façon dont les policiers la regardaient, elle avait du souci à se faire. Elle essaya de réfléchir mais son esprit était confus. Le choc, se dit-elle. Je suis en état de choc. Elle sortit son portefeuille et retira son permis de conduire du plastique. Tandy émit à nouveau un faible grognement lorsque Mia tendit le document à l'agent Lynn, elle l'ignora.

— En visite de Philadelphie ? demanda-t-elle en inspectant la photo.

— Oui, je veux dire non, je viens d'emménager ici.

— Y a-t-il quelqu'un qui peut le confirmer ?

— Ma sœur ou ma mère, je suppose.

— Vous avez leur numéro ? dit l'agent Lynn.

Mia récita le numéro de sa mère.

— Vous n'allez pas l'appeler, n'est-ce pas ? demanda Mia, inquiète.

Tandy commença à lécher la main de Mia, lui signalant qu'il voulait partir. *Tu n'es pas le seul,* pensa-t-elle.

Soudain, l'agent Spitzer dévala les marches.

— On dirait qu'on a un code trente-quatre.

— C'est quoi un code trente-quatre ? dit Mia sans réfléchir, encore une fois.

Les policiers la regardèrent de travers.

— Un cambriolage, répondit Lynn.

— Hum, dit Mia. C'était moi.

Lynn et Spitzer se retournèrent pour lui faire face, leur visage était de marbre.

— Vous êtes entrée par effraction dans le bâtiment ? dit l'agent Lynn. Vous réalisez que c'est interdit par la loi ?

Mia sentit la peur grandir en elle. Les policiers la dévisageaient, suspicieux. Tout autour d'elle, la foule la regardait fixement et chuchotait. Elle ne ressemblait à rien, était en sang et venait d'admettre avoir pénétré par effraction dans l'auberge. Ça se présentait assez mal pour elle.

— J'essayais d'aider, dit-elle maladroitement et elle se pencha pour caresser les oreilles de Tandy.

— Il va falloir venir au poste, dit Spitzer, de plus en plus austère.

Puis il se mit soudain au garde-à-vous.

— Je m'en occupe, dit un homme grand, vêtu d'un élégant costume.

Sa peau sombre et ambrée et ses yeux d'un gris inhabituel étaient saisissants.

Il montra rapidement sa carte d'identité, sur laquelle on pouvait lire : *Lieutenant Clayton Landry : inspecteur.* Il prit le temps de détailler l'apparence de Mia. Son expression était vide, ne révélant rien. Cette fois, Tandy ne grogna pas mais recula comme s'il faisait face à un loup.

Puis Landry prit les deux policiers à part et leur parla à voix basse. Lorsqu'une camionnette de police scientifique se gara à côté de l'ambulance, l'inspecteur s'excusa, enfila une paire de gants en latex et disparut dans le bâtiment, suivi d'un technicien.

— Bon, l'inspecteur Landry vous veut au poste, annonça l'agent Lynn.

Le pressentiment revint. Il ne faisait aucun doute que la mort de Dutch Brown était passée d'inexpliquée à suspecte. Et ensuite ? Il n'y avait qu'une seule explication : homicide involontaire ou même *meurtre*. Mia commençait à réaliser la gravité de sa situation. Elle avait pénétré dans l'auberge par effraction, avait laissé ses empreintes digitales et son ADN partout, avait déplacé des preuves et, ah oui, elle n'avait aucun alibi. *Je suis dans un gros pétrin*, se dit Mia. Elle caressa Tandy, en essayant de le rassurer et de se rassurer elle-même, par la même occasion.

Soudain, Mia pensa à Rose. Qui s'occuperait d'elle maintenant ? Puis elle pensa à Sylvie.

— Est-ce que je peux envoyer un texto à mon amie Sylvie ? Pour qu'elle me rejoigne au poste ?

— Allez-y, dit Lynn en la fixant tel un faucon.

Mia tapa un message de ses doigts tremblants.

Peux-tu aller vérifier que Rose va bien ? Clé sous le paillasson. Puis rejoins-moi au poste de police de Salem. J'ai de GROS ennuis.

CHAPITRE DIX-HUIT

Pénétrer au sein des services de la police de Salem aurait été angoissant quelle que soit la circonstance. Mais escortée de deux policiers, l'air débraillé et le bras en sang, était infiniment pire qu'angoissant. Mia essaya de se comporter de la façon la plus décontractée que possible alors qu'elle suivait les agents Lynn et Spitzer dans le vieux bâtiment en briques, puis devant la réception et sa vitre pare-balles.

Le sergent de l'accueil leur jeta un bref coup d'œil, un peu surpris de voir l'état physique de Mia et Tandy, qui trottinait derrière elle avec désinvolture. Puis, il grogna et reprit son travail.

Au détour d'une porte, ils pénétrèrent dans la zone administrative qui ressemblait à n'importe quel bureau. Mia fut escortée jusqu'à un bureau vide où posé sur la table, un porte-nom indiquait : Lieutenant Clayton Landry. Tout était bien ordonné, il y avait un grand écran d'ordinateur et une pile de dossiers sur le côté.

— Asseyez-vous, ordonna l'agent Lynn. Il va bientôt arriver.

L'agent Spitzer et elle prirent place. Ils se mirent à remplir ce qui, selon Mia, devait représenter des heures et des heures de paperasse. De temps en temps, ils levaient les yeux et lui lançaient des regards noirs. À leurs yeux, elle était une suspecte dans l'affaire et la responsable d'une dure journée de travail.

Tandy s'installa aux pieds de Mia, la tête posée sur ses pattes. Il s'endormit rapidement. Mia l'envia. Pour sa part, elle se sentait de plus en plus tendue et nerveuse.

Peu à peu, les bruits réguliers du bureau, fait de sonneries de téléphone et de tapotements sur les claviers, l'aidèrent à se calmer. Elle se sentit soudain complètement vidée et elle réalisa que cela devait être le contre-coup de toute cette adrénaline. Elle s'affaissa sur sa chaise, étouffant un bâillement.

— Le café est là-bas, dit Landry en lui indiquant une machine à café Keurig.

Elle leva les yeux pour regarder l'inspecteur. Il lui sourit chaleureusement, retira sa veste de costume, la replia sur le dossier de chaise et s'assit.

— Euh, merci, dit Mia.

Elle se leva et se servit une tasse, puis s'assit en face de l'inspecteur.

— Donc, vous êtes Mia Bold ? La podcasteuse ?

Au lieu d'un visage impassible, Landry souriait de façon encourageante.

— Comment savez-vous cela ? demanda Mia, se sentant plus à l'aise.

Il semblait raisonnable, élégant même.

— Vous nous avez montré votre permis de conduire, vous vous rappelez ? Internet a fait le reste

Il alluma son ordinateur et sortit un bloc-notes de sa veste. Mia reconnut l'accent de Landry.

— Vous êtes de la Nouvelle-Orléans ?

— Tout à fait, vous avez une bonne oreille.

— Il y a beaucoup d'apparitions à la Nouvelle-Orléans, dit-elle de façon détachée.

— C'est bien vrai, commenta Landry. Je me sens comme chez moi à Salem.

Soudain, le téléphone du lieutenant sonna. Il décrocha.

— Inspecteur Landry, dit-il.

Il écouta un instant, puis il jeta un coup d'œil à Mia.

— Merci de nous avoir rappelé, Mme. Middleton. Souhaitez-vous lui parler ?

Il tendit le téléphone à Mia.

— C'est pour vous. Votre maman.

Mia prit le téléphone comme si c'était un serpent. Il fallait qu'elle arrête de se demander si la journée pouvait empirer. De toute évidence, la réponse était *oui*.

— Mia ? Dans quoi t'es-tu fourrée ? dit Madison, la voix tendue.

— Je peux te rappeler, maman ? Je suis avec l'inspecteur, répondit Mia, gênée. Chaque fois qu'elle avait vu cette scène dans une série policière, la *mère* du suspect n'appelait jamais ! Elle jeta un coup d'œil à Landry, qui empilait des papiers, comme si de rien n'était.

— D'accord, mais je veux une explication !

Elle rendit le téléphone à l'inspecteur Landry, qui glissa délicatement le combiné dans son support.

— Maintenant, pourquoi ne me dites-vous pas ce qui s'est passé ? dit l'inspecteur.

Mia prit une profonde inspiration et récita la liste des événements qui avaient conduit à la découverte du corps de Dutch. Pendant qu'elle parlait, Landry tapait sur son clavier avec rapidité et efficacité.

— Donc, vous vous êtes blessée sur le rebord de la fenêtre ? demanda Landry. Qu'est-ce qui vous a fait regarder à l'intérieur ?

— J'étais...

Soudain, elle perdit le fil de ses pensées.

— Oh, c'était Tandy. Il a commencé à gémir d'une certaine façon, continua-t-elle.

Mia prit une gorgée de café. C'était le flou dans son esprit. Soudain, elle se sentit écrasée par la tristesse. Le podcast avait-il agi en quelque sorte comme catalyseur de la mort de Dutch ? Elle espérait que non.

— Vous avez vu Dutch étendu sur le sol, trouvé la porte fermée et cassé une fenêtre pour entrer ?

— Oui, exactement, s'étonna Mia. Comment le savez-vous ?

— C'est mon travail de comprendre les choses, Mlle Bold. Ou du moins, comprendre ce que les criminels aimeraient que je pense qu'il se soit passé.

Les criminels ? Mia réfléchit nerveusement. Est-ce qu'il pense que je suis une criminelle ?

— Pourquoi avez-vous déplacé le lustre ? demanda Landry et il la regarda avec des yeux gris et calmes.

— Je...j'essayais de l'aider, dit Mia, instantanément traversée par une vague de regret.

Si seulement elle était arrivée plus tôt.

— Parlez-moi du soir où vous avez rencontré M. Brown pour la première fois.

— Eh bien, le soir du podcast, je suis arrivée tôt...

Mia raconta l'histoire du trucage à l'auberge et la confession de Dutch, le soir d'avant. Alors qu'elle entrait dans les détails, un sentiment effrayant s'empara d'elle. Tout cela ressemblait à de la folie. Des fantômes, des cris et des livres qui tombaient ? Pire encore, elle avait eu une altercation avec Dutch, qui était maintenant mort. Chaque mot qu'elle prononçait lui donnait l'impression de s'enfoncer encore plus. Elle n'était pas en train de parler à un propriétaire de librairie superstitieux, mais à un inspecteur compétent.

Landry écoutait poliment, consultant parfois ses notes.

— Donc, la première fois que vous avez rencontré M. Brown, il a essayé de *vous tromper* ?

— Il a inventé le fantôme pour attirer plus de clients.

— Et qu'avez-vous pensé ? D'après ce que j'ai pu lire en ligne, vous êtes une chasseuse de fantômes, déterminée à démasquer les arnaques. Étiez-vous en colère ?

— Je... je suppose que oui, dit-elle

Soudain, sa nervosité se transforma en paranoïa totale, comme si elle était prise dans un étau. Jusqu'à ce que Landry lui pose ces questions, elle n'avait pas réalisé à quel point tout cela semblait l'incriminer. Elle sentit ses joues rougir et une bouffée de chaleur monter.

— Et la nuit dernière ? Où étiez-vous *après* le podcast ?

— Je suis allée dans un bar avec mon amie Sylvie, dit Mia. On a trouvé un chaton...

— Un chaton.

Landry arrêta de taper sur son clavier et quelque chose dans son regard changea. Le gentleman doux et raffiné était parti. La façon dont il la fixait était troublante, comme s'il étudiait une nouvelle forme de bactérie au microscope. C'est alors que l'interrogatoire commença pour de bon.

— Pourquoi êtes-vous venue à Salem, Mlle Bold ?

— J'avais besoin d'un travail et d'un changement, déclara maladroitement Mia.

— Dutch Brown avait-il des ennemis ?

— Des ennemis ? Je ne sais pas. Je ne le connaissais que depuis un jour.

— Et Elsa, *à quel point* Dutch la connaissait-il ?

— Comment pourrais-je le savoir ? Assez bien pour l'aider à truquer une apparition, je suppose. Pourquoi toutes ces questions, inspecteur ? lâcha-t-elle. Allez-vous m'inculper de *meurtre* ?

À la minute où elle prononça ces mots, elle les regretta. Est-ce que les innocents disaient ce genre de chose ?

— Meurtre est un si vilain mot, dit Landry. Comme je vous l'ai dit, mon travail est de trouver des réponses. De plus, je ne vous ai pas arrêtée, n'est-ce pas ? Du moins, *pas encore*.

Landry sourit comme s'il plaisantait, mais ses yeux étaient implacables comme de l'acier. À ce moment-là, Mia sut, sans l'ombre d'un doute, que Landry la soupçonnait d'être impliquée, d'une manière ou d'une autre, dans la mort de Dutch Brown. Son cœur se serra. Son avenir était en jeu et elle allait devoir se battre pour laver son nom. Elle se souvint de quelque chose que Frank Bold avait dit un jour, quelque chose qu'elle n'avait pas compris jusqu'à maintenant. *Ton plus grand professeur est un adversaire digne de ce nom.*

— Je n'ai pas tué Dutch Brown, si c'est ce que vous pensez, inspecteur.

Le sergent de l'accueil passa sa tête dans l'embrasure de la porte.

— Une certaine Sylvie Payne est à l'accueil annonça-t-il avec un fort accent de Boston. Elle est avec...

— Laissez-moi deviner. Graham Stone et Oliver Cooper ? dit Landry.

Mia fixa Landry, impressionnée.

— Comment avez-vous su ?

— La star du podcast se retrouve au poste de police ? Allons. Ils sont là pour s'assurer que je ne fasse pas capoter votre prochaine chasse aux fantômes.

Il dégaina, à nouveau, ce même sourire, comme un gentleman du Sud. Mais, après avoir passé du temps avec lui, elle savait maintenant qu'il était trompeur. Les manières de Landry étaient raffinées et désarmantes, mais son esprit était comme un tigre prêt à bondir.

— Faites-les entrer, dit l'inspecteur.

Le policier hocha la tête et s'en alla. Au bout d'un moment, la porte s'ouvrit et Sylvie, Graham Stone et Ollie Cooper entrèrent dans la pièce. Mia ressentit un pur soulagement. Elle n'avait jamais été aussi heureuse de voir quelqu'un de sa vie.

— Est-ce que ça va ? lui chuchota Sylvie, tout en détaillant l'apparence débraillée de son amie. Le sergent a dit que tu es ici pour effraction ? Ça déchire.

Elle regarda Mia avec inquiétude, tout en se penchant pour caresser Tandy.

— Je suis contente que *tu* le voies ainsi. Est-ce que Rose va bien ?

— Elle va bien, Will est allé la voir. Je crois qu'il traîne dans ton appartement, en fait. Désolée pour les costard-cravates, chuchota-t-elle, ils ont insisté pour venir.

— Est-ce que ça va, Mia ? s'inquiéta Ollie Cooper.

— Oui, dit Mia, reconnaissante qu'Ollie semble réellement se soucier de son état.

— Que t'est-il arrivé ? demanda Graham Stone en montrant du doigt les vêtements de Mia.

Mia se contenta de secouer la tête, ne sachant pas par où commencer.

Graham Stone se tourna vers Landry.

— C'est vous l'inspecteur ? dit-il, en lui tendant la main.

Son look était un peu moins extravagant que d'habitude : une chemise criarde à motif cachemire vert néon et orange, et un pantalon kaki en toile. Mia se demanda s'il existait un endroit au monde où sa tenue serait à la mode, sans mentionner la scène hollywoodienne dont il voulait si désespérément faire partie.

— Je peux vous garantir que quoi qu'il se soit passé, Mia Bold a été piégée. Elle n'est pas capable de s'introduire dans un immeuble. Elle comprend à peine comment fonctionne un micro sans fil.

— Vous devez être M. Stone ? dit Landry, en lui serrant la main avec désinvolture. Mlle Bold vous a parfaitement décrit.

Graham haussa un sourcil, ne sachant pas exactement ce que l'inspecteur voulait dire par là.

— Tout ceci n'est qu'un malentendu, dit Graham. En ville, la rumeur dit que Dutch a été attaqué par un poltergeist. Est-ce qu'il va bien ?

— Dutch Brown est mort, dit l'inspecteur Landry. Mlle Bold l'a trouvé ce matin.

— Mort ? dit Graham, en fixant l'inspecteur. Comment ça, mort ? On s'apprête à diffuser une émission avec lui.

— Que s'est-il passé ? dit Sylvie, stupéfaite.

— M. Brown a été heurté par un lustre et est décédé sur le coup, expliqua Landry.

— Vous voulez dire ce tas de ferraille médiéval dans l'entrée ? dit Sylvie.

Graham écarquilla les yeux et sembla à deux doigts de vomir.

— C'est pour ça que tu es entrée par effraction ? dit Graham.

Il semblait avoir du mal à comprendre la situation.

— Mlle Bold ? Vous êtes libre de partir, dit l'inspecteur. Nous n'allons pas vous inculper pour effraction.

Il la regardait fixement de ses yeux gris.

— Dieu merci, s'exclama Ollie. Y a-t-il une raison pour laquelle vous enquêtez ? Pensez-vous que la mort est suspecte ?

— Je m'occupe des faits et rien d'autre, dit Landry. Nous attendons les résultats de la police scientifique.

Landry les escorta jusqu'à la porte et la tint ouverte.

— Encore une chose, dit Landry et il tendit sa carte à Graham et Ollie. Il me faudra une copie de cet épisode du podcast.

— Bien sûr, dit Ollie.

— Et Mlle Bold ? Veuillez ne pas quitter la ville. Je détesterais avoir à vous traquer.

Alors que la porte se refermait, quelque chose intima Mia de regarder en arrière. À travers la vitre, elle vit Landry marcher jusqu'à son bureau et saisir un sac en plastique destiné à récolter des preuves. Soigneusement, il prit la tasse de café de Mia et la plaça à l'intérieur du sac avant de refermer le plastique hermétiquement. *Que fait-il ?* Puis, avec terreur, elle comprit. *Il récolte mes empreintes digitales, ou mon ADN, ou les deux.* Une chose était claire, l'inspecteur Landry était en chasse et elle était la proie.

CHAPITRE DIX-NEUF

Mia quitta le poste de police complètement vidée, comme si elle venait de faire dix rounds sur un ring de boxe. Graham Stone fit signe à tout le monde de se rassembler sur le trottoir.

— Il est temps de faire une réunion d'équipe, dit Graham à voix basse, comme si la police écoutait.

Sylvie croisa les bras et le regarda comme s'il était fou.

— Maintenant ? Après ce que Mia vient de traverser ?

— Je vais bien, dit Mia. Je pense que travailler m'aidera à me sentir mieux.

— Tu es sûre ? demanda Ollie.

Mia acquiesça. En vérité, elle ne voulait pas être seule.

— C'est réglé alors, suivez-moi au nouveau bureau.

Graham descendit la rue, suivi d'Ollie, tandis que Sylvie et Mia traînaient derrière.

Le nouveau bureau ? D'ordinaire, Mia aurait été enthousiaste, mais là, les pensées se bousculaient dans sa tête. Qu'avait vu Landry au Black Cat pour éveiller ses soupçons ? Maintenant qu'elle avait les idées plus claires, il était vrai qu'elle avait vu des choses qui l'avaient dérangée, elle aussi. Pourquoi Dutch faisait-il face à la porte d'entrée ? Était-il allé ouvrir la porte ? Y avait-il eu quelqu'un d'autre avant qu'elle n'arrive ? Qu'est-ce que c'était que ce truc noir sur le plafond et la rosace ?

Le téléphone de Mia sonna. Sa mère l'appelait, sans doute en état d'alerte maximale. Elle montra à Sylvie l'identité de l'appelant et décrocha.

— Maman ? dit-elle nerveusement.

— Mia ? C'est toi ? dit Madison, en pleine hystérie à l'autre bout du fil. Est-ce que c'était une blague ? Si c'est le cas, tu vas avoir de gros ennuis, jeune fille !

— Euh, j'ai bien peur que non, répondit Mia.

Elle aurait aimé se mettre en boule. Si seulement elle avait une machine à remonter le temps pour recommencer cette journée.

— Qu'est-ce que c'est que cette histoire de cadavre ? La police m'a appelé et m'a demandé si tu étais vraiment toi. Est-ce que cet inspecteur va t'arrêter ? *Daniel !* Viens ici ! Mia se fait arrêter par la police !

— Non, attends, maman, je ne suis pas en état d'arrestation. J'ai bel et bien trouvé un cadavre et la police avait quelques questions de routine à me poser, c'est tout.

Mais, alors même qu'elle disait cela, elle n'en était pas certaine elle-même.

— Je savais que c'était une mauvaise idée. D'abord, tu parles de fantômes et de démons et maintenant tu trouves des cadavres ? Les gens avec qui tu travailles, sont-ils des criminels ? Daniel et moi venons à Salem, tu m'entends ? Daniel ! Prépare la voiture !

— Attends ! Maman ! S'il te plaît ! Tout va bien. Écoute, je peux t'appeler plus tard ?

— Tu as plutôt intérêt. Et je vais appeler ta sœur et Jeffy.

Mia raccrocha. Super, tout le monde va être au courant maintenant.

— Mamzilla ? dit Sylvie.

— On peut dire ça, oui, soupira Mia.

Ollie Cooper ouvrait la marche le long de Margin Street, tandis que Graham Stone la fermait, tout en envoyant des indications par texto à l'équipe. D'habitude, Mia se souciait de l'émission, mais pour l'instant, il lui était difficile de se concentrer sur autre chose que la tragédie de la mort de Dutch Brown. Elle voulait désespérément raconter à Sylvie ce qui s'était passé. Alors qu'elles tournaient à droite pour se fondre dans Washington Street, Mia s'arrêta pour laisser Tandy renifler un buisson et garder une distance stratégique entre elles et les deux producteurs, pour plus d'intimité.

— L'inspecteur Landry suspecte que Dutch Brown a été assassiné, chuchota Mia.

— *Assassiné ?* dit Sylvie. Qui assassine quelqu'un avec un lustre ?

— Un *fantôme*, du moins c'est ce que tout le monde croira, dit Mia. Mais vu la façon dont Landry m'a interrogée, je suis sûre qu'il pense qu'il s'agit d'un acte criminel.

— Pauvre Dutch. Quelle façon de mourir ! Qui aurait bien pu vouloir le tuer ?

Alors qu'ils tournaient tous au coin de la rue, ils virent Jake qui les attendait devant un bâtiment d'aspect industriel. Il leva son téléphone pour indiquer qu'il avait reçu le texto de Graham.

Ils se rassemblèrent devant les marches de l'entrée.

— Will ne peut pas venir, dit Jake, il doit aider un ami.

— Johnny dit qu'il arrivera en retard, dit Graham.

— Typique d'une prima donna, dit Sylvie.

Soudain, Johnny Astor apparut au bout de la rue, portant un pantalon cigarette noir en PVC et un T-shirt rouge *The Cure*. Il s'arrêta net devant Mia et détailla son apparence : poussière et manche déchirée.

— Que t'est-il arrivé ? Tu deviens punk ?

— Mia a eu affaire avec la police, dit Ollie Cooper. J'ai bien peur que nous ayons de mauvaises nouvelles. Dutch Brown est mort.

L'air innocent de Johnny disparut de son visage.

— Quoi ? dit-il, horrifié. Dutch Brown, l'invité de notre podcast ?

— C'est ça, dit Sylvie. Tu n'es plus au Kansas.

— C'est pour ça qu'on a organisé cette réunion, dit Graham. On vous expliquera à l'intérieur.

Ollie sortit une poignée de clés de sa poche et en distribua un set à chaque membre de l'équipe. À chaque clé était accroché un porte-clés sur lequel on pouvait lire *Cloche, Livre et Bougie*.

— Est-ce que tu peux en donner un à Will ? dit-il, en remettant deux jeux à Mia.

— Tant pis pour la surprise, dit Ollie en ouvrant la porte d'entrée. On voulait tout remettre en état avant.

Il alluma les lumières pour révéler un espace industriel presque vide. Il y avait des échelles, des toiles de protection et des boîtes de peinture blanche non ouvertes. Quelques bureaux étaient installés. Une longue table de conférence remplissait un tiers de l'espace, avec tout autour des chaises de bureau.

— Y a-t-il une salle de bain ? demanda Mia. J'aimerais me laver.

Ollie l'escorta jusqu'à une porte et alluma les lumières.

— Voilà, dit-il, en souriant d'un air rassurant.

Mia lui était reconnaissante de se montrer si gentil. Elle referma la porte derrière elle, soulagée d'être seule pendant quelques minutes. La pièce était en désordre. Il y avait des boîtes de clous et de papier de verre, ainsi que des seaux remplis d'outils. Elle retira son sweat à capuche pour se débarrasser de la poussière.

Soudain, un morceau de plâtre tomba sur le sol.

Elle regarda de plus près et se rendit compte qu'il venait du Black Cat. Il avait dû se coincer là lorsqu'elle avait déplacé le lustre. Elle inspecta le minéral blanc crayeux et remarqua qu'il était recouvert de la même substance noire qu'elle avait vue au plafond. *C'est quoi ce truc ?*

Elle ramassa le plâtre et renifla. Il y avait une odeur chimique qui lui rappelait quelque chose, mais elle n'arrivait pas à dire quoi exactement.

Une chose était sûre, ce n'était pas de la moisissure.

Elle remarqua une petite boîte de clous et en vida le contenu dans le seau à outils. Puis elle plaça soigneusement le morceau de plâtre dans la boîte et la mit dans sa poche. Après s'être rincé le visage et avoir passé ses doigts dans ses cheveux, elle rejoignit les autres. Ils prenaient tous part à une discussion animée, assis à la table de conférence pendant que Graham faisait les cent pas.

Sylvie fit signe à Mia de s'asseoir sur une chaise juste à côté d'elle. Tandy dormait par terre entre les deux. La journée avait été longue pour lui aussi.

— Que pensez-vous qu'il se soit passé ? lança Jake. Comment une lourde chaîne peut-elle se briser juste comme ça ?

— Peut-être que c'était le poltergeist, remarqua Johnny. Ils peuvent être extrêmement violents. On a rapporté des cas de jets d'objets, de griffures, voire d'attaques, notamment mortelles. N'est-ce pas, Mia ?

— C'est vrai, il y a des cas extrêmes, le Moine Noir de Pontefract, le poltergeist d'Enfield, le mystère d'Amherst, le cas de Tina Resch, et j'en connais une douzaine d'autres. Mais il faudrait exclure les infrasons, les automatismes, les champs électriques, l'empoisonnement au monoxyde de carbone, l'ionisation, l'hystérie de masse et le bon vieux canular avant que je puisse envisager cette explication.

— Eh bien, la police est impliquée maintenant. J'ai donc convoqué cette réunion d'équipe pour savoir ce qu'il faut faire, déclara Graham. Parce que le sujet de notre émission est maintenant *mort*.

Un silence sinistre s'abattit autour de la table.

— Peut-être qu'on ne devrait pas diffuser l'émission, dit Ollie. Par respect.

— Tu plaisantes ? Regarde autour de toi. Nous avons déjà dépensé l'argent des annonceurs.

Graham se mit en tête de table et s'assit, tel un enfant grognon.

— L'argent ne fait pas tout, commenta Jake.

— Mais l'audimat, oui, répliqua Graham. Cet homme est mort, je sais que c'est tragique, mais cela pourrait stimuler la notoriété de notre marque. Une fois qu'Internet aura appris la nouvelle.

— La notoriété de la marque ? dit Mia. Un homme est mort. Nous le connaissions tous.

— Mia a raison, dit Johnny. Internet va devenir fou, et pas forcément dans le bon sens, surtout si on a l'air de vautours.

Il y eut un long silence avant qu'Ollie Cooper ne prenne la parole.

— Nous allons dédier l'émission à Dutch Brown, dit Ollie. Nous allons enregistrer une introduction spéciale et faire de notre mieux pour l'honorer.

— D'accord, d'accord, dit Graham en tapotant des doigts sur la table, impatient.

Puis il regarda Mia dans les yeux.

— Ce que j'aimerais vraiment savoir, c'est pourquoi tu es retournée au Black Cat pour commencer.

Mia se sentit rougir. Elle venait d'être interrogée par un inspecteur, sans parler de sa mère. Elle avait besoin de soutien, pas d'insinuations. Elle ouvrit la bouche pour se défendre mais fut devancée par Sylvie, qui se leva si brusquement que sa chaise se retourna presque.

— Tu te moques de moi ? cria-t-elle à Graham. Bien sûr, qu'elle est allée lui parler ! C'est une enquêtrice ! Elle faisait son travail. Pourquoi tu lui demandes ça ?

Graham battit en retraite sous la colère de Sylvie.

— Je ne voulais pas...

— Allez, Mia. Allons-y, dit Sylvie en tirant Mia pour la faire se lever puis aller vers la porte, laissant le reste de l'équipe stupéfait.

— Sylvie ? Nous devons commencer le montage de l'émission ! cria Graham.

Sylvie se retourna et jeta un regard noir à Graham, le mettant au défi de la faire rester.

— Bien. Prends ton après-midi mais sois de retour avant le dîner, cria-t-il.

Sylvie et Mia sortirent en trombe, suivies de près par Tandy.

***

L'esprit de Mia tournait à cent kilomètres à l'heure, alors qu'elles marchaient vers l'appartement. Comment les choses avaient-elles pu dégénérer si rapidement ? La journée avait été stressante et avait suscité plus de questions que de réponses. Rien n'avait de sens dans la chute de ce lustre, rien. Elle tapota sur la boîte dans sa poche. Elle ne savait pas encore quoi faire avec le morceau de plâtre, mais elle était convaincue que c'était un indice. Ses pensées furent interrompues par un sifflement alors qu'elles passèrent dans l'allée. Un chat noir charbon la fixait avec des yeux d'un rouge étincelant.

— Plus de bruit que de mal, dit Sylvie.

Mia ne savait pas si Sylvie parlait de Graham ou du chat.

Lorsqu'elles arrivèrent à l'appartement, Will était à l'intérieur, jouant dans le salon avec Rose et un jouet pour chat. Dès qu'il les aperçut, il se leva.

— Est-ce que Dutch est vraiment mort ? dit Will. Pour de vrai ?

— J'ai bien peur que oui, dit tristement Mia en prenant Rose dans ses bras. Comment l'as-tu appris ?

Elle embrassa la tête blanche et poilue de Rose, laquelle se mit à ronronner doucement.

— C'est Tom Hatter qui me l'a dit, dit Will. Je suppose que Graham a ameuté la moitié de la ville. Tout le monde dit que le poltergeist l'a tué.

Cette étrange superstition se répandait à nouveau parmi les habitants de Salem, comme si les habitants de la ville croyaient leur propre presse.

— Pas tout le monde, dit Mia. Pas l'inspecteur Landry.

— Qui ça ? dit Will.

— C'est une longue histoire, dit Mia en fermant les yeux.

La vérité était que Landry l'inquiétait. Comme Sylvie l'avait fait remarquer, les policiers avaient une façon cynique de voir les choses. La façon dont il l'avait interrogée et avertie de rester en ville la mettait mal à l'aise, comme si elle était surveillée.

Son téléphone vibra. Sa sœur, Brynn, commençait à lui laisser des messages. Sa mère avait sûrement prévenu tout le monde à présent. Expliquer la situation à sa famille était la dernière chose qu'elle voulait faire. Elle posa Rose par terre, laquelle se dirigea nonchalamment vers un coin où rayonnait le soleil de l'après-midi et commença à se nettoyer les moustaches.

— Je vais faire du thé, dit Sylvie et elle disparut dans la cuisine.

Tandy arriva en trottant et s'affala par terre avant de pousser la chatonne du museau. Rose se retourna et commença à pétrir la fourrure du chien avec ses pattes.

— C'est courageux de ta part de la garder, dit Will.

— Courageux ? dit Mia, perplexe.

— Les chats blancs portent malheur.

— Tu veux dire les chats noirs, non ? dit Mia.

— Pas à Salem. Ici, c'est les chats blancs. On dirait que tu as déjà eu ta dose de malchance en trouvant Dutch.

Même si Mia savait que Rose n'avait rien à voir avec ça, elle ne pouvait contester le fait que trouver le corps de Dutch relevait de la malchance.

Sylvie apporta un plateau avec une théière et trois tasses dans le salon.

— Non merci, dit Will. Je ferais mieux d'y aller, Graham est en train de flipper. Il veut appeler tous les annonceurs.

Il brandit son téléphone comme preuve. Il y avait une longue file de textos, certains d'entre eux écrits en majuscules.

— C'est pour toi, dit Mia en jetant un set de clés à Will. Je suppose qu'on a un bureau maintenant.

Il l'attrapa et admira le porte-clés.

— Cool, dit-il en se glissant hors de l'appartement.

Mia s'assit dans le salon, mais il lui était impossible de se détendre. Combien de temps avant que l'inspecteur Landry ne relève ses empreintes et son ADN sur cette tasse de café ? Que trouverait-il ? Il ne faisait aucun doute que ses empreintes, son ADN, ses cheveux et ses fibres jonchaient la scène de crime. Combien de temps lui restait-il avant qu'il ne la traîne au poste pour l'interroger à nouveau ?

Sylvie servit le thé dans les tasses et s'installa.

— Alors, qu'en penses-tu ? Est-ce que l'inspecteur Landry est dans le vrai ? Penses-tu que quelqu'un a tué Dutch ? Ou était-ce un fantôme ?

Quelque chose dans la question de Sylvie clarifia les choses. Soudain, Mia sut ce qu'elle devait faire. Elle devait découvrir ce qui était arrivé à Dutch Brown avant que l'inspecteur Landry ne l'arrête. C'était sa seule chance.

— Il n'y a qu'une seule façon de le découvrir, dit Mia.

— Tu n'es pas en train de dire…

— Nous devons mener une enquête, déclara Mia. Nous devons examiner chaque angle, même l'éventualité que ce soit un fantôme.

— Je suis totalement partante !

— Bien, dit Mia, soulagée d'avoir une amie pour l'aider.

Elle but une gorgée de thé et ressentit un élan de détermination.

— On commence par où ? demanda Sylvie.

— Il y avait des éléments suspects sur les lieux.

Alors que Mia commençait à s'attaquer au problème, le sentiment d'impuissance commença à se dissiper, remplacé par un élan d'énergie.

— Comme quoi ? dit Sylvie.

— Eh bien, quand le lustre est tombé, Dutch se tenait face à la porte, comme s'il venait de répondre, ou s'il escortait quelqu'un vers la sortie. Peut-être que quelqu'un a vu le lustre tomber et l'a laissé mourir là, en prenant soin d'effacer ses empreintes et de fermer la porte.

— Et la personne suivante qui est entrée, c'était toi, dit Sylvie.

— Et puis il y a ceci.

Mia sortit la boîte de sa poche.

— Qu'est-ce que c'est ? dit Sylvie.

Mia ouvrit la petite boîte avec précaution et montra à Sylvie le morceau de plâtre et la poudre noire.

— Ce morceau est resté accroché à mon sweat quand j'ai déplacé le lustre. Tu vois cette poudre noire ? Il y en avait au plafond et sur la rosace du lustre.

Sylvie fixa le contenu de la boîte, puis regarda Mia.

— J'y crois pas ! On se croirait dans *Les Experts*, tu gères! dit-elle, impressionnée. Alors comment va-t-on faire pour découvrir ce que c'est ?

Mia réfléchit un moment. Puis soudain, elle sut quoi faire. Elle sourit et sortit son téléphone.

— Je travaillais dans un labo, non ? dit-elle en faisant défiler ses contacts.

Elle trouva celui qu'elle cherchait et composa le numéro.

Après quelques sonneries, une voix familière répondit.

— Nigel ? C'est Mia Bold.

— Mia ? Où es-tu?

— Tu te souviens que je t'avais dit que je déménageais à Salem, au Massachusetts ?

— La ville des sorcières ? Je pensais que tu déconnais ! Tu fais toujours cette émission ?

— Oui, on vient de faire notre premier épisode.

— Tu connais Johnny Astor ? Tu peux me le présenter ?

Mia couvrit le téléphone d'une main et leva les yeux au ciel. Sylvie se contenta de secouer la tête.

— Bien sûr, je vais te présenter. Écoute, j'ai une faveur à te demander. J'aimerais que tu fasses une analyse chimique pour moi.

— Vraiment ? Est-ce qu'on sait quelque chose sur ce truc ?

— Substance totalement inconnue. Aucune idée.

— Tu sais que j'adore les mystères, dit Nigel.

— Je te l'envoie au plus vite, dit Mia. Merci, Nigel, je t'en dois une.

Mia raccrocha et finit son thé. Maintenant qu'elle était occupée, elle se sentait beaucoup mieux.

— Je ferais mieux d'aller monter cette émission, dit Sylvie en terminant son propre thé. Je vais donner à Graham une chance de se calmer pendant que je mets à jour mon logiciel. Puis dès que j'aurai fini, je serai prête à jouer au détective avec toi.

Elle disparut par la porte, puis en bas du couloir.

Alors que Mia préparait le paquet pour Nigel, elle ne pouvait s'empêcher de penser au visage qu'elle avait vu dans l'obscurité du grenier, au Black Cat. C'était si frustrant de n'avoir pu terminer son enquête. À ce moment-là, dans le grenier, elle avait été victime de la même peur superstitieuse qui touchait le tout Salem, de la même terreur qui avait inventé les fantômes pour commencer. Même quand elle avait trouvé Dutch, elle avait tout d'abord pensé au fantôme. Mais maintenant, à la lumière du jour, Mia savait que le tueur était quelque chose ou quelqu'un de plus terre à terre. Et si elle ne découvrait pas rapidement qui avait tué Dutch Brown, elle pourrait finir par être la prochaine victime.

CHAPITRE VINGT

Mia revint en marchant du bureau de poste. De justesse, elle avait réussi à envoyer son paquet pour Nigel pour une livraison en vingt-quatre heures. Alors qu'elle arrivait rue Essex, la ville était très animée. Un des magasins de magie avait installé un stand dans la rue. Un homme prédisait l'avenir, un turban à bijou rouge sur la tête. Il tenait dans sa main, une longue chaîne avec un cristal à son extrémité. En la faisant tournoyer, il disait : « Les esprits disent que la réponse est oui. »

Mia secouait la tête en se demandant comment quiconque pourrait débourser ne serait-ce qu'un centime pour ce genre de bêtise, mais la dame qui avait payé ses services fixait le cristal, fascinée.

Lorsque Mia arriva au Café Noir et ses tables pittoresques, elle se rendit compte qu'elle était affamée. Le menu français avait l'air incroyable et il lui sembla qu'une crêpe serait idéale pour calmer ses nerfs et réfléchir à ce qu'elle devait faire ensuite. De plus, elle ne voulait pas se laisser intimider par Vicki Carlyle. Elle irait manger où bon lui semblait. Pendant qu'elle était là, elle pourrait commencer à planifier son enquête, en commençant par établir une liste de suspects. Elle savait que l'inspecteur Landry ne perdait pas de temps, alors elle avait intérêt à se mettre au travail.

Mia prit place à l'intérieur, à une table près de la fenêtre. Hugh Wolfe n'était pas là. De son sac, elle sortit un stylo et un cahier, qu'elle ouvrit à une page blanche. Alors, qui aurait une raison de tuer Dutch Brown ?

D'abord, elle fit deux colonnes divisées en « Pour » et en « Contre ». Ensuite, elle écrit trois noms.

Elsa, la barmaid.

Pour : elle avait une clé de l'auberge.

Contre : elle était dans le coup pour la fausse apparition. Avait-elle tué son propre patron ?

Vicki Carlyle.

Pour : avait juré de détruire l'émission devant des témoins.

Contre : avait fui le soir de l'apparition ? Vers où ?

Graham Stone.

Pour : obsédé par l'audimat.

Contre : aucun sens de l'éthique, mais capable de tuer pour gagner de l'audimat pour l'émission ?

Ce n'était que les gens que Mia connaissait et elle n'en savait pas plus que ça sur eux. La vraie question était : Dutch avait-il des ennemis ? Elle devait le découvrir.

La serveuse approcha. C'était une jeune fille mince, de l'âge de Will, aux cheveux couleur sable coiffés en un chignon chic français, un tablier amidonné noué autour de sa taille. Son badge portait le nom de Becca. Elle fit glisser une carte sur la table.

— Que puis-je vous servir ? demanda Becca gentiment.

— Un café, pour commencer.

Juste à cet instant, Hugh Wolfe entra, un sac de baguettes fraîches dans les bras. En les disposant derrière le comptoir, il aperçut Mia et sembla légèrement surpris. Puis il fit un grand sourire et se dirigea vers sa table. Mia ferma rapidement son cahier. Elle n'avait pas besoin que Hugh Wolfe la voie faire une liste de suspects.

— Je ne pensais pas que tu reviendrais, dit-il chaleureusement.

Sa peau était bronzée par le soleil et ses joues étaient couleur vermeil, comme s'il avait fait une randonnée.

— Je suis désolée d'avoir dû m'enfuir l'autre jour, c'était impoli de ma part.

— Oh non, je comprends tout à fait. Je suis content que tu sois revenue, dit-il en souriant.

Mia sentit des papillons dans le ventre alors qu'elle le regardait prendre le pain et disparaître. Elle parcourut la carte et se décida pour une crêpe salée au parmesan, aux épinards et aux champignons, garnie d'un œuf au plat. Puis elle essaya de ne pas penser à ce à quoi Hugh devait ressembler dans la cuisine en préparant son plat. La dernière chose dont elle avait besoin était de se compliquer encore plus la vie.

Le plat arriva, sublime. La combinaison du délicat arôme des épices et de la légèreté de la pâte et de la garniture était exquis. Elle crut déceler un léger arrière-goût de truffe fumée.

Lorsqu'elle eut terminé, Mia réouvrit son cahier. Cette fois, elle dessina un croquis du Black Cat. Et si quelqu'un était venu à la porte ce soir-là ? Elle dessina un X pour Dutch Brown. Il devait se tenir seul, debout sous le lustre, face à la porte. Elle vérifia l'heure de fermeture de l'auberge sur son téléphone : 23 h 00. Quelqu'un avait-il frappé à la porte à minuit ? N'était-ce pas l'heure des sorcières ?

Becca revint pour débarrasser la table.

— Mes compliments au chef, dit Mia avec sincérité.

— Je ne manquerai pas de le dire à oncle Hugh.

— Vous êtes la nièce de Hugh ? dit Mia, surprise.

— Oui. Et je pensais que *vous* étiez une critique gastronomique, vu comment il a mis le paquet pour préparer le plat.

Elles se mirent à rire, tandis que Hugh s'approchait pour les rejoindre.

Mia referma son carnet à nouveau et le recouvrit de sa main.

— Alors, je vois que tu as rencontré Becca ? Qu'as-tu pensé de ton plat ? dit-il, en jetant un coup d'œil au cahier.

— Délicieux, dit Mia.

Becca s'éclipsa, les laissant seuls.

— Tu tiens un journal ? demanda Hugh, en inclinant la tête vers le livre.

— Si on veut, dit Mia et elle sourit.

Le visage de Hugh se fit inquiet.

— Écoute, Mia, j'ai appris ce qui s'est passé au Black Cat. Je voulais juste te dire combien je suis désolé que tu aies trouvé Dutch comme ça. Ça a dû être dur.

— Ce fut horrible. Je n'avais jamais vu un cadavre avant.

— Moi si. C'est une longue histoire, mais j'ai un jour travaillé sur un bateau et l'un des membres de l'équipage s'est noyé. Ce n'est jamais facile de voir quelqu'un comme ça.

La chaleur dans les manières de Hugh était indéniable. Il se souciait véritablement pour elle. Quand leurs regards se croisèrent, elle sentit de la chaleur lui monter aux joues.

Le carillon de la porte d'entrée sonna et un groupe de quatre filles entra dans le restaurant. Elles s'installèrent à une table relativement proche de Mia et commencèrent à plaisanter entre elles. Elles étaient habillées au summum de la mode de Salem, branché avec une touche gothique. Mia repéra immédiatement la cheffe, vu la déférence que lui témoignaient les autres filles. Elle portait des nattes de couleur rose vif et un rouge à lèvres noir.

— Je dois te laisser, le devoir m'appelle, dit Hugh en faisant un geste vers ses nouvelles clientes.

— Bien sûr, dit Mia, alors que Hugh disparaissait derrière le comptoir.

Les filles repérèrent Mia et commencèrent à chuchoter entre elles.

C'était le moment de partir. Alors qu'elle rangeait son carnet et passait devant la table, la fille aux nattes roses chuchota :

— Après ce qui est arrivé à Dutch, tu dois être contente de ne pas avoir eu le boulot sur le podcast.

Mia s'arrêta net et regarda la cheffe. Elle portait des cils artificiels sertis de cristaux. Maintenant qu'elle la voyait de plus près, il lui sembla que, sous cette couche de maquillage, la fille était très jeune. Dix-sept ans, peut-être ?

— Vous êtes Mia Bold, n'est-ce pas ? dit-elle, excitée.

— Oui, dit Mia en souriant, et tu es ?

— Daffney May, je suis dans le top trois des vlogs de maquillage sur YouTube, dit-elle fièrement, en sortant une carte de sa poche.

— C'est génial, dit Mia, en admirant la carte, de petits cristaux collés sur la surface. Hé, j'espère que ma question ne vous dérange pas, mais est-ce que l'une d'entre vous vient de dire qu'elle a auditionné pour un podcast ? Lequel ?

— Eh bien, le vôtre, bien sûr. *Cloche, Livre et Bougie.* Graham Stone m'a fait passer une audition et à plein d'autres filles aussi. Il a fait tout un plat de notre popularité sur les réseaux sociaux. Je suppose que c'est une chance pour vous que Veronica n'ait pas accepté le poste.

— Veronica ? dit Mia, en essayant de cacher sa surprise.

D'abord Vicki Carlyle est en colère et maintenant une autre femme s'est vu offrir le poste ?

— Oui, une actrice d'Hollywood. Quand elle a appris que le marché c'était de partager les bénéfices, elle a refusé.

— J'ai hâte de voir ton vlog, dit Mia en mettant de côté la carte de la fille ainsi que cette information.

— Merci ! dit Daffney avec un large sourire, tandis que Mia quittait le café.

Ainsi Graham avait menti en lui disant qu'elle était leur premier choix. Apparemment, il avait fait passer plusieurs entretiens à des célébrités des réseaux sociaux. *Mon savoir-faire pour dévoiler les dessous du paranormal, tu parles !* Si Graham avait menti à propos de Veronica, sur quoi d'autre avait-il menti ? Elle avait besoin de découvrir la vérité. Mia jeta son sac sur une épaule et sortit.

***

Mia grimpa les marches de leur nouveau quartier général. Graham Stone était attablé à l'un des bureaux, regardant fixement un écran d'ordinateur, Will à proximité. Ollie Cooper se trouvait à l'autre bout de la pièce, buvant du café et s'occupant de la paperasse.

— Mia ? Tu es de retour, dit Ollie en souriant.

— Je viens de croiser Daffney, ça te dit quelque chose ? dit Mia, ostensiblement.

Dès que Graham entendit la voix de Mia, il retira rapidement les lunettes posées sur son nez et fit pivoter sa chaise pour la regarder.

— Nous avons beaucoup de boulot ici, Mia, je t'enverrai un résumé pour la prochaine émission dès qu'il sera prêt, dit-il en se retournant vers son ordinateur, plissant les yeux mais trop vaniteux pour remettre les lunettes.

Il essaya d'ignorer le fait qu'elle se tenait derrière lui.

— Qui est Veronica ?

Graham fit à nouveau pivoter sa chaise et arbora son meilleur sourire de vendeur de voitures.

— Quelqu'un avec qui j'avais l'habitude de travailler à Hollywood. Ça a fait partie des expériences du début, dit-il en croisant les mains.

Mia se tourna vers Ollie Cooper.

— Tu étais au courant ?

— Oui, avoua Ollie en baissant les yeux, honteux. Graham voulait essayer plusieurs voix et personnalités différentes, alors c'est ce que nous avons fait. Pour être juste, il faut dire que seules dix jeunes femmes ont été auditionnées. Aussi mauvaises les unes que les autres.

— Et vous avez offert le poste à Veronica ?

— Brièvement, répondit Ollie. Nous avons appris à nos dépens que la substance serait plus importante que la popularité.

— Pourquoi ne m'avoir rien dit ? dit Mia, blessée qu'Ollie n'ait pas été honnête avec elle.

— Johnny et moi avons pensé que ça se passerait mieux si tu pensais être notre premier choix.

Graham la regarda, il louchait sans ses lunettes.

— Ce n'est pas de leur faute, dit Graham. Quand je t'ai appelé, je ne mentais pas. Ollie et Johnny ont fait campagne pour toi dès le début et ils avaient raison. Écoute, oublions le passé. J'ai de bonnes nouvelles. On a sorti le premier épisode et ça marche du feu de Dieu.

— Quoi ? Où est Sylvie ? C'est impossible qu'elle ait terminé le montage.

— Elle voulait d'abord télécharger un nouveau logiciel, alors je l'ai monté moi-même, déclara Graham. Le nombre d'abonnés a grimpé en flèche et on a un nouvel annonceur, Willem Dafoe, c'est ça ?

— Oui, monsieur, confirma Will.

Vu l'expression sur le visage de Will, Mia soupçonna que quelque chose n'allait pas. Elle sortit son téléphone de sa poche et mit ses écouteurs. Puis elle trouva l'épisode en ligne et se mit à l'écouter. Au début, tout semblait normal, la qualité du son était excellente. Il y avait l'intro, la montée de l'escalier vers la chambre des domestiques, le livre qui tombait et les cris. Puis l'enregistrement sauta plus loin, directement vers l'exploration du grenier et la rencontre avec le présumé fantôme de Molly Sutcliffe.

— Où est la confession de Dutch ? demanda Mia, choquée. La partie où il admet avoir simulé la première apparition ?

— On a supprimé les trucs ennuyeux, dit Graham.

— Tu as fait quoi ?

Mia regarda Ollie. Il haussa les épaules.

— Mais c'est ce qui nous donne de la crédibilité ! s'écria-t-elle.

Les parties de l'entretien qui avaient survécu au montage faisaient paraître Mia agressive et difficile, comme si elle avait des intentions cachées. Dutch, en revanche, semblait être une victime innocente qui se faisait harceler. Elle réalisa que tout cela la faisait paraître *coupable*. Rien que d'imaginer l'inspecteur Landry écouter une copie de cette version de l'émission lui donna des frissons.

— Avez-vous envoyé ça à l'inspecteur Landry ?

— Willard vient d'en donner une copie à la police, répondit Graham.

Il semblait apprécier la voir mal à l'aise.

Mia sentit une sueur froide la traverser. Elle se sentait malade. Cette version de l'émission donnait l'impression qu'elle détestait Dutch Brown, comme si elle avait un motif pour le tuer. Du moins, c'est ce que l'inspecteur Landry penserait.

En continuant à écouter, elle n'en croyait pas ses oreilles. Est-ce que c'était des effets sonores ? Des portes qui grincent et des bruits de vent effrayants ? Elle se tourna à nouveau vers Ollie Cooper.

— Tu l'as laissé faire ? dit-elle. Découper des sections entières et mettre des effets sonores bidons ?

— Graham m'a assuré qu'il ne faisait que modifier un peu les choses, atténuer les accusations. Pour honorer Dutch Brown.

— Tu veux dire que tu n'as pas écouté avant de diffuser ?

Ollie Cooper rougit de honte. Il se tourna vers Graham, nerveux et contrarié.

— Qu'est-ce que tu as fait ?

125

— Ce que j'avais à faire, partenaire. On ne peut pas se battre contre le succès !

Il pointa du doigt les commentaires en streaming qui circulaient sur son ordinateur.

— On fait un carton !

Mia était tellement en colère qu'elle tourna sur ses talons et sortit de la pièce pour la deuxième fois aujourd'hui. Elle envoya immédiatement un texto à Sylvie.

On a un problème sur les bras.

Sylvie lui répondit.

Quel genre de problème ?

Graham a monté l'émission sans toi. Il faut l'écouter pour le croire.

CHAPITRE VINGT-ET-UN

Mia se dépêcha de rentrer chez elle, terrorisée. Il existait peut-être un moyen de retirer cet épisode d'Internet. Soudain, son ancienne vie lui manqua. Elle éprouva de la nostalgie, suivi d'une terrible envie de voir les choses revenir à la normale. Elle avait renoncé à tout ce qu'elle connaissait et pour quoi ? Bien sûr, Fishtown était une ville ennuyeuse par rapport à Salem, mais en ce moment même, une ville sensée et un travail de laboratoire ordinaire lui semblaient être le paradis. Son ancienne vie et son ancien travail avaient été fiables, prévisibles et surtout, sains. Aujourd'hui, elle avait l'impression de vivre en plein cirque. Elle essaya de ne pas penser à Mark. De toute évidence, il était passé à autre chose et c'était trop douloureux.

Peut-être que ma famille avait raison. Est-ce que déménager à Salem avait été une erreur ?

Alors qu'elle tournait sur la rue Essex et passait devant la petite rangée de boutiques de sorcellerie, elle jeta un œil à la ruelle étroite. La porte du Chaudron était grande ouverte. Mia aperçut une forme rouge et réalisa que c'était Vicki Carlyle. Elle se tenait dans l'embrasure de la porte, un gros chat noir serpentant autour de ses chevilles. Elle était en pleine discussion animée avec quelqu'un à l'intérieur.

— Pourquoi n'apprends-tu pas les vieilles méthodes ? coassait une voix, tel un crapaud.

— Parce qu'il existe un petit truc qui s'appelle Internet. Je n'ai pas besoin de tes vieilles méthodes stupides. Je te verrai plus tard.

Vicki claqua la porte.

Mia se cacha derrière le mur d'un immeuble tandis que Vicki passait en trombe avec une jupe en dentelle rouge à volants et un bustier en strass. Il ne lui manquait plus qu'une ombrelle et elle serait fin prête pour un numéro de haute voltige au Cirque du Soleil. À ce moment précis, une notification retentit sur le téléphone de Mia. Elle sursauta.

Vicki regarda autour d'elle pour trouver d'où venait le bruit. Mia se réfugia à nouveau derrière le bâtiment.

Sylvie venait de lui envoyer un texto.

Je viens d'écouter l'émission. Où es-tu ?

127

Mia répondit.

À la maison dans 5 minutes.

Mia leva les yeux et vit Vicki s'éloigner du magasin, se balançant sur des talons hauts rouge vif. Que faisait-elle là, et pourquoi s'était-elle disputée avec cette horrible femme qui avait littéralement jeté un chaton sans défense sur le trottoir ? Mia classa l'information dans un coin de sa tête pour plus tard, tandis qu'elle parcourait le dernier pâté de maisons avant d'arriver chez elle. Dès que son pied foula le palier du couloir, Sylvie se rua hors de l'appartement 2B, son ordinateur portable dans les mains.

— Tout d'abord, dit Sylvie, épuisée et bouleversée, je te jure que je ne savais pas qu'il ferait ça. Je suis aussi en colère que tu dois l'être. Il n'a même pas fait du bon travail !

Elle passa devant Mia et entra dans l'appartement, puis posa son ordinateur portable sur la table basse.

Tandy se précipita pour lui dire bonjour, puis retourna rapidement surveiller Rose, qui jouait à attraper les ombres.

— Je sais que tu n'as rien à voir avec ça, dit Mia. Mais y a-t-il un moyen de revenir en arrière ?

— Une fois que j'aurai les fichiers originaux, je pourrai monter à nouveau l'épisode.

— Graham a déjà envoyé cette version de l'émission à l'inspecteur Landry.

Sylvie fronça les sourcils.

— Pourquoi ferait-il fait cela ? Tu sembles sans pitié, là-dedans.

Mia secoua la tête.

— Peut-être qu'il essaie de me piéger. Nous avons besoin de ces fichiers originaux, Sylvie.

— J'ai laissé le disque dur au bureau, mais il devrait y avoir une sauvegarde sur le cloud.

Elle retourna sur son ordinateur, inquiète.

— Dommage que cette satanée chose soit déjà devenue virale, fit remarquer Sylvie.

— Virale à quel point exactement ?

Mia avait peur de demander, mais elle avait besoin de savoir à quel point c'était grave.

— Elle a déjà généré soixante mille visites en seulement trois heures. Il y aura des extraits et des copies de partout.

— Soixante mille ? dit Mia en s'affaissant.

— Et ce n'est pas tout, il y a pire, dit Sylvie en faisant lentement tourner son ordinateur portable vers Mia.

Un flot de commentaires s'écoulait sur le côté de la page. Toutes les quelques secondes, un nouveau commentaire apparaissait en temps réel. Lorsque Mia commença à lire, elle fut choquée. Non seulement l'émission était inexacte et trompeuse, mais l'origine de la mort de Dutch Brown semblait ne faire aucun doute pour le public.

Mia Bold a tué Dutch Brown !

Tu l'as abandonné avec un poltergeist, méchante fille !

Et 24 h 00 plus tard, Dutch est mort ? J'appelle ça suspect.

Pauvre Johnny Astor ! Il doit travailler avec elle ?

Écoutez ce cri ! J'espère que Molly Sutcliffe l'attrapera !

Mia ne pouvait pas croire ce qu'elle était en train de lire. Comme une hydre à mille têtes, Internet s'était retourné contre elle. Et elle ne pouvait pas vraiment les blâmer après ce qu'elle venait d'entendre.

— D'après Graham, les policiers ont cet enregistrement entre leurs mains, dit Mia.

— Oh non ! s'exclama Sylvie. Ça te fait paraître tellement...

— ...coupable, termina Mia, en sentant un flot de colère et d'impuissance monter en elle.

Son travail de rêve se transformait rapidement en cauchemar. Elle se pencha en arrière et ferma les yeux, complètement perdue. Elle ne savait pas comment gérer tout ça.

Soudain, son téléphone sonna.

C'était Brynn. Elle prit l'appel et s'enfonça dans le canapé.

— Mimi ? C'est toi ? dit Brynn.

Elle reconnut ce ton de voix. Elle l'appelait le ton « grande sœur ». Brynn était sur le point de remettre en question son jugement.

— Salut, Brynn, dit Mia, légèrement distraite. Je suis un peu occupée là...

— Maman et papa m'ont dit que la police t'a arrêtée...

— Je n'ai pas été arrêtée ! protesta Mia.

— Alors pourquoi est-ce que l'agent Lynn a appelé ? Et pourquoi quand maman a rappelé, tu étais au poste avec un inspecteur ?

— Ce n'est qu'un stupide malentendu.

— Alors pourquoi est-ce que l'inspecteur a rappelé ?

— Il a rappelé ? dit Mia, en se penchant en arrière sur les coussins.

— Oui, et il a posé beaucoup de questions. Tu peux imaginer à quel point maman et papa sont malades d'inquiétude. Même Jeffy est hors de lui. Il prétend que tu as fait quelque chose d'horrible.

— Mais bien sûr que non, dit Mia, frustrée. Écoute, Brynn, j'ai besoin que tu me dises, qu'est-ce que l'inspecteur Landry a dit à maman ?

— Que tu as trouvé un cadavre et que le gars était dans ton émission.

Mia réalisa que Madison et Daniel avaient demandé à Brynn de l'appeler. D'habitude, elle aurait été ennuyée par l'ingérence de sa famille, mais là c'était différent. Mia était effrayée et confuse. Elle devait admettre que sa famille lui manquait et qu'elle était rassurée par leur inquiétude sur ce qui lui arrivait.

— C'est tout ce qu'il a dit ?

— Eh bien, il a demandé où tu travaillais, à propos de Mark et pourquoi tu es partie. Ce genre de choses.

Et voilà. L'inspecteur Landry était en chasse. Petit à petit, il se rapprochait. Elle fut prise de nausées. Depuis qu'elle était arrivée à Salem, tout avait été une lutte. Et à présent, sa toute première émission s'était soldée par la mort d'un homme. Si elle croyait aux signes, cela serait un signal d'alarme. Peut-être que venir à Salem avait été une terrible erreur. Peut-être qu'elle devrait tout simplement abandonner.

— Écoute, Brynn, c'est une longue histoire...

— Ça sonne mal, Mimi. Je viens d'entendre ton premier podcast et je suis en train de lire les commentaires. Peut-être que tu devrais rentrer à la maison avant qu'ils ne te mettent au bûcher.

Mettre ses affaires dans sa voiture et rentrer à Philadelphie semblait être une bonne idée. Malheureusement, ce n'était pas possible.

— Même si je voulais partir, je ne peux pas, dit Mia.

— Pourquoi donc ?

— L'inspecteur Landry m'a dit de ne pas quitter la ville.

— Dans quel genre de pétrin te trouves-tu exactement, Mimi ? Es-tu une *suspecte* ?

Alors même que Mia essayait de calmer Brynn, son téléphone était inondé de textos, de courriels et de messages vocaux.

— Dis juste à maman et papa que je les aime. Je te parlerai plus tard.

Mia raccrocha et mit son téléphone sous silencieux. Son téléphone s'illuminait comme un flipper.

— Ta sœur a l'air un peu stressée, commenta Sylvie.

— Ça part d'un bon sentiment, dit Mia en fixant les commentaires.

Un commentaire particulièrement désagréable, posté par Vicki Carlyle, s'afficha.

Confier Cloche, Livre et Bougie à Mia Bold, fut le coup fatal ! Découvrez ma nouvelle gamme de gants en dentelle. #Chaudronchic

Mais alors que Mia voyait sa réputation en ligne se dégrader, quelque chose en elle changea. Ses sentiments d'impuissance, de confusion et de frustration tourbillonnèrent ensemble et se transformèrent en colère. Quel meilleur moyen de la rendre suspecte que de mettre en ligne l'épisode du podcast ? Il y avait presque une foule armée de fourches en train de se former. Dans son esprit, Mia plaça Graham Stone en tête de la liste des suspects. Elle n'allait pas se laisser persécuter par des inconnus, et elle n'allait certainement pas laisser Graham Stone s'en tirer en la piégeant ! La seule façon de blanchir son nom était de faire parvenir les enregistrements originaux de l'émission à l'inspecteur Landry et de découvrir qui, ou quoi, avait tué Dutch Brown.

CHAPITRE VINGT-DEUX

Mia fut réveillée par une vibration. Le soleil filtrait dans la pièce, Tandy et Rose jouaient. Elle attrapa son téléphone, encore ensommeillée.

Tu joues avec le feu ! Suivi de l'émoji d'une éprouvette.

Nigel avait envoyé les résultats du laboratoire ! Elle s'assit et tapota sur l'écran de son téléphone pour en savoir plus. Son enthousiasme était tel qu'il était presque insupportable. Les résultats eurent l'effet d'un coup de poing dans l'estomac. Elle envoya un texto à Sylvie.

Tu es debout ? Nouvelles importantes !

Cinq minutes plus tard, Sylvie frappa à la porte et Mia la vit débarquer vêtue d'un pyjama Hello Kitty. Le petit chat blanc au ruban rose lui rappela Rose.

— Regarde ça ! dit Mia en brandissant son téléphone.

Le texto faisait la liste d'une chaîne de chiffres inintelligibles.

— Qu'est-ce que ça veut dire ? demanda Sylvie.

— Ce sont les résultats de laboratoire du morceau de plâtre que j'ai envoyé à Nigel. Et ça, c'est la composition chimique du soufre, du charbon et du nitrate de potassium, aussi appelé poudre noire, un type d'explosif parfois utilisé dans les feux d'artifice.

— Le lustre était truqué pour exploser ?

— Oui ! Il doit probablement y avoir un petit boîtier quelque part sur les lieux. Comme un mini-bâton de dynamite.

— Donc il y a *bien* un meurtrier en liberté quelque part ! Est-ce qu'on devrait prévenir la police ?

— L'inspecteur Landry est sûrement déjà arrivé à la même conclusion que moi, dit Mia.

Puis elle réalisa. Elle porta sa main à la bouche.

— Quoi ? dit Sylvie, inquiète.

Tout me désigne comme coupable, réalisa-t-elle. *Est-ce pour cela que Graham a modifié l'émission et a envoyé la copie à Landry ? Pour créer des soupçons et faire croire que j'avais une raison de tuer Dutch ?*

— En tant qu'ancienne laborantine avec des connaissances en composés chimiques et sans véritable alibi, je fais une assez bonne suspecte. Et après avoir entendu le podcast, Landry est probablement déjà convaincu que je suis coupable.

— Non ! s'exclama Sylvie. Alors il faut qu'on récupère les fichiers originaux. L'ennui, c'est que j'ai vérifié dans le cloud et il semblerait que Graham ait nettoyé les archives.

Voilà une autre raison de suspecter Graham.

— Tu n'as pas de copie sur ton ordinateur portable ? demanda Mia, inquiète.

— Non, les fichiers prennent trop de place.

— Y a-t-il un autre endroit où ils pourraient être ?

— Il y a un disque dur au bureau, et Graham a probablement des copies sur son ordinateur.

— Très bien. Alors il nous faut récupérer ces fichiers.

— Je m'en occupe.

— Et nous devons découvrir ce qui est vraiment arrivé à Dutch, dit Mia, puis elle tendit son cahier à Sylvie. C'est ma liste de suspects.

Elle ouvrit le cahier à la bonne page et se dirigea dans la cuisine pour faire du café. Est-ce qu'on essayait de la piéger ? Elle s'agitait, furieuse et frustrée, pendant que Sylvie étudiait la liste et les croquis de la scène. Tandy regardait Mia avec des yeux tristes comme s'il savait qu'elle était bouleversée.

— Tu peux enlever Elsa, dit Sylvie. J'ai consulté ses réseaux hier soir. Après l'émission, elle est partie en week-end de reconstitution historique.

— Il reste donc Graham et Vicki Carlyle, dit Mia. Nous devons découvrir où ils étaient la nuit où Dutch Brown est mort.

Au même moment, on frappa à la porte. La poignée trembla puis la porte s'entre-ouvrit doucement. C'était Tom Hatter. Il jeta un coup d'œil à l'intérieur et vit les deux jeunes femmes.

— Vous allez bien les filles ? Je sais que vous avez eu un choc hier.

— On va bien, dit Mia. Vous voulez bien vous joindre à nous pour un café ?

Sylvie jeta un regard interrogateur à Mia, ne comprenant pas quelle idée elle avait derrière la tête.

— Avec plaisir, dit Tom en s'asseyant.

Il aperçut la petite chatonne blanche et sourit.

— C'est Rose ? Même si elle porte malheur, elle est vraiment mignonne.

Mia servit du café à tout le monde. Puis ils prirent place et Mia attendit que Tom soit à l'aise et détendu.

133

— Tom ? Vous connaissiez Dutch Brown autrefois, non ?

— Oh oui, cela faisait trente ans que je le connaissais, dit-il en soupirant. Je me souviens quand il a acheté l'auberge.

— Avait-il des ennemis ?

Tom prit un instant pour réfléchir, avant de secouer la tête.

— Et l'histoire du poltergeist ?

— Je n'ai jamais accordé beaucoup de crédit à cette *malédiction...* jusqu'à maintenant.

— Malédiction ? De quelle malédiction s'agit-il ?

Mia était perdue. Parlait-il de la malédiction sur le fantôme lui-même ou d'une malédiction sur Dutch Brown ?

Tom regarda le sol comme s'il était réticent, voire effrayé, d'en dire plus.

— Je ne veux pas dire du mal des morts, dit Tom.

Mia voulut insister. Elle avait désespérément besoin d'informations. Mais elle savait aussi l'importance du timing. Tom était une commère. Il finirait bien par raconter ce qu'il savait. En attendant, elle pouvait se renseigner auprès des locaux. Elle hochait la tête alors qu'il jacassait à propos des nouvelles restrictions de stationnement dans le quartier et des articles qui se vendaient le mieux à l'Emporium, tout en réfléchissant à qui d'autre elle pourrait parler de Dutch.

— Je ferais mieux de retourner au magasin, dit Tom en finissant son café.

Mia et Sylvie écoutèrent le bruit de ses pas disparaître et se regardèrent.

— Qu'est-ce qu'il entendait par « la malédiction » ? dit Sylvie.

— Je ne sais pas. Peut-être que Dutch Brown avait des ennemis après tout. Écoute, je vais voir si je peux tirer quelque chose de Graham.

Mia attacha la laisse de Tandy et s'en alla. Elle était déterminée à découvrir si Graham était en train de la piéger. S'il savait quelque chose sur Dutch, le confronter pourrait le secouer. *Peut-être que je peux le faire gaffer.*

Alors qu'elle marchait dans la rue, une lumière violette étincelante attira son attention. Disposé dans une vitrine, elle reconnut un livre. Un triangle violet encadrait le visage familier de T.G. Prophet. Elle regarda fixement un exemplaire du livre qu'il lui avait donné, *Aller de l'autre côté, le chemin de la lumière*. Elle leva les yeux vers l'enseigne et réalisa qu'elle se trouvait devant la librairie de l'Ascension. La lettre A du nom formait un Œil d'Horus. Il y eut un léger tapotement de doigts sur la vitre.

T.G. Prophet lui sourit et lui fit signe d'entrer.

D'accord, je vais rester juste une seconde, pensa-t-elle.

Lorsque la porte s'ouvrit, le léger tintement d'un carillon de fée l'accueillit. La boutique sentait le jasmin. Elle était ouverte et aérée, avec des rangées de livres disposées sur des étagères bien ordonnées. L'espace était parsemé d'affiches de chakras, de statues de déesses, de fagots de sauge et de cristaux divers. Des carillons étaient suspendus au plafond. Sur une table circulaire drapée d'une toile de soie blanche étaient empilés des jeux de cartes de tarot.

— Bienvenue dans ma boutique, dit fièrement T.G.

Tandy s'assit tranquillement, totalement détendu. Peut-être que T.G. n'était pas si mauvais après tout. Mia avait une toute nouvelle conception de la méchanceté après les horribles commentaires qu'elle avait lus sur Internet.

— C'est un peu différent, pour Salem, dit Mia.

T.G. rit.

— J'aime me considérer comme une force d'équilibre. Nous avons été désolés d'apprendre pour Dutch.

— C'était inattendu, dit Mia, incapable de trouver d'autres mots.

Elle se sentait mal. Il s'était passé tant de choses et au milieu de tout ça, un homme était mort.

T.G. la regardait gentiment, comme s'il attendait qu'elle continue.

— Depuis combien de temps vivez-vous ici à Salem ? demanda-t-elle, ne sachant que dire d'autre.

— Environ une décennie, répondit T.G. Quand je suis arrivé ici, c'était encore plus petit que maintenant. Les habitants de la ville avaient du mal à accepter leur passé. Ils ont vraiment fait un long chemin pour intégrer leur énergie noire.

Intégrer leur énergie noire ? Mia ne savait pas vraiment ce que cela signifiait, mais il lui vint à l'esprit que T.G. connaissait certainement le passé de Salem. Elle repensa à ce que Tom Hatter avait dit, que Dutch Brown était maudit.

Peut-être que T.G. sait quelque chose.

— Étiez-vous ici quand Dutch a acheté le Black Cat ?

— Non, répondit T.G. C'était bien avant que j'arrive. Apparemment, il y a eu une sacrée bagarre entre lui et une auberge concurrente.

— Vous vous rappelez de ce que les gens disaient ? Quelque chose à propos d'une malédiction ?

— Désolé, non. Vous devriez parler à Nelly Blythe.

— Qui est-ce ?

— La plus vieille sorcière de la ville. Elle possède le Chaudron, rue Essex. Elle était dans le coin à l'époque.

Un léger sentiment de peur tordit l'estomac de Mia.

La folle qui possédait le Chaudron était la plus vieille sorcière de la ville ?

— Quand vous dites sorcière, vous voulez dire chapeau pointu et maison qui vole dans les airs ?

— Bien sûr que non, dit T.G. en riant. En fait, ma femme est une sorcière. Hazel ? Tu ne veux pas venir rencontrer notre invitée ?

À l'arrière de la boutique, un rideau orné de perles s'écarta et laissa passer une femme aux cheveux auburn dont les boucles épaisses tombaient jusqu'à la taille. Elle portait une tunique bleu foncé avec des perles dorées qui captaient la lumière. Elle traversa la pièce et avec douceur, prit la main de Mia dans la sienne.

— Bonjour, dit-elle d'une voix haut perchée. J'ai entendu parler de vous.

Puis, soudain, son regard sembla distant comme si elle voyait quelque chose. Alors qu'elle regardait Mia, elle serra sa main plus fort. Mia eut l'impression que leurs énergies étaient connectées.

— Oh là là ! s'exclama T.G. Je crois que Hazel capte quelque chose de ton aura.

— Mon aura ? Mia essaya de cacher sa méfiance alors que la « sorcière » se rapprochait.

Vous ne pouviez pas travailler dans le secteur du paranormal sans tomber sur ce genre de personnage. Certains d'entre eux étaient des escrocs et d'autres pensaient réellement qu'ils avaient des pouvoirs. M. et Mme Prophet semblaient être de cette dernière catégorie, des adeptes du mouvement new age qui devaient sans doute parler aux extraterrestres et aux anges.

Puis Hazel regarda Mia dans les yeux. Elle écarquilla ses yeux verts couleur mousse d'excitation.

— Laissez-moi consulter les cartes de tarot, dit-elle et elle prit un jeu de cartes sur la table.

Ses doigts parcoururent les cartes, aussi vite que l'éclair. Puis elle plaça sept cartes sur la table. Les images étaient un curieux mélange de symboles occultes.

Mia avait souvent rencontré des médiums au cours ses recherches, mais elle n'était jamais parvenue à conclure quoi que ce soit sur le sujet. Il y avait les travaux controversés de Daryl Bem et du chercheur Etzel Cardeña qui suggéraient que les gens avaient une certaine forme de perception extrasensorielle, mais il était pratiquement impossible de le prouver.

Hazel examina les images avant de regarder Mia comme si elle pouvait lire en elle.

— Vous êtes représentée par le Hiérophante, dit-elle. La lumière de la raison est en vous, mais l'obscurité est attirée par votre énergie. Ce n'est pas par hasard que vous avez été amenée à Salem.

Elle montra une autre carte sur la table. La carte du fou.

— Je vois un homme qui était important pour vous. Il vous emmenait à la foire. Il a des cheveux noirs et des yeux comme la mer, vous l'avez perdu il y a longtemps, dit Hazel d'une voix lointaine. Est-ce votre père ?

Mia la fixa du regard, sous le choc. *Comment diable savait-elle pour Frank Bold ?* Ce n'était pas une information que l'on pouvait trouver sur son profil Internet.

— Vous ne l'avez pas perdu, vous savez, il reviendra.

Mia ressentit un frisson le long de sa colonne vertébrale.

Hazel s'approcha d'un des étalages de colliers. Elle passa ses doigts délicats à travers les chaînes jusqu'à trouver ce qu'elle cherchait. Puis elle s'approcha de Mia et plaça doucement le collier autour de son cou.

Mia baissa les yeux et vit un cercle violet brillant sur lequel étaient gravés d'étranges symboles.

— C'est une amulette de protection, dit Hazel. Pour vous protéger des forces obscures qui s'amassent. Gardez-la sur vous à tout moment jusqu'à ce que le danger passe.

— Euh, merci, dit Mia en regardant l'étrange pendentif.

Elle le mit sous son haut, touchée par le cadeau mais troublée par la rencontre. Lorsqu'elle releva les yeux, Mia aperçut la chevelure auburn sauvage d'Hazel disparaître derrière les perles au fond du magasin. Elle remercia T.G. pour les informations et sortit de la boutique.

Mia envoya un texto à Sylvie. *Retrouve-moi à l'appartement. J'ai une PISTE.*

Sylvie répondit par l'émoji du pouce vers le haut.

Vu la façon dont la vielle sorcière avait traité Rose, Mia préféra déposer Tandy avant de se rendre au Chaudron. Après s'être assurée que ses deux animaux de compagnie étaient bien installés, elle ferma l'appartement à clé et s'engagea dans le couloir. Elle toqua chez Sylvie. On entendait de la musique forte, mais après quelques instants, la porte s'ouvrit en grand.

Mia eut un choc. Le salon de Sylvie ressemblait à un film Austin Powers avec du papier peint psychédélique et des meubles pop art. Il y avait même une affiche de concert des Doors sur un mur et des rideaux de perles, semblables à ceux qu'elle venait de voir à la librairie de l'Ascension, qui servaient diviser le salon et la cuisine.

— Est-ce un pouf ? demanda Mia. Et une lampe magma ?

— Je sais, c'est fou, non ? Je suppose que celle-ci appartenait à Graham. Je sais que tu es jalouse, mais je suis arrivée en premier, donc prem's !

— Chanceuse, dit Mia, remerciant secrètement la providence que Sylvie soit arrivée avant elle.

Elles descendirent les marches.

— Quelle est la piste ? s'enquit Sylvie alors qu'elles marchaient sur le trottoir.

Mia montra du doigt l'allée où se trouvait le Chaudron.

— Quoi ? La folle ?

— Apparemment, c'est la plus vieille sorcière de la ville.

— Eh bien, ça explique tout, dit Sylvie.

Elles se dirigèrent vers l'entrée du Chaudron. L'allée était sombre et la devanture elle-même était vieille avec des briques fumées et des vitres plus épaisses en bas qu'en haut. Des herbes séchées étaient suspendues à l'envers dans la vitrine, ainsi que ce qui ressemblait à des os enveloppés dans du fil coloré et gravés d'étranges symboles. Derrière les vitres sales, filtrait une lumière faible et anémique. Mia aperçut la mygale qu'elle avait vu la première fois qu'elle était passée devant la boutique. Elle fut parcourue par un sentiment de peur et l'envie de repartir en sens inverse.

Mais n'était-ce pas ce que recherchaient, voire cultivaient, des gens comme Nelly Blythe ?

Mia prit une profonde inspiration et saisit la poignée de cuivre. Le bois lourd grinça en s'ouvrant. Elles furent accueillies par une bouffée d'air moisi. La boutique sentait les plantes moisies, la cire et l'encens.

À l'intérieur, se trouvait un comptoir en bois couvert d'éraflures sur lequel étaient posés des dômes en verre. Sous chaque dôme se trouvait un objet étrange : un crâne d'animal, un lézard séché, des épines de porc-épic, des dents de requin. Derrière le comptoir se trouvaient d'innombrables bouteilles remplies de liquides épais et visqueux. Des objets flous flottaient à l'intérieur.

En haut du mur, un panneau affichait une liste de choix.

Sorts à vendre !

Vengeance, Amour, Chance, Pouvoir, Richesse, Malédictions

— Je suppose que le sort de richesse ne fonctionne pas très bien, commenta Sylvie.

Le plancher grinça et les fit sursauter. Quelque chose bougeait dans leur vision périphérique. Elles se retournèrent et virent la vieille dame se tenir derrière le comptoir. Son visage était marqué par des traits profonds et sa mâchoire imposante partait vers l'avant. Ses cheveux gris étaient coiffes en de fines tresses qui tombaient dans son dos. Elle portait des perles et des amulettes avec des symboles étranges et était vêtue de plusieurs couches de tissu rouge et violet, une tenue qui ne correspondait pas à la saison estivale. Elle regardait fixement les deux jeunes femmes. Puis sa bouche s'étira pour laisser place à une expression à mi-chemin entre la grimace et le sourire.

— Vous êtes celles qui avez pris ce chat blanc, dit-elle. Je constate qu'il vous a déjà porté malheur.

— Nelly Blythe ? dit Mia.

— C'est moi. Qu'est-ce que tu portes autour du cou ? dit-elle, en montrant la chaîne.

Mia réalisa qu'elle parlait de l'amulette d'Hazel. Elle sortit le cercle violet de sous sa chemise.

Nelly s'approcha et plissa les yeux, examinant le collier. Puis elle emplit la petite boutique d'un énorme rire.

— C'est Hazel qui t'a donné ça ? C'est le mieux qu'elle puisse faire ?

Mia jeta un œil à Sylvie, qui regardait la vieille dame comme si elle était un serpent à sonnette.

— Elle me l'a donné comme protection. Même si je n'y crois pas à ces choses-là.

— La magie blanche d'Hazel ne t'aidera pas, ma petite. C'est la plus faible de toutes, comme un chien qui demande une faveur. Si tu veux une protection, tu dois ordonner aux esprits de t'obéir.

— Hum, en fait, j'aurais juste quelques questions à vous poser, dit Mia.

Nelly leva son menton et souffla.

— Pourquoi ne pas acheter un *vrai* sort ? On dirait que tu as un ennemi, dois-je lui lancer une malédiction ? dit-elle à Mia.

Puis elle se tourna vers Sylvie.

— Et toi ? Tu veux que ton bon à rien de petit ami revienne ?

Sylvie écarquilla les yeux.

— Non merci, dit-elle.

— Mme Blythe, nous espérons que vous pourrez nous aider. J'aimerais vous poser des questions sur Dutch Brown.

La vieille sorcière sourit et regarda Mia.

— Dutch Brown, hein ?

Nelly fit un étrange signe dans l'air avant de toucher son front.

— La mort nous rend tous égaux. Que voulez-vous savoir ?

— On nous a raconté qu'il y a plusieurs années, il y a eu un scandale quand Dutch a acheté le Black Cat, mais personne ne se souvient de ce qui s'est passé. Quelque chose à propos d'une malédiction ? T.G. Prophet nous a suggéré de passer vous voir.

— T.G. Prophet ? dit Nelly Blythe. Cet escroc new age ! Eh bien, il a raison sur le fait que je sache quelque chose. Il y a bien eu un scandale il y a longtemps.

— Pouvez-vous nous raconter ?

— Seulement si vous achetez un sort.

Mia ne pouvait pas croire qu'on la forçait à acheter un sort ridicule en échange d'informations. Elle regarda la liste.

— Très bien, alors, je vais prendre un sort de chance.

— Bon choix, dit Nelly. Après avoir recueilli ce chat blanc, tu en auras besoin. Vingt dollars, s'il te plaît.

Mia sortit son portefeuille et déposa un billet de vingt dollars dans la paume de Nelly Blythe.

— Le scandale impliquait l'auberge du Lièvre Ivre.

— J'ai vu cet endroit sur une vieille carte à la bibliothèque, dit Mia. C'était sur la rue Essex aussi.

— Le Black Cat a détruit le Lièvre Ivre, affirma Nelly.

— Vous voulez dire qu'il a fait faillite ?

— Pire que ça, le Black Cat a volé quelque chose au Lièvre.

— Quoi donc ? demanda Sylvie.

— Il a volé leur fantôme, dit Nelly en secouant la tête. Chaque grand et vieux bâtiment de Salem a un fantôme. On pourrait même dire qu'à Salem, un fantôme constitue l'âme d'un bâtiment. Dutch Brown a volé le fantôme du Lièvre.

— Vous voulez dire le fantôme de la petite fille victorienne ? dit Mia.

Nelly s'appuya sur le comptoir en bois et fixa Mia de ses yeux noir charbon.

— Tu crois savoir tant de choses, mais tu ne sais rien. Après que Dutch ait pris le fantôme, le Lièvre Ivre a fait faillite en une saison.

— Êtes-vous en train de dire que le propriétaire du Lièvre Ivre a maudit Dutch Brown ? dit Mia, excitée.

Dutch Brown avait donc des ennemis après tout !

— Oui, c'est bien ça, confirma Nelly.

— Qu'est-il arrivé au propriétaire du Lièvre ? demanda Sylvie.

— Le vieux Billy Cranston ? Il a déménagé à Peabody. Il y a un parc pour caravanes là-bas. Il a lancé un sort à Dutch Brown et l'a maudit aux enfers.

Soudain, un énorme chat noir sauta sur le comptoir et fixa Sylvie de ses yeux jaunes. Puis il courba le dos et siffla jusqu'à ce que Sylvie recule de quelques pas.

— Ne faites pas attention à Sauron, il peut sentir un innocent, dit Nelly Blythe. C'est pourquoi j'ai dû me débarrasser de cette chatonne blanche, elle était trop pure.

L'atmosphère dans le magasin devenait de plus en plus effrayante.

— Merci, Mme Blythe, dit Mia en se retournant pour partir.

— N'oubliez pas votre sort, dit Nelly Blythe.

Elle se tourna vers son étagère et en descendit un bocal rempli d'une poudre sombre. Elle en mesura ensuite une quantité dans sa main et se dirigea vers la cage de la mygale. En tenant son poing fermé au-dessus de la cage, elle se mit à marmonner.

— J'invoque les anciens comme témoins. La fille a croisé ma paume avec de l'argent et en retour, je lui accorde une bénédiction.

Nelly se tourna vers Mia, ouvrit sa paume et lui souffla la poussière sur le visage. Mia ferma les yeux et éternua.

— Super, dit Sylvie, complètement paniquée.

Elle attrapa la main de Mia et la tira vers la porte. Mia s'arrêta dans l'embrasure.

— Encore une chose, dit-elle. Plus tôt dans la soirée, vous parliez à Vicki Carlyle. D'où la connaissez-vous exactement ?

La vieille sorcière gloussa à nouveau et caressa Sauron.

— Vicki est ma fille.

Puis la porte se referma avec un bruit sourd. Mia se tourna vers Sylvie.

— Vicki Carlyle est la fille d'une sorcière ? Ça explique beaucoup de choses.

CHAPITRE VINGT-TROIS

Mia démarra sa voiture. Il fallut quelques essais avant que le moteur ne tourne. Elle nota mentalement d'utiliser sa voiture plus souvent, puis elle klaxonna, impatiente. Sylvie dévala les marches. Elle portait sa tenue de "voyage" qui semblait sortir tout droit d'un film des années 50, lunettes de soleil surdimensionnées et foulard en soie sur la tête. Elle tendit à Mia ces mêmes accessoires.

— C'est pour faire quoi ? dit Mia.

— Te déguiser. Tu n'es pas censée quitter la ville, tu te souviens ? dit Sylvie.

— Tu as raison, mieux vaut prévenir que guérir, dit-elle en se grimant.

Alors qu'elles prenaient la route et se dirigeaient vers la ville voisine de Peabody, Mia se demandait ce qu'elles trouveraient là-bas.

Elle s'était brièvement renseignée sur le nord-ouest de Salem à la bibliothèque et sur Internet. Même si les deux villes n'étaient séparées que de trois kilomètres, c'était le jour et la nuit. Elle observa par la fenêtre les vieilles maisons en bois à la peinture écaillée et aux toits rapiécés. Au lieu de jardins bien entretenus, les terrains semblaient à l'abandon, entrecoupé par des bâtiments et des étendues de terre en désolation.

— Toute cette zone abritait autrefois des tanneries industrielles, déclara Mia, ébahie par la façon dont l'histoire pouvait toucher différents endroits.

— Je suppose qu'ils n'ont jamais eu du tourisme comme à Salem, commenta Sylvie.

Cet endroit avait quelque chose de triste, comme si cette partie du monde avait été oubliée depuis longtemps.

Lorsqu'elles arrivèrent à l'orée d'une zone boisée, Mia ralentit. Puis elle tourna sur une route accidentée qui menait à un parc pour caravanes, marquée par de petites ruelles improvisées avec panneaux de signalisation.

La voiture pétarada et Sylvie la regarda.

— Tu la gardes pour en faire don à un musée ?

Mia ignora la pique et se concentra sur leur destination.

— Bon, on y est, dit-elle, en s'arrêtant devant une caravane posée sur des blocs de béton.

Elles retirèrent leurs déguisements et jetèrent un œil aux alentours. Tout le parc de caravanes semblait désert.

— On dirait que Billy Cranston aurait dû acheter un sort de richesse chez Nelly, observa Sylvie.

Mia frappa à la porte et attendit.

Au bout de quelques minutes, un homme ouvrit la porte, s'appuyant sur une canne. Billy Cranston était un homme imposant, sa peau sombre marquée par des rides profondes qui s'entrecroisaient et descendaient le long de ses joues. Mia crut voir des rides du sourire aux coins de sa bouche, même si elles étaient à peine visibles.

— Vous devez être Mia, dit Billy d'un ton bourru.

— Oui, nous nous sommes parlé au téléphone.

— Eh bien, entrez, dit-il en ouvrant la porte en grand.

La caravane était étonnamment ordonnée, spartiate même. Mia remarqua sur les étagères les souvenirs d'une carrière militaire, certificats encadrés et décorations sous verre.

— Vous étiez soldat ? demanda Mia.

— Pas n'importe quel soldat, je faisais partir de la marine, logistique de combat. Promu capitaine avant de me faire exploser le genou au Vietnam, répondit Billy.

Il s'assit lourdement en faisant signe à ses invitées de prendre place.

— Comme je l'ai dit au téléphone, j'aimerais vous poser quelques questions, commença Mia, à propos de l'auberge que vous possédiez, le Lièvre Ivre ?

Le visage de Billy fut traversé de douleur.

— Je ne comprends toujours pas pourquoi on ne pouvait pas faire cela au téléphone, mais allez-y.

— Selon Nelly Blythe, vous avez mis la clé sous la porte à cause de Dutch Brown. Est-ce que c'est vrai ?

— Nelly Blythe ? Une éternité que je n'avais pas entendu ce nom, dit Billy, mélancolique. Dutch et moi avons ouvert nos pubs à la même époque et dans la même rue. Nous étions donc des rivaux, oui.

— Par ailleurs, Nelly a mentionné une histoire de fantôme liée au Lièvre Ivre ?

Mia observa la réaction de Billy à la recherche d'indices dans son langage corporel, mais il resta imperturbable.

— C'est vrai, une petite fille de l'ère victorienne.

Mia jeta un coup d'œil à Sylvie, qui écoutait attentivement.

143

— Sans vouloir être grossière, Capitaine, votre fantôme a-t-il disparu ? s'aventura Sylvie.

— Peut-être, oui. Je ne l'ai jamais vu moi-même, mais selon Dutch, le fantôme l'aurait suivi jusqu'au Black Cat. Après cela, la rumeur s'est propagée dans la ville. Tout le monde disait qu'il y avait un poltergeist au Black Cat. Les clients m'ont raconté que la chaise à bascule bougeait toute seule. Après cela, les choses ont vite tourné au vinaigre. Les gens ont commencé à raconter que j'avais maudit Dutch pour avoir volé mon fantôme, mais c'est faux. Vous savez à quel point la superstition se vend bien à Salem. Pas évident de rivaliser quand même un fantôme préfère l'auberge voisine. J'ai finalement dû me résoudre à vendre.

— Croyez-vous aux fantômes ? demanda Mia.

— J'ai vu des choses folles, à Salem et pendant la guerre. J'essaie de rester neutre sur le sujet, dit Billy.

— Avez-vous eu un livre qui racontait l'histoire de cette fille ?

Billy eut l'air surpris.

— Oui, mais il a disparu il y a longtemps de cela.

— Ce livre a été retrouvé au Black Cat, dit Mia. Et nous avons un entretien avec Dutch dans lequel il admet avoir truqué l'apparition.

Elle ne lui raconta pas que les cassettes avaient disparu.

— L'apparition était truquée ? J'en étais sûr !

Le visage de Billy se tendit.

— Maudit soit ce vieux fou.

Mia se pencha et regarda Billy dans les yeux.

— Où étiez-vous vendredi soir et samedi matin ?

L'expression de Billy changea enfin. Il fronça les sourcils et grimaça.

— Vous pensez que je l'ai tué ? C'est ce que vous voulez savoir ?

— Dutch vous a ruiné, dit Mia. Vous aviez toutes les raisons d'être en colère, même de vouloir vous venger.

— Je n'ai pas tué Dutch Brown. Bien sûr, on avait des problèmes. Je le détestais pour ce qu'il m'avait fait, c'est sûr. Mais le tuer ? Jamais de la vie.

— Capitaine, dès que les policiers entendront cette cassette, ils viendront vous poser les mêmes questions, dit Sylvie.

— Eh bien, il se trouve que j'étais à Marblehead pour rendre visite à mes petits-enfants. J'y suis resté tout le week-end, dit Billy en croisant les bras sur sa poitrine.

Mia regarda Sylvie. Elles pensaient toutes les deux à la même chose, on pouvait le rayer de la liste des suspects.

— Est-ce que Dutch avait d'autres ennemis ? dit Mia.

Billy se pencha en arrière et rit.

— Vous avez déjà rencontré l'un d'entre eux. C'est drôle que Nelly Blythe vous ai dit de venir me voir. À l'époque, elle avait une liaison torride avec Dutch. En fait, c'est à cause de Dutch si Nelly et moi nous sommes séparés.

— Vous étiez en couple avec Nelly ? dit Sylvie, incrédule. Désolée, mais elle n'a pas vraiment l'air d'être votre genre !

— Nelly était une vraie beauté à l'époque. Vous avez vu sa fille, Vicki ? Nelly n'a jamais révélé qui était le père, elle a juste assumé et élevé l'enfant toute seule.

Mia essaya de cacher sa surprise. Elles tombaient visiblement sur un feuilleton télévisé vieux de plusieurs décennies. Elle commençait à avoir de la peine pour Vicki Carlyle. Elles remercièrent Billy Cranston pour son temps et sa franchise, retournèrent dans l'ambiance déprimante du parc à caravanes, puis grimpèrent rapidement dans la voiture.

Mia sortit un morceau de papier plié de sa poche et, contre le volant, elle effaça le nom de Billy Cranston.

— Je suis presque sûre que l'alibi de Billy Cranston tient la route.

Sylvie pouvait à peine se contenir. Elle se balança sur le siège et se tourna vers Mia.

— Vicki Carlyle était l'enfant illégitime de Dutch Brown ? dit-elle, les yeux écarquillés. C'est dingue !

— Elle pourrait tout aussi bien être l'enfant de Billy Cranston, fit remarquer Mia, essayant de rester calme même si un frisson la parcourait.

Nous avons enfin une piste.

— Mais si c'est vrai, cela donne à Vicki un mobile plutôt solide pour tuer Dutch, ajouta-t-elle.

— Et la vieille sorcière qui a jeté Rose dans la rue ? Je veux dire, si elle était la maîtresse de Dutch, peut-être qu'elle a voulu se venger, dit Sylvie, en tremblant rien qu'au souvenir de leur rencontre au Chaudron.

— D'accord. Ajoutons Nelly Blythe à la liste.

Mia sortit son cahier et ajouta le nom de Nelly, à côté de celui de Vicki Carlyle. Elle raya aussi Billy Cranston.

— Maintenant, il faut vérifier s'il existe un *testament*.

— Un testament ?

— Réfléchis. Si Dutch Brown n'a pas laissé de testament et que Vicki est sa fille, elle pourrait hériter de tout.

— Trop dingo ! Mais comment savoir ? s'exclama Sylvie.

— Daniel, mon beau-père, est antiquaire, donc les testaments et les successions ça lui connaît. Quand quelqu'un meurt, le testament est déposé au tribunal des successions et des tutelles, et tombe dans le domaine public. Reynolds, l'assistant de Daniel, peut facilement s'en occuper pour nous.

Mia sortit son téléphone et envoya un texto à Reynolds.

Des ennuis avec les policiers, merci de vérifier un testament au tribunal pour moi

Dutch Brown, Salem Mass., propriétaire du Black Cat

Après quelques secondes, Reynolds répondit par un émoji avec le pouce levé.

Au même instant, le téléphone de Mia vibra. Son estomac se noua quand elle vit le nom qui s'affichait : *Inspecteur Landry*. Sylvie vit le nom également et lui fit un "non, ne réponds pas" de la main, mais Mia appuya sur le bouton du haut-parleur.

— Allô ?

— Mlle Bold ?

La voix traînante du Sud de l'inspecteur Landry suintait au bout de la ligne.

— Je me demandais si vous aviez le temps de m'aider dans mon enquête ?

— Bien sûr, Inspecteur. Comment puis-je vous aider ?

— Je suis au Black Cat. Pourriez-vous passer dans l'heure qui vient et me montrer ce qu'il s'est passé ?

Sa voix était douce et professionnelle, mais l'instinct de Mia lui disait qu'il mijotait quelque chose. Sylvie secoua la tête et articula silencieusement « NON ».

— J'arrive tout de suite, répondit Mia, en essayant de ne pas paniquer.

***

Mia raccrocha et démarra la voiture. Le ciel était couvert lorsqu'elle s'engagea sur la vieille route en direction de Salem.

— Cet inspecteur va essayer de te cuisiner, dit Sylvie. Mon oncle est policier, je sais de quoi je parle. Chaque fois que ma mère voulait me tirer les vers du nez, elle faisait venir oncle Jonas.

— Eh bien, j'ai l'intention de le cuisiner moi aussi, rétorque Mia. On doit découvrir ce qu'il sait.

— Pourquoi ne pas lui parler de Billy Cranston et Nelly, et de Vicki, l'enfant illégitime ?

— Pas encore. J'ai peur qu'il pense que j'essaie de falsifier des preuves, dit Mia. Nous avons besoin de plus de preuves avant de lui en parler.

Mia voulait vraiment tout raconter à l'inspecteur, mais elle avait peur qu'il essaie de couper court à leur enquête. Il lui fallait trouver une preuve en béton armé, sinon toutes les preuves de Landry la jetteraient en prison.

— Je suppose que nous n'avons pas besoin de ces déguisements, puisque cet inspecteur est au Black Cat et que tu es assez folle pour aller le voir, se lamenta Sylvie.

Sur le chemin du retour, Sylvie sentit que Mia avait besoin d'une pause et se fit un plaisir de lui régaler de récits tournant autour de sa vie sur la route avec le groupe Amplitude. Ce fut une distraction bienvenue et lorsqu'elles entrèrent dans la petite ville de Salem, avec ses vieilles maisons en bois et l'air salé de la mer, Mia se sentit vraiment soulagée, comme si elle rentrait à la maison. Elle pensa à Frank Bold, son vrai père. Il aurait aimé cette ville de bord de mer. Il lui disait toujours que la mer avait des secrets. Et même si elle persistait à penser qu'elle avait fait une erreur en s'installant à Salem, elle ne pouvait s'empêcher de se sentir attachée à cette ville de fous.

Mia tourna au coin du pâté de maisons et déposa Sylvie dans une rue près de l'Emporium.

— Est-ce que tu pourrais arranger une réunion avec Graham Stone et Ollie Cooper ? dit Mia. Je pense qu'il est grand temps qu'on ait une petite discussion à propos de l'émission.

— Ça marche, répondit Sylvie. Tu es sûre que ça va aller ? Je le sens pas, ce Landry.

Mia hocha la tête avec plus d'assurance qu'elle ne ressentait vraiment.

— On se retrouve à l'appartement, dit-elle en redémarrant.

Mia fit le tour du pâté de maison. Elle devait admettre qu'elle était nerveuse. L'inspecteur Landry était pragmatique. S'il la faisait venir au Black Cat, ce n'était pas pour jouer aux cartes. Elle se gara à un demi-pâté de maisons et marcha vers l'entrée de l'auberge. Elle fut inondée d'images de Dutch Brown étendu sur le sol, mort. Était-ce pour cela qu'il voulait qu'elle vienne ici ? Pour la faire flipper ? Si c'était ça son plan, il fonctionnait. L'inspecteur Landry attendait sur le trottoir, étudiant curieusement le bâtiment. Il accueillit Mia d'un sourire charmant.

— Ah, Mlle Bold, merci de vous joindre à moi. Je me demandais si vous pouviez reconstituer ce qui s'est passé le jour où vous avez trouvé le corps de M. Brown ?

— Bien sûr, dit Mia.

Landry monta les marches de l'immeuble.

— Êtes-vous d'abord venue à la porte ? demanda-t-il.

— Oui, répondit Mia, en grimpant les marches à sa suite. J'ai essayé d'ouvrir la poignée. Puis j'ai grimpé par là et j'ai regardé par la fenêtre.

— C'est amusant. Les seules empreintes digitales que nous avons trouvées, ce sont les vôtres. À l'intérieur comme à l'extérieur.

Mia fixa l'inspecteur. Essayait-il de lui faire peur ? Eh bien, elle n'était pas aussi bête que ça.

— Comment est-ce possible ? C'est un pub, rétorqua Mia.

— Je me suis posé la même question. Maintenant, pouvez-vous me montrer où vous êtes entrée par effraction dans le bâtiment ?

Ils se dirigèrent vers l'arrière de l'auberge.

— J'ai cassé la vitre ici. Puis j'ai ouvert la fenêtre.

— C'est amusant, mais on a trouvé beaucoup d'empreintes ici, dit Landry en ouvrant la porte. Celles de Dutch et d'Elsa, ainsi quelques empreintes partielles inconnues.

— Que pensez-vous que cela signifie exactement, inspecteur ?

— J'aimerais bien le savoir, Mlle Bold.

Il secoua tristement la tête.

Ils entrèrent dans l'auberge et Mia se dirigea vers le hall d'entrée. Elle se sentait nerveuse, mais furieuse aussi que Landry joue à ce jeu bizarre avec elle. Elle avait la forte impression qu'il s'engouffrerait dans la moindre de ses faiblesses. Ainsi, elle se tut.

Le corps avait été transporté à la morgue et le lustre cassé avait été déplacé sur le côté. Mais il restait encore du ruban jaune tout autour du hall. Mia observa la zone, à la recherche du petit boîtier qu'elle soupçonnait être quelque part dans la poussière et le plâtre.

— C'est ça que vous cherchez ? dit Landry, en brandissant un sac de preuves avec le boîtier à l'intérieur.

Le papier orange était brûlé par la petite explosion de poudre noire, déclenchée par une charge.

La panique effleura Mia. *Tu es innocente*, se disait-elle. Mais les prisons sont remplies d'innocents. Il ne servait à rien de faire semblant. Sa vie était en jeu.

— Oui, en fait, c'est bien ça, dit Mia avec confiance.

Ils se toisèrent du regard tels deux as de la gâchette du Far West.

— Donc, vous savez déjà ce que j'ai trouvé ici, n'est-ce pas ?

— Non, quoi ? mentit Mia.

— De la poudre noire, aussi connue sous le nom de poudre à canon, placée dans un boîtier pour créer une explosion contrôlée, expliqua Landry. N'êtes-vous pas chimiste, Mlle Bold ? Vous connaissez la formule de la poudre à canon, n'est-ce-pas ?

— Soufre, charbon de bois et nitrate de potassium, mais pourquoi en conclure que c'est de la poudre à canon ?

Mia se dirigea vers le lustre et s'accroupit pour examiner la chaîne à la recherche de marques. Celui qui avait fait sauter le lustre avait probablement affaibli le maillon avant de mettre la charge.

— Le maillon faible est déjà en évidence, dit Landry, comme s'il lisait dans ses pensées. Le tueur a affaibli la chaîne pour que l'explosion fasse tomber le lustre avec précision, mais vous le saviez déjà, n'est-ce pas ?

Le comportement de Landry changea. Il la regardait de ses yeux gris intenses.

— Ça s'annonce mal pour vous, Mlle Bold. Vous n'avez pas d'alibi. Vos empreintes digitales sont partout. Vous avez les connaissances chimiques pour fabriquer la poudre à canon, et c'est ainsi que le lustre a été soufflé du plafond. Et à en juger par le flux de commentaires sur votre podcast, vous aviez également un mobile. Dutch Brown a fait passer la célèbre sceptique pour une imbécile...

— Mais l'émission que vous avez entendue a été montée.

Mia essaya de ne pas paniquer. On aurait dit que Landry s'apprêtait à l'arrêter. Une vague de peur la submergea. Cet homme pourrait détruire son avenir. Elle prit une profonde inspiration et prit le masque de la raison pour dissimuler sa nervosité.

— Si je suis assez intelligente pour obtenir un diplôme de chimie, pourquoi laisserais-je des empreintes digitales sur toute la scène de crime, inspecteur ? Pourquoi aurais-je planifié ça pour trouver le corps moi-même ?

— C'est là toute la question, dit Landry en souriant. La poignée de porte a été nettoyée la nuit où Dutch Brown est mort pour dissimuler le fait que le tueur était là, alors pourquoi n'y a-t-il que vos empreintes sur la porte ? Peut-être que vous pensiez avoir plus de temps pour nettoyer avant l'arrivée de la police ? Peut-être que vous cherchiez quelque chose, comme ce boîtier, par exemple ? Peut-être que vous avez un complice ? Il y a tant de questions.

— Qu'allez-vous faire ? M'arrêter ?

— Pas encore. J'aime que les choses soient carrées et logiques avant de prendre des mesures drastiques. Il y a tellement de choses à propos de vous que je trouve bizarres. Mais prenez ceci comme un avertissement. Si vous quittez la ville, je vous ferai arrêter et je demanderai que vous soyez détenue sans caution. Je suis sûr que cela serait pénible pour votre famille.

Mia le regarda dans les yeux. Elle avait l'impression d'être prise dans un étau sans aucun moyen de s'en défaire. Elle n'avait aucune raison de douter de lui. Jusqu'à présent, il avait toujours dit la vérité. Elle se rendit compte qu'elle ne pouvait pas se permettre le luxe de perdre du temps. Elle devait découvrir qui avait tué Dutch Brown et elle devait agir vite, sans quoi, Landry ne lui laisserait aucun choix.

CHAPITRE VINGT-QUATRE

Alors qu'elle rentrait chez elle en voiture, Mia essayait de ne pas paniquer. Un scénario catastrophe commençait à se dessiner. L'inspecteur Landry n'avait pas que des soupçons, mais de vraies preuves : l'effraction, les empreintes et le fait qu'elle avait les connaissances en chimie pour commettre le crime.

Elle se gara et courut en haut des marches arrière pour vérifier comment se portaient ses animaux de compagnie. Rose était lovée dans son panier et dormait tranquillement. Mia embrassa sa petite tête poilue et emmena Tandy faire le tour du pâté de maisons. Malgré l'air frais et les jardins fleuris, son esprit s'emballait. Elle devait découvrir ce qui était arrivé à Dutch Brown avant que l'inspecteur Landry ne l'arrête pour un crime qu'elle n'avait pas commis. Elle n'avait pas d'autre choix et le temps lui manquait. Sur le chemin du retour, elle tomba sur Sylvie, un sac de courses dans les bras.

— Je nous ai pris des salades pour le déjeuner, dit Sylvie en brandissant le sac.

— Merci, dit Mia, reconnaissante d'avoir une bonne amie qui était là pour elle.

Une fois arrivées à l'appartement de Mia, qui devenait rapidement leur quartier général non officiel, Sylvie prit des assiettes et disposa les boîtes de salades préparées sur la table du salon.

Rose, qui grossissait chaque joue à vue d'œil, s'étira et bondit pour toucher le museau de Tandy avant de se frotter contre sa joue. Mia la souleva et lui fit un câlin. La chatonne ronronna et frotta ses moustaches contre le visage de Mia. Soudain, elle réalisa tout ce que cette situation impliquait. Qui s'occuperait de ces deux-là si elle allait en prison ? Des larmes lui montèrent aux yeux alors qu'elle tenait Rose contre elle.

— Tu me promets que tu prendras soin de Tandy et de Rose, dit Mia, sa voix se brisant au milieu de la phrase, si quelque chose devait m'arriver ?

Après avoir déchiré l'emballage de sa salade et versé le contenu dans une assiette, Sylvie leva les yeux vers Mia.

— Ça s'est mal passé avec Landry ? dit Sylvie avec hésitation, sentant la détresse de Mia.

— Landry sait pour la poudre noire et mon passé de chimiste. Il a trouvé le boîtier dont je t'ai parlé. La personne qui a mis la charge a utilisé ce boîtier. Je pense qu'il a prélevé mes empreintes sur cette stupide tasse de café, au poste. Mes empreintes sont partout sur la scène de crime.

— C'est mauvais, ça, dit Sylvie, en fronçant les sourcils. Je connais les policiers et quand ils ont une idée en tête, c'est comme des chiens avec un os.

— Ce n'est pas de sa faute, dit Mia, gravement. Moi-même, je dois admettre que tout ça me fait paraître coupable.

Combien de temps avant que l'on m'arrête ? Landry aimait faire les choses « proprement », alors Mia se dit qu'il dresserait certainement sa propre liste de suspects, tout comme elle, mais que lui finirait par agir. Elle essayait de ne pas se laisser envahir par la peur, mais c'était difficile. Elle pouvait pratiquement sentir les menottes à ses poignets.

— J'ai organisé une réunion pour cet après-midi, dit Sylvie, entre deux bouchées. Je leur ai dit qu'on pensait démissionner.

Mia chassa sa peur et se concentra sur ce qui les occupait.

— Bien. Il faut qu'on récupère ces fichiers.

— Et s'il les a effacés ?

— On doit essayer, dit Mia.

— On va d'abord vérifier le disque dur. S'ils n'y sont pas, on devra vérifier son ordinateur.

Sylvie poussa une boîte de salade sur la table.

— Mange, ordonna Sylvie. Je vais me sentir insultée si tu ne manges pas tout de suite.

Mia posa Rose sur le sol et déballa consciencieusement la salade, puis disposa la laitue sur son assiette. Elle la saupoudra de petits morceaux de bacon et de fromage émietté avant d'en prendre une bouchée.

— Miam. Je suppose que j'avais plus faim que je ne le pensais.

Tandy et Rose s'assirent tous les deux à ses pieds, fascinés par les morceaux de bacon. Elle en donna un petit morceau à chacun et caressa la tête de Tandy.

— Mais comment entrer dans l'ordinateur de Graham ? demanda Mia.

— C'est facile. Par chance, je connais son mot de passe. Tu veux deviner ce que c'est ?

Mia secoua la tête. Elle ne saurait même pas par où commencer.

— *Supercool !*

Les deux jeunes femmes se tordirent de rire. Graham était tellement loin d'être dans le coup.

— Tu as dit « par chance » ? s'esclaffa Mia. Peut-être que le sort de chance de Nelly fonctionne vraiment.

Elles éclatèrent de rire à nouveau et cela leur fit du bien de se lâcher un peu, après toute cette tension psychologique. Sylvie sortit une clé USB de sa poche et la tendit à Mia.

— Tu auras besoin de ça, dit Sylvie.

— Le bureau de Graham est à découvert. Il faudra faire diversion, dit Mia, en prenant la clé USB et en la mettant dans sa propre poche.

Sylvie réfléchit pendant une seconde.

— Pas de problème, dit-elle en souriant. J'ai l'idée parfaite. Tu n'auras pas beaucoup de temps, mais je peux t'avoir cinq minutes.

Une fois le déjeuner terminé, Mia et Sylvie descendirent et sortirent du bâtiment. Alors qu'elle se dirigeaient vers les bureaux de *Cloche, Livre et Bougie*, la rue Essex pullulait de gens faisant leurs courses. À travers la vitre, elles pouvaient apercevoir certains membres de l'équipe faire des allers-retours entre la table de conférence et la kitchenette. Sylvie poussa Mia sur le côté, alors qu'elles se tenaient devant la porte d'entrée pendant un moment. Mia se sentait nerveuse, elle passa un doigt sur la clé USB dans sa poche. Cela n'allait pas être facile avec tout le monde dans la même pièce. En s'approchant de la porte du bureau, Sylvie ralentit le pas, respirant fort comme une athlète. Elle sautilla et donna quelques coups de poing dans l'air, secouant le sac à dos qu'elle portait avec son ordinateur portable à l'intérieur. Mia n'avait jamais vu une telle collection de pin's sur un sac à dos ; il y avait des slogans de campagne, des héros de bandes dessinées et des mèmes populaires.

— Qu'est-ce que tu fais ? demanda Mia. Tu te prépares pour un championnat de boxe ?

— En quelque sorte. Je vais devenir l'ouragan Sylvie, il faut que je me mette dans la peau du personnage, dit-elle, en brassant l'air. D'abord je vais exploser, puis je vais piquer une crise, puis je vais craquer. Tout ce que tu dois savoir, c'est que quand je dis *Justin Bieber*, la diversion a commencé.

— Justin Bieber ?

Mia essaya d'imaginer ce que Sylvie pouvait bien mijoter.

— Tu t'adresses à la grande favorite, là. Dès que je les fais sortir, va tout de suite sur l'ordinateur et cherche un fichier appelé « La meilleure émission de la terre ».

Mia la regarda avec des yeux ronds. Sylvie haussa les épaules.

— Il croit fermement à la manifestation positive, dit Sylvie. Ah et au fait, le mot de passe est écrit sur un post-it jaune dans son tiroir. Donc, revérifie-le si tu as un souci.

— Ok, compris, on y va.

Mia tapota sur la clé USB dans sa poche et regarda devant elle.

Sylvie ouvrit la porte et entra en trombe dans la pièce. À l'intérieur, assis autour de la table de conférence, attendaient Graham, Ollie, Will et un Johnny Astor étrangement ponctuel. Sylvie s'avança et toisa le petit groupe. Il était clair pour tous qu'elle ne plaisantait pas. Ils la dévisageaient, étonnés, à l'exception de Jake, qui arborait un grand sourire. Mia resta silencieuse. D'habitude, c'était elle qui se chargeait de remettre les gens à leur place. Il était plutôt agréable d'avoir une amie avec les mêmes instincts.

— Vous savez ce que je ne supporte pas ? commença Sylvie, en enlevant lentement son sac à dos et en sortant son ordinateur portable.

— Quoi ? dit Will, nerveusement.

— Que des costard-cravates se permettent de monter mon émission à ma place !

— Je suis vraiment désolé, s'excusa Ollie Cooper.

Mais Graham l'intima de se taire. L'atmosphère autour de la table avait changé. La salle était tendue.

— Je vois que tu es contrariée, dit finalement Graham, mais on avait un délai à tenir et tu mettais ton logiciel à jour. Alors j'ai pris les rênes...

— Cette boucherie, c'est prendre les rênes pour toi ?

Sylvie ouvrit la copie de l'émission qu'elle avait téléchargée sur Internet et elle se mit à diffuser quelques extraits choisis.

— Qu'est-ce que c'est ? Des effets sonores effrayants d'une maison hantée ? Pourquoi les as-tu ajoutés à l'émission ?

Elle appuya sur le bouton « lecture » encore et encore, faisant jouer extrait après extrait des portes qui grincent, des bruits de vent effrayants, des ongles qui grattent, des planches qui grincent et des sabots de cheval qui trottent.

— Au fait, pourquoi des sabots de cheval ? demanda Mia, avec curiosité.

— Parce qu'on parlait d'un bandit de grand chemin ? dit Will, nerveux.

— Vraiment ? dit Sylvie, en élevant le ton. C'est Will le stagiaire qui commande maintenant ?

De l'autre côté de la table, Graham avait l'air renfrogné, tandis qu'Ollie et Will essayaient de s'enfoncer dans le sol. Jake restait jovial, profitant du feu d'artifice.

Johnny Astor, de plus en plus mal à l'aise, tapotait des doigts sur la table. Soudain, il se racla la gorge et regarda Sylvie.

— Je ne comprends pas, dit-il avec une expression perplexe. Tu es en train de dire que tu n'as pas monté l'émission ?

— C'est ça. As-tu écouté l'émission au moins ? dit Sylvie.

Johnny rougit de honte.

— Pas encore, je faisais de la promo sur mes réseaux, dit-il, confus.

Il se tourna vers Graham. Il n'avait pas l'air ravi.

— Tu as monté l'émission sans Sylvie ? Qu'est-ce qui t'a pris ?

Graham haussa les épaules.

— On avait une urgence.

— Laisse-moi t'expliquer, dit Mia en regardant Johnny. En gros, Graham a coupé la confession de Dutch Brown. Toute la partie sur l'apparition truquée a disparu.

Mia pouvait voir que Johnny était choqué. Il n'était au courant de rien de ce qui s'était passé.

— Et alors ? dit Graham, se tournant vers Will. On a supprimé la dispute, n'est-ce pas Willy Wonka ?

Le pauvre stagiaire avait l'air de vouloir disparaître. Soudain, il se leva et fonça sur le mini-frigo pour prendre une bouteille d'eau.

— Tu as transformé l'émission en mensonge, dit Mia, en colère. On n'avait pas signé pour ça.

Graham croisa les bras et lança un regard noir à Mia, tandis qu'Ollie Cooper semblait agité. Jake était totalement détendu, comme si c'était normal pour lui. Il se balançait sur sa chaise comme s'il faisait une sieste sur la plage. Will restait en retrait, s'agrippant à sa bouteille d'eau comme à un bouclier. Mais Johnny Astor surprit Mia. Il semblait honnêtement bouleversé et blessé. Elle devait admettre que son coprésentateur avait défié toutes ses attentes et elle commençait à l'apprécier.

— Cela explique beaucoup de choses, éclata Johnny, soudain.

Il était furieux.

— Toute la matinée, j'ai répondu aux tweets les plus insensés, continua-t-il. Les gens se moquaient de l'émission, et je ne comprenais pas pourquoi, mais maintenant oui.

Johnny se tourna vers Graham.

— Tu réalises que tu nous as tous mis dans une position délicate ? Nous sommes le visage de l'émission. C'est nous que les gens contactent directement et c'est à nous qu'ils font des reproches si ça ne va pas.

Pour la première fois, Graham eut l'air contrarié. Il se tortilla sur sa chaise pendant un moment avant de répondre.

— Je rendais l'émission plus excitante. Je ne pensais pas que ça poserait problème.

— L'émission était déjà excitante, rétorqua Johnny. Nous avons découvert un faux fantôme, grâce à l'excellent travail de détective de Mia.

Il inclina la tête vers sa partenaire.

— Et nous avons trouvé un éventuel vrai fantôme, que nous avons même rencontré, dit Mia, appuyant le point de vue de son coprésentateur.

Johnny la regarda et sourit. Mia sourit en retour. Ils formaient enfin une équipe.

— L'intégrité est importante, déclara Mia. Une fois que tu perds ta crédibilité, personne ne te fait plus confiance ni ne te croit. C'est le coup fatal pour une émission sur les phénomènes paranormaux.

Graham regarda Mia et sembla s'affaisser comme si pour la première fois, ce qu'elle disait avait un sens.

— Écoute, Graham, tu dois remonter cet épisode, dit Mia. Non seulement il est malhonnête, mais je passe pour une folle.

— Peut-être qu'on pourrait sortir une version intégrale ? suggéra Johnny.

— On ne peut pas. Les fichiers originaux ont disparu, dit Graham.

— Il y a des copies sur le disque dur, dit Sylvie, en pointant vers une boîte en métal sur le bureau.

— Plus maintenant. Je les ai effacés.

— Tu as effacés tous nos durs efforts et notre travail ? Pourquoi as-tu fait ça, Graham ? s'exclama Sylvie.

— C'était un accident, dit Graham en haussant les épaules.

Si Graham a vraiment effacé les fichiers originaux, je suis dans le pétrin, réalisa Mia. Pour l'instant, l'inspecteur Landry n'avait que la déclaration de Mia et la version de l'émission montée par Graham faisait de Mia la coupable parfaite.

— Oh mon Dieu, dit Sylvie, choquée. Il y a un tweet ici, est-ce possible ? Johnny, je crois que Justin Bieber vient de te retweeter !

Johnny Astor la regarda, stupéfait.

— Quoi ? Justin a plus de cent millions de followers ! Qui a tweeté ? Justin ?

— J'essaie de trouver, dit Sylvie, en faisant défiler son flux.

Johnny Astor sortit son téléphone et manqua de le faire tomber.

— Je ne le vois pas ! dit-il, en balayant l'écran comme un fou.

— Il était juste là ! Bon sang ! Je viens de perdre la réception. Je vais dehors, dit Sylvie en se dirigeant vers la porte. Comme le joueur de flûte conduisant les enfants à la montagne de bonbons, Johnny Astor et toute l'équipe lui emboîtèrent le pas.

Dès qu'ils furent partis, Mia se précipita vers l'ordinateur de Graham et tapa le mot de passe, *Supercool*.

L'ordinateur ne s'ouvrit pas.

« Oh non », siffla Mia. Elle ouvrit le tiroir pour chercher le post-it que Sylvie avait mentionné. Alors qu'elle poussait le contenu du tiroir, un objet étrange attira son attention. Il s'agissait d'une petite télécommande, une sorte de boîte rudimentaire avec deux gros boutons et du ruban électrique qui maintenait les côtés ensemble. Elle poussa la télécommande sur le côté, tâtonnant pour trouver le post-it. Elle le trouva au fond du tiroir. Sur le papier jaune était griffonné le nouveau mot de passe : *Supercool2*.

Mia saisit frénétiquement le code et l'ordinateur s'ouvrit. Le dossier se trouvait sur le bureau, comme l'avait dit Sylvie. Il s'intitulait : « La meilleure émission de la terre ». Elle fouilla son contenu aussi vite que possible, consciente des voix étouffées juste à l'extérieur de la porte d'entrée. Dans un fichier intitulé « Au cas où », elle trouva les MP3 originaux de l'émission, ainsi qu'un document intitulé « Auditions ».

Elle connecta sa clé USB à l'ordinateur et commença à copier le dossier. Mais il était énorme. Elle regarda la barre de progression se mettre lentement à jour.

Dehors, elle pouvait entendre Sylvie essayer de gagner du temps.

— Attendez, c'était peut-être Katy Perry qui a retweeté Bieber qui a retweeté...

— Tu es sûre ? dit Johnny. Je ne vois rien.

La porte grinça et Mia se retourna pour apercevoir les cheveux soyeux de Johnny Astor.

— Attends, je crois que je l'ai trouvé ! dit Sylvie.

La porte se referma.

— Allez, allez, allez, s'impatienta Mia en regardant la barre de progression.

Finalement, la copie du dossier se termina. La lumière clignota pendant quelques secondes et Mia put retirer la clé USB de l'ordinateur, au moment même où la porte s'ouvrait et que l'équipe faisait irruption dans le bureau. Elle prit une profonde inspiration et se glissa sur sa chaise, fixant son téléphone comme si elle cherchait elle aussi le fameux tweet de Justin Bieber.

— Vous l'avez trouvé ? dit-elle.

— Fausse alerte.

Johnny avait l'air démoralisé.

— Un jour, cependant, ça arrivera, dit-il.

Après la fausse alerte avec Justin Bieber, la réunion commença à perdre de son intérêt. Ollie et Graham commencèrent à se disputer au sujet du budget, tandis que Jake et Will se remettaient au travail. Johnny Astor semblait inhabituellement calme et perdu dans ses pensées, comme si l'idée d'avoir frôlé la grandeur sur Twitter l'avait déprimé. Sylvie tira sur la manche de Mia et lui murmura à l'oreille.

— Allez, on y va, dit-elle, en faisant au revoir de la main au groupe.

— Super réunion ! À plus !

Elles se glissèrent dehors et marchèrent rapidement dans la rue. Une fois qu'elles ne furent plus à portée de voix, Sylvie éclata de rire.

— Est-ce que tu as vu Johnny quand j'ai dit *Justin Bieber* ? Tu l'as vu ? dit Sylvie, à peine capable de reprendre son souffle. J'ai cru qu'il allait s'évanouir.

— Il avait l'air un peu agacé, dit Mia, en essayant de ne pas rire.

— Tu as eu les fichiers ?

— Oui. Pour info, son nouveau mot de passe, c'est Tropcool2.

Une fois à l'intérieur de l'appartement, Mia brancha la clé USB. Sylvie regarda par-dessus son épaule en parcourant le contenu du fichier.

— Tu as réussi ! Ce sont les fichiers de l'émission, dit Sylvie, soulagée.

Mia sourit en ouvrant le document intitulé « Auditions ». Une liste de noms s'afficha.

— Qui est-ce ? demanda Sylvie.

— Des gens qui pourraient savoir quelque chose, dit Mia.

Soudain, on frappa à la porte. Mia et Sylvie échangèrent un regard.

— C'est peut-être Tom, suggéra Sylvie, en faisant défiler les fichiers.

Mia haussa les épaules et ouvrit la porte. Dans le couloir se tenait Johnny Astor, les bras croisés. Il avait l'air totalement exaspéré.

— Ok, vous deux, que mijotez-vous exactement ? Je ne partirai pas tant que vous ne me l'aurez pas dit.

CHAPITRE VINGT-CINQ

— Je ne sais pas par où commencer, dit Mia. Après l'interrogatoire de l'inspecteur Landry, il m'a semblé évident qu'il me soupçonnait d'avoir tué Dutch Brown. Donc Sylvie et moi, on a commencé notre propre enquête.

Alors qu'elle exprimait à voix haute la gravité de la situation, elle se sentit soudain très vulnérable, comme si elle était confrontée à une force obscure inconnue qui voulait désespérément lui faire du mal. Elle toucha le collier de protection qu'Hazel lui avait offert, en souhaitant qu'il soit plus qu'un simple joli objet. Au vu des circonstances actuelles, cette gentille attention était en quelque sorte rassurante.

Johnny écouta le récit de Mia avec sympathie, hochant la tête tout en caressant Rose qui ronronnait sur ses genoux. Même si la chatonne parsemait ses poils blancs sur son pantalon noir en PVC et enfonçait ses petites griffes dans sa cuisse, Johnny continuait de la caresser avec plaisir.

Mia tendit à Johnny son cahier. Tandis qu'il étudiait le croquis de la scène de crime et la liste des suspects, y compris ceux qu'elles avaient écartés, elle exposa les divers indices qu'elles avaient suivis, expliquant comment elles étaient passées de Nelly à Billy Cranston, et pourquoi elles se méfiaient de Graham Stone et de Vicki Carlyle.

En terminant son récit, Mia ressentit un profond soulagement. Enfin, elle pouvait être honnête avec son coprésentateur. Même si toute l'histoire paraissait folle, elle détestait garder des secrets.

— D'accord, je me joins à vous, dit Johnny.

— Vraiment ? dit Mia, choquée.

Elle devait admettre que Johnny avait beaucoup plus d'intégrité qu'elle ne le croyait. Mais en y réfléchissant, à chaque confrontation avec les producteurs, il avait généralement été le plus raisonnable. Et maintenant, en répondant présent, il montrait clairement qu'il était de leur côté.

— Hors de question que ma coprésentatrice se fasse arrêter, déclara Johnny. Et je pense que vous avez besoin d'aide. Alors découvrons ce qui s'est vraiment passé cette nuit-là au Black Cat.

— Avant tout, commandons quelque chose à manger chez le chinois, dit Sylvie. Je meurs de faim et je n'arrive pas à réfléchir correctement.

Mia commençait à comprendre le schéma comportemental de Sylvie. Qu'elle se détende, travaille ou se démène pour trouver une solution pour éviter la prison à son amie, la nourriture faisait toujours partie du tableau. Pendant une seconde, Mia envia son métabolisme puis elle passa à autre chose. Ce n'était pas le moment d'être jalouse et elle mourait elle-même de faim.

Mia et Johnny donnèrent leurs commandes à Sylvie et peu après, un repas chaud leur fut livré dans des boîtes en carton. Une fois installés, ils composèrent chacun une assiette parmi la sélection parfumée. Sylvie insista pour manger avec des baguettes alors qu'elle engloutissait du porc aux prunes et des nouilles sautées.

— Au fait, on a récupéré les fichiers originaux de l'émission sur l'ordinateur de Graham, dit Sylvie.

— C'était pour ça cette histoire avec Justin Bieber ? dit Johnny. Je me demandais.

Ils éclatèrent tous de rire.

— Combien de temps te faudra-t-il pour remonter l'émission ? demanda Mia.

— Un bon moment, répondit Sylvie entre deux bouchées. Je vais devoir trier tous les trucs fous qu'on a enregistrés. Il y a un sacré bazar dans le fichier. J'ai donc envoyé une copie à quelqu'un qui aime les puzzles.

— Qui ça ? dit Mia, méfiante.

— L'inspecteur Landry, dit Sylvie en souriant.

— Ça devrait bien l'occuper, dit Mia.

Après avoir débarrassé la table, Sylvie ouvrit son ordinateur portable.

— Voyons voir, par où commencer…, dit Sylvie en faisant semblant de faire craquer ses doigts.

— Montre à Johnny la liste des auditions, dit Mia. Tu connais probablement la plupart de ces filles. Penses-tu que l'une d'entre elles pourrait nous aider ?

— Veronica Esposito a travaillé avec Graham à Hollywood, dit Johnny.

— Appelons-la et voyons ce qu'elle sait, proposa Mia.

Johnny composa le numéro et Veronica décrocha immédiatement. Visiblement, un appel de Johnny Astor était très important. Son appareil devait être posé sur un trépied. Elle recula, se lova dans un canapé marron kitsch et enfonça une paire d'écouteurs dans les oreilles, un ordinateur portable devant elle. Ses cheveux noirs de jais tombaient dans son dos. Elle était vêtue d'un jean déchiré et d'un pull blanc avec des boutons de perles.

— Salut, Johnny, ça fait une éternité, dit-elle, impassible.

Ses lèvres étaient gonflées de façon inquiétante.

— Salut Veronica, dit Johnny. Où es-tu ?

— Dans ma caravane. Je tourne une scène aujourd'hui. J'attends juste qu'on m'appelle. C'est pour « Le Fils du lutin, le chapitre final ». Je joue la méchante fille qu'il jette sous le pont. C'est plutôt un bon rôle. Ça va donner super bien. Je dois me suspendre à la balustrade pendant qu'il déchire mes vêtements, juste avant de me tuer.

Elle sourit autant que son visage trafiqué au botox le lui permettait.

— J'ai hâte, dit Johnny.

— Au moins, j'ai obtenu un congé des studios Jerry Dunstable, Dieu merci.

— Dis-moi Veronica, comment se fait-il que tu aies auditionné pour *Cloche, Livre et Bougie* ?

— Je travaillais avec Graham Stone dans son émission *Ghosting*. Je jouais la prof remplaçante. C'était une réplique de la série *Buffy contre les vampires*, mais avec des fantômes. C'était compliqué de travailler pour Graham, mais je me suis dit : « Pourquoi pas ? Un boulot, c'est un boulot. » Tu vois ?

Mia était impressionnée de voir comment Johnny pouvait paraître si enthousiaste et intéressé, peu importe à qui il parlait. C'était comme regarder un maître au travail.

— Pourquoi était-ce compliqué de travailler pour lui ?

— Eh bien, la façon dont il a vendu l'émission aux journalistes était dingue. Il a organisé une tournée promotionnelle télévisée où on a conduit des journalistes dans une pièce et on leur a demandé d'examiner cette poupée effrayante, une poupée hantée, comme il l'appelait. L'une des journalistes est sortie en criant ! Elle a dit que la poupée pleurait des larmes de sang.

Mia n'en croyait pas ses oreilles. Il semblait donc que Graham avait déjà fait ce genre de choses auparavant. Était-il possible qu'il ait été impliqué dans le truquage de l'apparition ?

— Ouah, c'est fou. N'oublie pas de m'envoyer un rappel à la sortie du film, dit Johnny, puis il raccrocha.

Ils se regardèrent tous les uns les autres. Puis Mia sortit la liste des suspects et souligna le nom de Graham.

— Quelles sont les chances que cette poupée ait vraiment été hantée ?

Mia disait à voix haute ce qu'ils pensaient tous tout bas.

— Aucune, dit Johnny. Et je crois à ces trucs.

— Se pourrait-il qu'il ait été impliqué dans l'apparition truquée avec Vicki Carlyle ? dit Mia.

— Il n'y a qu'une seule façon de le savoir, dit Johnny.

Il composa le numéro de Vicki Carlyle sur le chat vidéo.

— Attends ! J'ai une meilleure idée, dit Sylvie. Johnny, as-tu déjà porté un micro ?

Elle regarda Mia et sourit. Chacune savait ce à quoi l'autre pensait.

— Le moment est venu de prendre un café avec Vicki, dit Mia en souriant.

Johnny les regarda comme un condamné à mort sur le point de marcher sur la planche. Les doigts tremblants, il envoya un texto à Vicki Carlyle.

Un café ? Au Café des sorcières ? D'ici une heure ?

Vicki répondit en quelques secondes.

On se voit là-bas. Émoji du baiser noir.

Sylvie récupéra le matériel nécessaire dans son appartement et scotcha un mouchard sur la peau de Johnny, avec dextérité. Il boutonna sa chemise et lissa le tissu.

— Tourne sur toi, dit Mia. Ça me paraît bien.

— Vous serez où ? demanda Johnny.

— Dans ma voiture, répondit Mia, juste devant le café. Pourquoi as-tu choisi le Café des sorcières, au fait ?

— C'est le préféré de Vicki, dit Johnny, piteusement.

CHAPITRE VINGT-SIX

Mia, Sylvie et Johnny roulèrent jusqu'à la rue Derby et s'arrêtèrent devant une devanture verte pittoresque aux dormants rouges. Par la vitre, on pouvait apercevoir un café chaleureux tout en bois avec lampes Tiffany et plafond étamé. Les jeunes femmes déposèrent Johnny. Alors qu'il descendait du véhicule, Mia pouvait voir qu'il était nerveux.

— Si elle voit que tu es nerveux, elle pensera que ça te tient à cœur, dit Mia.

— Je sais, dit Johnny.

— Souviens-toi, dit Sylvie, assieds-toi aussi près que possible de la vitre pour que mon équipement reçoive un bon signal.

— Compris, dit Johnny en prenant une grande inspiration. Ne m'abandonnez pas ici, s'il vous plaît.

Il brossa les poils de chat de son pantalon et disparut à l'intérieur.

Mia se gara de l'autre côté de la rue, en prenant le soin de choisir l'angle adéquat leur permettant de voir à travers la vitre. du café. Pendant ce temps, Sylvie mettait ses écouteurs et se connectait à une application d'espionnage sur son téléphone. Elle tendit une paire de jumelles à Mia.

— Tu es sérieuse ? dit Mia. Comment se fait-il que tu aies tout ce matériel ?

Sylvie se contenta d'hausser les épaules.

Ah oui, se rappela Mia. *Dexter.*

Elles se recroquevillèrent sur le siège en attendant que Vicki Carlyle se montre. Elles n'eurent pas besoin d'attendre longtemps.

Soudain, une voiture noire s'arrêta devant le café. Vicky en descendit. Elle s'était vraiment surpassée. Elle portait un jupon gothique à rayures noires et blanches avec un bustier en satin à volants. À ses mains, des gants sans doigts en dentelle et autour de la gorge, un ras-de-cou noir. Ses cheveux étaient coiffés en un tourbillon de rubans noirs bouclés sur le dessus de sa tête, lesquels descendaient le long de ses joues et dissimulaient un œil.

— Ouah, dit Sylvie, elle est à fond dans le look cirque noir.

— En effet, confirma Mia.

Elles s'enfoncèrent dans leur siège pour qu'elle ne les voie pas. Puis elle disparut à l'intérieur du café. Mia regarda à travers les puissantes jumelles. Elle avait une vue directe sur le café.

— C'est bon, je la vois. Elle se dirige vers l'endroit où Johnny est assis. La voilà !

Vicki traversa la salle, son sac à main se balançant à son poignet.

Sylvie retira un de ses écouteurs et le tendit à Mia. Elles se rapprochèrent l'une de l'autre pour écouter.

— Eh bien, dit Vicki, en se tenant au-dessus de Johnny. J'ai été enchantée de recevoir ton invitation, absolument enchantée.

— Salut, Vicki. Tu es superbe, comme d'habitude. Est-ce que ça vient de la nouvelle collection de Chaudron Chic ?

— Oui, je l'ai appelée le Cirque des Damnés.

Avant de s'asseoir, elle rapprocha sa chaise de celle de Johnny.

— Euh, est-ce que tu aimerais du thé ? demanda Johnny, en restant très calme.

— Un Earl Grey, merci, dit Vicki, en s'installant confortablement sur sa chaise.

Johnny fit signe à la serveuse et commanda du thé et des scones.

— Alors, comment vas-tu ?

— Je viens de trouver un nouveau sponsor, une boîte de nuit. Je cherche à attirer de gros poissons.

Vicki continua à bavarder à propos de son plan de carrière. La serveuse arriva et leur servit du thé et des scones. Vicki grignota timidement sa pâtisserie.

— Tu te débrouilles si bien, dit Johnny. Je suis impressionné. Qu'est-ce qui t'a fait auditionner pour notre petite émission ?

— Eh bien, j'avais envie de faire quelque chose de plus théâtral, tu vois. Animer un talk-show, peut-être. Veronica Esposito m'a dit qu'elle pourrait m'obtenir un rôle, ce serait super.

Johnny semblait nerveux, remuant constamment sa cuillère dans sa tasse de thé. Sylvie sursautait chaque fois qu'elle entendait le métal s'entrechoquer à l'intérieur de la tasse.

— C'est drôle, mais je ne sais pas grand-chose sur toi, Vicki. Je sais que tu as grandi ici et que j'ai rencontré ta mère, Nelly.

Vicki se redressa comme si sa servante avait soudain resserré son corset. Elle croisa les jambes et tira sur ses gants en dentelle.

— Pouah, tu ne vas quand même pas parler d'elle, n'est-ce pas ? Je t'ai dit que maman me rendait folle avec cette vieille boutique miteuse.

— En fait, je pensais à ton père. Tu n'as jamais parlé de lui.

Vicki le regarda comme s'il avait perdu la tête.

— Mon père nous a abandonnées, c'est tout ce qu'il y a à savoir. Honnêtement, Johnny, qu'est-ce qui t'arrive ? Excuse-moi, je vais aux toilettes.

Vicki se leva et marcha jusqu'à l'arrière du café.

— Eh bien, c'est une impasse, dit Mia.

Elle sortit son téléphone et commença à taper un texto.

— Qu'est-ce que tu écris ? dit Sylvie.

— Des suggestions, c'est tout, dit Mia.

Dans le café, le téléphone de Johnny vibra dans sa poche et il lit le texto de Mia.

M : Où était V la nuit du meurtre ?

J : J'y arrive

M : Dépêche-toi

J : Il faudrait améliorer ton relationnel

Johnny remua à nouveau son thé, faisant tournoyer la cuillère de plus belle. Il les regarda d'un air accusateur par la fenêtre.

Ting, ting, ting faisait la cuillère.

— Pauvre tasse de thé, dit Sylvie. Je te jure, cette fille déclenche le syndrome de stress post-traumatique chez ce type.

Vicki réapparut et traversa la pièce, claquant le sol de ses talons. Elle se glissa sur la chaise à côté de Johnny, en caressant ses jupes. Puis soudain, elle se blottit amoureusement contre lui.

— Pourquoi m'as-tu appelé, *en vrai* ? Je t'ai manqué ? dit-elle de façon suggestive.

— Euh, bien sûr que tu m'as manqué. Qu'est-ce qui pourrait ne pas me manquer chez toi ?

— Tu m'as manqué, Johnny. Vraiment beaucoup.

Vicki se rapprocha jusqu'à ce que Johnny se réfugie à l'autre extrémité de sa chaise.

Il se remit à remuer son thé. *Ting, ting, ting.*

— Au fait, je ne t'ai jamais demandé ce qui s'était passé cette nuit-là au Black Cat, quand tu t'es enfuie par la porte. Où es-tu allée ? dit-il en essayant de changer de sujet.

Vicki regarda Johnny puis fronça les sourcils, comme si elle essayait de le comprendre. Puis elle haussa les épaules.

— Je suis allée à une fête, puis à un club.

— Je suppose que tu es au courant pour Dutch, dit Johnny, en sirotant son thé.

— Oh mon Dieu, c'était fou, n'est-ce pas ? Maintenant que tu le dis, je suis passée par le Black Cat après le club. Tu sais qui j'ai aperçu ? Graham Stone.

— Graham Stone ?

— Oui, il sortait de cette petite ruelle. Je l'ai appelé, mais il m'a ignoré et il a accéléré le pas. Tu ne penses pas qu'il a *tué* Dutch, n'est-ce pas ?

Vicki se mit à rire bêtement.

— Oh, j'en doute, dit Johnny.

Mia et Sylvie se regardèrent, ébahies.

— Graham et Vicki étaient tous les deux à l'auberge la nuit du meurtre ? dit Mia, en état de choc.

— Peut-être qu'elle essaie de dévier l'attention sur Graham ? suggéra Sylvie.

Mia était sur le point d'envoyer un texto à Johnny lorsque Vicki approcha sa chaise plus près de Johnny et se pencha vers lui, en s'assurant d'exposer son décolleté. Sa jupe à volants de cirque remonta le long de ses jambes.

— Je ne plaisantais pas quand j'ai dit que tu me manquais, Johnny, susurra-t-elle. On ferait une super équipe, tu sais ça ?

— Vicki, je suis juste super occupé…

— Pourquoi ne te débarrasses-tu pas de cette affreuse Mia Bold ? Nous pourrions enquêter sur tant de *choses* ensemble. Tu vois ce que je veux dire ?

Mia et Sylvie retenaient leur souffle. Alors que Mia tenait les jumelles, Vicki se rapprochait de Johnny, les doigts glissant sur la table, dans sa tenue de Cirque des Damnés. Cela ressemblait à un film d'horreur.

— Écoute, Vicki, j'ai oublié. Je dois aller quelque part, dit Johnny.

Il se leva d'un bond de sa chaise et jeta sur la table quelques billets sortis de sa poche.

Vicki se redressa, insultée par son rejet. Mia pouvait la voir lancer un regard furieux à Johnny, les yeux brillant de colère. Cela rappela à Mia le film *Les enfants des damnés*. Quel cauchemar ! Est-ce qu'elle portait des lentilles de contact en argent ?

— D'accord, Johnny Asswell, dit Vicki d'une voix dégoulinante de venin.

— Qu'est-ce que tu as dit ? dit Johnny, horrifié.

— C'est ton vrai nom, n'est-ce pas ? John Asswell ? J'ai regardé la photo de ton album de promo. Le petit John Asswell de Brooklyn.

Musique préférée, Justin Timberlake. C'était toi, n'est-ce pas ? Je dois dire que tu as vraiment perdu l'accent. Tant mieux pour toi.

Elle eut un petit sourire satisfait et but une gorgée d'Earl Grey.

À travers les jumelles, Mia vit Johnny devenir cramoisi. Il sortit du café en trombe et marcha dans la rue aussi vite qu'il le put. Mia démarra la voiture, elle le rattrapa et s'arrêta à sa hauteur. Johnny sauta à l'arrière. Il était furieux.

— Est-ce que ça va ? dit Mia. Je suis désolée, elle est vraiment horrible.

— Je la déteste ! dit-il. Être avec elle, c'est comme être avec un méchant de dessin animé. Elle pourrait aussi bien avoir une queue et une fourche.

— Tu t'es bien débrouillé, dit Mia. Le moment est venu de confronter Graham.

CHAPITRE VINGT-SEPT

Munie des informations que Johnny avait recueillies au Café des sorcières, Mia envoya un texto à Graham pour lui donner rendez-vous au bureau.

Devant l'entrée, Johnny et Sylvie à ses côtés, elle se sentait exaltée. Un lien s'était créé entre eux et Mia sentait qu'elle pouvait entièrement faire confiance à Johnny. Elle était ravie d'avoir un autre confident. Mia pensa qu'il n'y avait rien de tel qu'une aventure pour rapprocher les gens.

Sylvie vérifia les fils du micro caché dans les vêtements de Mia.

— Ok, c'est bon, dit-elle.

— Tu es sûre que tu ne veux pas que je t'accompagne ? dit Johnny, sincèrement inquiet.

— Ouais, il y a peut-être un assassin là-dedans dit Sylvie, jetant un œil par la fenêtre de devant. Un meurtrier qui ne sait pas faire du café.

Elle gloussa, regardant Graham avoir du mal avec la cafetière. Le téléphone de Mia vibra. C'était un texto de Reynolds.

Tribunal vérifié. Pas de testament au nom de Dutch Brown.

Elle brandit son téléphone pour laisser ses amis lire le message.

— Si Vicki est l'enfant illégitime de Dutch Brown, cela la place en tête de notre liste de suspects, dit Mia. Maintenant, il me faut confronter Graham.

— D'accord, dit Sylvie. On va écouter, au cas où il tenterait une entourloupe.

Mia inspira profondément. Elle allait enfin faire face à Graham Stone. Le moment de rendre des comptes avait mis du temps à venir. Elle était nerveuse, mais en colère aussi.

Dès leur toute première conversation téléphonique, Graham lui avait menti. Mentir la dérangeait sur plusieurs plans, mais surtout parce que les menteurs volaient aux gens les informations dont ils avaient besoin pour prendre des décisions sensées. Elle était venue à Salem en pensant que les producteurs admiraient vraiment son émission et qu'ils la voulaient elle et personne d'autre. En fait, elle avait découvert qu'elle était leur *dernier* choix. Plus insultant encore, la plupart des femmes qui avaient auditionné étaient des personnalités d'Internet mal informées. Mia ne savait pas à quel point les producteurs étaient réellement attachés à cette émission d'enquête sur le paranormal et cela lui posait vraiment un problème.

Mais ce qui la dérangeait le plus était ce que Veronica Esposito avait dit, que Graham avait créé une fausse apparition pendant la promo. Elle ne pouvait pas certifier que Graham avait tué Dutch Brown, mais son comportement était extrêmement suspect. Après tout, il avait essayé d'effacer les bandes originales de l'émission, supprimant ainsi les preuves de son innocence. Était-il impliqué dans l'apparition au Black Cat ? Que faisait-il dans le coin le soir où Dutch était mort ? Graham était-il le meurtrier ? Ou Vicki Carlyle essayait-elle de détourner les soupçons ? Mia devait le découvrir.

Elle monta les marches et ouvrit la porte. Il y avait encore quelques bâches jetées sur le sol, mais peu à peu, le bureau commençait à prendre forme. Graham se tenait dans la kitchenette improvisée. Il avait enfin compris comment faire fonctionner la machine à café et se préparait une tasse.

— Salut, Mia, qu'est-ce qu'il y a de si urgent ? demanda-t-il.

Même s'il essayait de paraître magnanime, il ressemblait plus à un vendeur de voitures. Il retourna dans la pièce principale, une tasse de café fumante à la main et s'assit à son bureau, faisant pivoter son siège pour faire face à Mia.

— J'ai quelques questions à te poser, commença Mia. Je voulais te les poser en privé.

— Si c'est au sujet de la paie, ce n'est pas la peine. Nous avons conclu ce marché avec Johnny quand nous l'avons signé. Mais il n'en a jamais été question pour toi.

Quoi ? pensa Mia. *Johnny va être payé ? Ouah.* Une autre chose dont elle devrait s'occuper plus tard. Elle marcha lentement autour de la table pour faire face à Graham et se pencha en arrière, étudiant son expression.

— La nuit où Dutch Brown est mort, Vicki Carlyle prétend t'avoir vu près de l'auberge.

— Vicki ? Cette folle ?

Même s'il rejetait ce que Vicki avait dit, Graham semblait nerveux. Mais il retrouva rapidement ses manières suaves et superficielles.

— Elle doit faire erreur, dit-il en secouant la tête.

— Elle maintient que c'était toi. Elle a essayé d'attirer ton attention, mais apparemment, tu as juste continué à marcher.

Graham détourna rapidement le regard. De minuscules perles de sueur firent leur apparition sur son front.

— J'ai parlé de tout ça avec l'inspecteur Landry, dit Graham.

Il ouvrit son téléphone et parcourut son agenda.

— J'ai mangé un steak à la Taverne du Village ce soir-là. Puis je suis rentré directement à la maison. Peut-être que Vicki m'a vu marcher dans la rue, je ne sais pas. C'est une petite ville.

Donc, l'inspecteur Landry a interrogé Graham. Bizarrement, Mia se sentit mieux. L'inspecteur continuait d'enquêter, dressant une liste de suspects, tout comme elle.

— Quelle heure était-il ?

— Vers minuit, je m'en souviens parce qu'il était très tard. J'essayais de faire la promotion de l'émission quand certains habitants ont commencé à me traiter de charlatan d'Hollywood. Une bande de vieux messieurs pas commodes. Ils sentaient le poisson. Ça a dégénéré et je me suis disputé avec eux. Mia, j'ai grandi ici. Ces gens ne comprennent pas Hollywood. Alors comment étais-je censé laisser Dutch avouer sur Internet qu'il avait truqué une apparition ? C'est humiliant. Pourquoi penses-tu que j'ai changé l'émission ?

— Pourquoi devrais-je te croire ? On ne peut pas dire que tu aies été honnête avec moi.

Graham baissa les yeux.

— Je n'ai peut-être pas été juste avec toi, Mia. Mais je te dis la vérité maintenant. Tout le monde dans cette ville est au courant des affaires des autres. Il se sont moqués de moi. Ils ont dit que j'étais revenu pour exploiter Dutch. Ils m'ont accusé d'avoir truqué l'apparition.

— Est-ce qu'ils ont raison ? As-tu truqué l'apparition ?

— Non ! Bien sûr, j'ai parlé à Dutch avant qu'on l'engage. Il m'a dit qu'il pouvait garantir une bonne émission. Je suis producteur, c'est mon boulot.

Mia sentait qu'il cachait quelque chose. Mais elle sentait aussi qu'émotionnellement, Graham disait la vérité. C'était vraiment un gamin de Salem qui était parti à Hollywood et qui, malgré tous ses efforts, s'était heurté au rejet.

— Alors que s'est-il passé quand tu as quitté la Taverne du Village ?

— Je suis rentré directement à la maison. Je te jure que je n'ai pas vu Vicki ni personne d'autre.

— Et la combine que tu avais organisée dans ton ancienne émission, *Ghosting* ? dit Mia froidement. Te souviens-tu de Veronica ?

Graham se redressa et la regarda fixement.

— Tu es toujours vexée à cause d'elle ?

— Elle a dit que tu avais amené une poupée hantée devant la presse. Est-ce vrai ? Était-ce réel ?

Graham se mit à hocher la tête, d'avant en arrière.

— L'émission était en train de sombrer dans l'audimat. Il fallait que je fasse quelque chose. La poupée hantée a reçu beaucoup d'attention de la presse.

— Est-ce que tu réalises à quel point c'est contraire à l'éthique ? dit Mia. Et maintenant, il y a une apparition truquée ? Une fois qu'Internet fera le rapprochement…

Graham avait l'air terrifié en regardant Mia.

— Écoute, je ne l'ai pas tué, Mia ! Je n'arrive pas à croire que tu me soupçonnes.

Mia voulait le croire, mais elle ne savait pas si elle en était capable. Elle ne voulait pas croire que quelqu'un tuerait un autre être humain pour obtenir de l'audimat, mais ce ne serait pas la première fois que quelqu'un tuerait pour une raison idiote. Et il avait plusieurs mensonges à son actif.

Il se faisait tard et Mia avait obtenu ce qu'elle voulait. C'était la version de Graham. Il lui fallait découvrir si ce qu'il disait était vrai ou faux, en suivant les indices.

Elle sortit et se dirigea vers ses deux acolytes, qui l'attendaient.

— Qu'est-ce que vous en pensez ? dit Mia.

— C'est une sacrée ordure, asséna Johnny. Mais je ne suis pas convaincu qu'il soit un meurtrier.

Ils retournèrent à l'appartement et Mia ramassa une pile de courrier devant sa porte. Elle posa le courrier sur le comptoir de la cuisine, Sylvie et Johnny à sa suite. Alors qu'elle disait bonjour à Rose et Tandy, le téléphone de Johnny vibra.

— J'ai de mauvaises nouvelles, annonça Johnny, nerveux.

— Je ne sais pas si je peux supporter d'autres mauvaises nouvelles, dit Mia.

— Ollie Cooper vient de m'envoyer un texto. L'inspecteur Landry veut stopper l'émission.

— Pourquoi ? dit Sylvie, horrifiée.

— En raison d'une enquête en cours, dit Johnny.

— Qu'est-ce que ça veut dire pour l'émission ? dit Mia.

Elle pouvait voir que Johnny était bouleversé.

— Tous les annonceurs voudront récupérer leur argent. Autrement dit, nous sommes tous au chômage, dit Johnny.

— C'est horrible, dit Mia.

La dernière chose qu'elle souhaitait, c'était la fin de l'émission. Elle commençait à aimer Salem et elle avait trouvé deux amis en qui elle pouvait avoir confiance. Elle ne voulait pas que cela se termine.

— Est-ce que Landry a la moindre idée du temps qu'il faut pour retirer une série d'Internet ? dit Sylvie. Il y a iTunes, Amazon, Soundcloud, Spotify, et une douzaine d'autres, sans parler des rediffusions sur Reddit et les forums. Et il n'y a aucune garantie que je trouve tout.

— Je vais organiser un petit déjeuner de travail demain, proposa Johnny. On pourra discuter de l'avenir de l'émission.

— Bonne idée, dit Mia.

Il y avait tellement de choses auxquelles il fallait réfléchir, elle se sentit épuisée.

Juste avant de passer la porte, Johnny posa une main sur l'épaule de Mia.

— J'ai confiance en toi, Mia Bold. Tu es la meilleure pour résoudre un mystère.

Puis lui et Sylvie disparurent dans le couloir.

Seule après une très longue journée, Mia fouilla dans le frigo. Il restait du chinois, alors elle se réchauffa une assiette et regarda les infos en mangeant. Un journaliste local se tenait devant le Black Cat.

« Personne ne sait ce qui s'est passé la nuit où Dutch Brown a été retrouvé mort dans ses propres locaux, son corps écrasé par la chute d'un lourd lustre. Certains prétendent qu'un poltergeist aurait tué M. Brown... »

Mia éteignit la télévision. Sa vie semblait être devenue une toile d'araignée. Elle ressentit le besoin urgent de résoudre l'affaire. Mais la vérité était qu'elle ne savait pas où continuer. Elle avait enquêté sur la mort de Dutch pendant des jours et même si elle avait éliminé des suspects, elle avait l'impression de tourner en rond.

Elle jeta un œil au courrier posé sur le comptoir et fut surprise de voir une enveloppe en papier manille qui lui était adressée de l'écriture élégante de sa mère. Elle ouvrit le paquet avec précaution. À l'intérieur, elle trouva une note manuscrite de Madison.

Je m'inquiète pour toi, Mia.
Tu sais que tu peux tout me dire. Je suis là pour toi.

J'ai trouvé ça dans une boîte, et j'ai pensé que ça te ferait plaisir.
Je t'aime et je t'embrasse - Maman.

Mia glissa sa main dans l'enveloppe et en ressortit une pile de photos. Elle n'en croyait pas ses yeux. C'étaient des anciens Polaroïds d'elle et de Frank Bold, son père biologique. Elle se souvenait du jour où ces photos avaient été prises, le long de la côte de Jersey. Frank était tombé sur un vieux copain qui avait accepté de prendre tout un tas de photos. Mia portait un short et un haut Star Wars. Elle tenait la main de Frank, qui lui, plissait des yeux au soleil. Elle se souvint de son rire éclatant alors qu'il la hissait sur ses épaules et lui disait : « Touche le ciel, ma chérie. » Sur la dernière photo, il lui avait acheté un ballon rose et l'avait soigneusement attaché autour de son poignet. Les yeux de Mia se mouillèrent de larmes alors qu'elle regardait les images de son passé. Que lui était-il arrivé ? Un beau jour, il avait passé la porte et on ne l'avait plus jamais revu. Elle avait essayé de le retrouver, bien sûr, en faisant des recherches sur Internet. Mais la plupart des informations de cette époque provenaient de ses souvenirs d'enfance. Chaque fois qu'elle avait demandé à sa mère ce qui s'était passé, Madison avait secoué de la tête en disant : « J'aimerais bien le savoir. » Elle repensa à ce que lui avait dit Hazel, qu'il reviendrait un jour. Elle voulait tellement y croire, mais elle n'osait pas.

Avec douceur, Mia toucha la photo de son père. *Que me conseilles-tu, papa ? J'ai de gros problèmes. Qu'est-ce que je devrais faire ?*

Soudain, le téléphone sonna. Son premier instinct fut de l'ignorer. Elle pensait que c'était Johnny ou Sylvie avec d'autres mauvaises nouvelles ou pire encore, l'inspecteur Landry. Mais quand elle jeta un œil à l'écran, elle eut un choc.

Là, en lettres lumineuses, clignotait le nom de son ex-fiancé, Mark Harris.

Elle fixa l'écran pendant un moment, alors que son estomac commençait à se nouer. Elle se sentit malade et peu sûre d'elle. *Pourquoi appelle-t-il maintenant ? Après tout ce temps ?* Elle savait que si elle ne décrochait pas le téléphone, elle se demanderait pourquoi diable il appelait. Elle se blinda et décrocha.

— Salut, Mark, dit Mia avec précaution.

— Mia ? Comment vas-tu ?

Le son de sa voix déclencha une cascade de souvenirs : ces moments passés ensemble sur le campus, à plaisanter et rire alors qu'il se rendaient en cours, et puis Mark qui se tenait de l'autre côté de la cabine et lui proposait un petit-déjeuner avec un petit mot sur la vitre.

Mais tous ces souvenirs heureux furent suivis de toutes ces choses qui ne s'étaient jamais réalisées, la soirée au restaurant où il s'était mis en colère, le long silence, le blocage sur Facebook et sa relation avec Daisy Weston l'écervelée.

Le regret et la méfiance inondèrent son cœur et lui blindèrent les nerfs.

— En quoi puis-je t'aider ? dit Mia, en essayant d'avoir un ton neutre.

— Désolé d'avoir attendu si longtemps avant de t'appeler. Tu m'as vraiment blessé, Mia. Tu t'en rends compte, n'est-ce pas ?

Mia souffla. Elle *lui* avait fait du mal ? Et avoir ton fiancé te donner le coup de grâce le pire jour de ta vie ? Elle ne voyait pas très bien où Mark voulait en venir.

— Écoute, Mark, oublions ça, d'accord ?

— Eh bien, c'est pour ça que j'appelle, Mia. Tes parents m'ont dit pour la police.

Oh mince, se dit Mia. Elle se demandait si l'humiliation prendrait fin un jour. Pourquoi ses parents avaient-ils raconté quoi que ce soit à Mark ? Puis elle comprit ce qui s'était passé. Brynn l'avait dit à Jeffrey, qui l'avait dit à Mark.

— C'est juste un malentendu que je suis en train de clarifier.

Pourquoi est-ce que je me justifie ? C'est ridicule.

— Ça m'a juste fait réfléchir, Mia, dit Mark. Peut-être que tu devrais rentrer...

— Rentrer où ?

— Revenir à Fishtown ou peut-être à Jersey. Tu pourrais même retrouver ton ancien travail. Je suis tombé sur un de tes anciens collègues dans un club, Nigel. Il m'a dit que les choses n'étaient plus les mêmes sans toi.

Mia était choquée. Est-ce que Mark la traquait ?

— Le même club où tu es allé avec Daisy ? dit Mia.

Il y eut un long silence oppressant avant que Mark ne réponde.

— Tu veux dire Daisy l'écervelée ? On est amis, rien de plus.

— Tu m'as bloquée, Mark. Tu es sorti avec Daisy l'écervelée...

— Ça n'a duré qu'une semaine. J'étais fâché ! Et ça m'a fait réaliser à quel point tu me manquais.

Mark disait tout ce qu'il fallait, toutefois Mia pouvait déceler une légère nervosité dans sa voix. Mark ne disait pas tout, mais elle n'avait ni le temps ni la patience d'essayer de découvrir ce que c'était. De plus, elle avait une nouvelle vie avec des gens qui l'aimaient, la comprenaient et ne la jugeaient pas. Elle n'avait pas l'intention de retourner à sa vie d'avant.

— Je suis flattée, Mark, vraiment. Mais comme Jeffrey te l'a sans doute raconté, je suis bien occupée ici. Je ne peux pas partir comme ça. Et honnêtement, je n'en ai pas envie.

— Sois raisonnable, Mia ! Quelle raison as-tu de rester là-bas ? Tu as essayé le podcasting et ça a été un désastre. Maintenant, tu as de gros problèmes avec la police. Et la société de production pour laquelle tu travailles va probablement faire faillite. Alors pourquoi ne pas faire preuve de bon sens et rentrer à la maison ?

Quelque chose se brisa à l'intérieur de Mia. Chaque fois qu'elle avait parlé à sa famille, et maintenant à Mark, ils l'avaient mise en garde, lui disant de jouer la sécurité. Et pire encore, ils ne semblaient pas du tout croire en elle. Elle pensa à Johnny et à Sylvie et à la façon avec laquelle ils l'avaient aidée à comprendre ce qui se passait, et comme ils avaient été là pour elle, même si les choses étaient difficiles. Soudain, elle réalisa que ce qu'elle voulait dans sa vie, c'était des amis. Des gens qui l'aideraient à créer une vie extraordinaire, et non des gens qui voudraient la mettre dans de minuscules cages pour satisfaire leurs propres idées sur qui elle devrait être et ce qu'elle devrait faire.

— Écoute, Mark, j'ai un appel très tôt demain matin. Il faut vraiment que je dorme.

— D'accord, mais vas-tu y réfléchir ?

— D'accord, Mark, je vais y réfléchir. Au revoir.

Mia raccrocha.

Elle fit sa toilette et se prépara à aller se coucher. C'était étrange, mais Mark ne la dérangeait plus vraiment. Il était un peu comme une vieille blessure qui se réveille quand il fait humide. Il y a un mois, il était la chose la plus importante dans sa vie. Tout avait tourné autour de lui et de leur Prochaine Étape. Mais maintenant, une nouvelle vie s'offrait à elle. Elle avait de nouveaux amis, de bons amis, et elle faisait partie d'une communauté.

Mia essaya de se détendre, mais elle n'arrivait pas à s'endormir. Elle essaya de lire un livre, mais ses pensées revenaient sans cesse sur l'enquête et sur la nuit de la mort de Dutch Brown. La façon dont il les avait conduits, elle et Johnny, en haut des escaliers et dans cette petite pièce où le livre était tombé, lui restait en mémoire. Qu'est-ce qu'elle ratait ? Puis, soudain, elle se redressa. Pourquoi ce livre était-il tombé ? Après les cris d'Elsa, elle n'y était jamais retournée pour enquêter.

Comment un livre aussi lourd pouvait-il tomber tout seul de l'étagère ? Il n'y avait qu'un seul moyen de le savoir.

Elle se débarrassa de ses couvertures et s'habilla. Cette fois-ci, elle choisit soigneusement sa tenue. Leggings et sweat à capuche noirs, ainsi elle se fondrait facilement dans la pénombre. Elle attrapa son kit de chasse aux fantômes et prit une lampe de poche tactique. Puis elle mit son téléphone dans sa poche et se faufila avec précaution hors de l'appartement, dans les escaliers, puis dans l'obscurité.

***

C'était le beau milieu de la nuit. Tout était fermé, même les clubs. Mia se déplaçait dans les rues comme une ombre. Elle arriva devant la même entrée où elle était entrée par effraction, la nuit où Dutch Brown était mort. Tout autour du bâtiment, le ruban jaune de la police était encore visible. Mia se glissa sous le ruban et passa soigneusement sa main à travers la vitre brisée. Elle déverrouilla le loquet de la fenêtre et fit glisser la fenêtre vers le haut. Elle se glissa à l'intérieur sans faire de bruit. L'auberge était plongée dans le noir, il n'y avait aucun bruit. Le verre brisé avait été nettoyé. Mia sortit sa lampe de poche et se dirigea avec précaution vers le palier, en grimpant les marches sans faire de bruit. Elle retraça le chemin qu'ils avaient pris le soir du podcast. Puis elle entra dans la petite pièce et trouva la bibliothèque. Elle regarda le sol et aperçut le livre qui était tombé, il n'avait pas bougé. Elle se tourna vers l'étagère et tint sa lampe de poche vers le haut. Voilà l'endroit où le livre était rangé. Elle inspecta l'espace vide. Rien. Comment ce livre avait-il pu tomber si brusquement ? Lentement, elle passa sa main sur le bord de l'étagère, puis sous l'étagère. Rien. Elle glissa ses doigts dans l'espace. La bibliothèque était profonde, elle parcourut la profondeur à l'aveugle, puis atteignit le fond. Avec précaution, comme si elle lisait le braille, elle rechercha toute irrégularité sur la surface. Soudain, elle sentit quelque chose tout au fond, un petit morceau de métal. Elle sortit son téléphone de sa poche, le fit passer dans l'espace et prit une photo. Puis elle tint l'objet métallique pointu entre le pouce et l'index et le poussa d'avant en arrière jusqu'à réussir à le faire sortir. Elle le tint fermement dans sa main tout retirant son bras, en faisant attention à ne pas le faire tomber. Elle ouvrit sa main. Dans sa paume, se trouvait un petit mécanisme. Il y avait une tige mécanique avec un levier à ressort fixé à une carte de circuit imprimé et deux piles. De petits fils conduisaient jusqu'au bord de l'étagère où se trouvait un tout petit point saillant. *Qu'est-ce que c'est que ça ? Est-ce ainsi que Dutch a fait tomber le livre ?* Elle avait besoin de ramener ce matériel à Sylvie.

Puis elle entendit quelque chose. Au-dessus d'elle, le plafond grinça. Elle leva les yeux. Le plafond gémit à nouveau, comme si quelque chose marchait au-dessus d'elle dans le grenier. Un frisson lui traversa le corps. Y avait-il quelqu'un d'autre dans le bâtiment ? La peur s'empara d'elle. Lentement, elle sortit de la pièce.

Mia tourna le faisceau de sa lampe de poche en direction de la porte du grenier. Elle se sentait déchirée entre l'envie de prendre ses jambes à son cou et de découvrir ce qui provoquait ce bruit. Le bruit retentit à nouveau, comme un poids sur le plafond qui se déplaçait, qui bougeait, agité. Malgré sa peur, elle remonta l'escalier sombre. Que s'était-il passé quand elle était dans le grenier avec Johnny ? Était-ce un autre tour ? Y avait-il d'autres mécanismes cachés ? Son cœur battait la chamade alors qu'elle marchait doucement vers la porte du grenier. Tout dans son corps et son esprit lui disait de s'enfuir, mais elle avait toujours été fière d'être un être de logique et de raison.

Pas à pas, sans faire de bruit, elle se dirigea vers la porte. Il régnait un silence de mort. Elle tendit l'oreille, mais elle ne perçut aucun bruit. Elle tendit la main et tourna lentement la poignée. C'était de là d'où venaient les bruits, les pas incessants, le mouvement agité, tout venait de là. La peur l'étouffa alors qu'elle ouvrait la porte. La pièce était plongée dans un noir complet.

Mia franchit le seuil et éclaira la pièce avec sa lampe de poche. De l'autre côté du grenier, se tenait une femme qui tournait le dos à Mia et regardait la mer par la fenêtre. Presque translucide, comme un nuage de fumée sous forme humaine, elle était vêtue de vêtements d'un autre siècle. Lentement, la silhouette commença à se retourner. Il y avait des bandes sombres autour de sa gorge, où la corde avait entaillé son cou lorsqu'elle s'était pendue à un chevron du grenier. La respiration de Mia se coinça dans sa gorge alors qu'elle haletait et bégayait : « M-Molly S-Sutcliffe ? »

Une puissante bouffée de vent souffla à travers la pièce et repoussa Mia au-delà du seuil. Elle heurta le mur du couloir et tomba au sol. Elle ralluma sa lampe juste au moment où la porte se refermait d'un coup. Sans réfléchir, elle se remit péniblement debout et poussée par la peur et l'adrénaline, elle dévala les marches aussi vite que possible, le faisceau de la lampe de poche dansant devant elle.

En arrivant à la dernière marche, elle entendit un autre son. La porte d'entrée trembla et s'ouvrit. Elle éteignit sa lampe de poche et s'appuya contre le mur tandis qu'une silhouette solitaire entrait doucement dans l'auberge.

Qui cela pouvait-il être ? Était-ce le tueur qui revenait sur la scène du crime ? Essayait-il de se débarrasser d'une preuve qui avait été oubliée ? Serait-ce Graham ou Vicki Carlyle ou pire ?

Sa respiration était encore rapide à cause de sa frayeur. Elle s'efforça de la ralentir tout en étant à l'affût du moindre indice sur l'identité de l'intrus. Elle entendit de légers bruits de pas dans l'entrée principale où le lustre était tombé sur Dutch Brown. Lentement, Mia se faufila jusqu'au mur opposé, en essayant de rester aussi silencieuse que possible.

Si seulement elle arrivait à retourner là où elle était entrée et se glisser dehors.

Elle entendit les pas s'éloigner et décida de prendre le risque. Elle marcha sur la pointe des pieds. La fenêtre où elle s'était glissée à l'intérieur était encore ouverte. Elle s'apprêtait à s'élancer vers la fenêtre lorsqu'une silhouette sombre s'avança sur elle. Une lumière vive lui éclaira le visage.

— Mia Bold ? Que faites-vous ici ? On dirait que vous avez vu un fantôme.

La lumière l'aveuglait mais elle reconnut la voix de l'inspecteur Landry.

— Je…j'étais juste... bégaya-t-elle en clignant des yeux.

Pendant un court instant, elle pensa lui raconter ce qu'elle venait de voir à l'étage, mais quelque chose lui intima de se taire.

— Je vérifiais juste une théorie, dit-elle.

— Quelle théorie ? Histoire d'avoir l'air encore plus suspecte, dit Landry. C'est la deuxième fois que vous entrez par effraction sur la scène du crime.

— Je sais que ce n'est pas bon, inspecteur, dit Mia, tremblante.

Bien que surprise de tomber sur l'inspecteur Landry, elle était bien plus bouleversée par ce qu'elle avait vu dans le grenier. Bizarrement, elle se sentait presque soulagée de lui parler. Au moins, il était vivant et sûr. Elle s'appuya contre le mur et ferma les yeux, reprenant son souffle.

— Sérieusement, Mlle Bold, que faites-vous ici ? dit Landry, en l'inspectant de ses yeux gris et froids.

— J'ai trouvé quelque chose, dit Mia en lui tendant l'émetteur.

Landry le lui arracha de la main et le fit tourner sous la lumière de sa lampe de poche. Puis il la regarda avec une expression sévère.

— Il s'agit un module récepteur infrarouge. Où l'avez-vous trouvé ?

— À l'étage. Je pense que quelqu'un l'a utilisé pour truquer la bibliothèque et faire tomber un livre de l'étagère. Malgré le montage du podcast qu'on vous a donné, Dutch a simulé la première apparition, celle de la petite fille victorienne. Il y a un livre là-haut sur le sol, avec la photo d'une fille victorienne, qui appartenait à Billy Cranston.

— Le propriétaire du Lièvre Ivre ? Je lui ai parlé hier.

— Avez-vous aussi parlé à Nelly Blythe ? demanda Mia.

— En effet, et à Vicki Carlyle. En fait, partout où je suis allé, vous avez été là avant, Mlle Bold. Si vous étiez coupable, je ne pense pas que vous passeriez votre temps à suivre les mêmes pistes que moi.

— Eh bien, c'est un soulagement, souffla Mia. Vous êtes plutôt intimidant.

— Ce qui nous amène à la raison pour laquelle je suis ici, dit Landry en faisant signe à Mia de le suivre.

Ils retournèrent dans l'entrée où le lustre était tombé. Il pointa le faisceau de sa lampe de poche sur la rosace où la poudre noire avait taché le plafond.

— La police scientifique a trouvé un autre module de réception infrarouge caché dans la base du lustre.

— Alors qui a déclenché la charge ? demanda Mia.

— C'est là toute la question, dit Landry en se promenant dans la pièce, fouillant les coins avec sa lampe de poche.

— Que cherchez-vous ? dit Mia.

— Il devrait y avoir un mécanisme quelque part ici qui a été utilisé pour déclencher le module de réception. On a cherché sur le corps de Dutch Brown mais on n'a rien trouvé.

— À cela ressemble-t-il ? dit Mia.

— Probablement une télécommande. Elles sont généralement simples avec juste quelques boutons.

Mia cria de surprise. Soudain, elle se souvint de ce qu'elle avait vu dans le tiroir du bureau de Graham.

— Inspecteur ? Je pense que je sais qui a fait ça, dit Mia. Si vous me donnez une chance et me rendez ce récepteur, je peux le prouver.

CHAPITRE VINGT-HUIT

C'était une journée morne et nuageuse à Salem. Mia prit place dans son Uber. Elle était déjà en retard pour la réunion, à dessein. Avant de se rendre au petit-déjeuner de travail organisé par Johnny, elle devait faire une halte quelque part et elle voulait être sûre que personne ne la dérangerait. Le chauffeur s'arrêta devant les bureaux de *Cloche, Livre et Bougie*.

— Attendez-moi ici, je n'en ai que pour une seconde, dit-elle et elle disparut à l'intérieur.

Elle se rendit au bureau de Graham et ouvrit le tiroir. À l'intérieur, se trouvait la télécommande, la même qu'elle avait trouvé le jour où elles avaient volé les dossiers de l'émission. Elle la ramassa soigneusement à l'aide d'un sac en plastique, qu'elle scella avant de le mettre dans son sac. Puis elle retourna en courant vers la voiture et lut l'adresse sur son téléphone au conducteur, qui avait l'âge d'un étudiant de première année universitaire.

Elle profita que l'Uber fut coincé dans la circulation pour vérifier quelque chose qui la titillait. Elle ouvrit un moteur de recherche sur son téléphone. Veronica Esposito avait mentionné les studios Jerry Dunstable. Elle tapa le nom et un site web s'afficha. Il y avait des produits à vendre. Elle parcourut les pages et s'exclama. Elle envoya le lien à l'inspecteur Landry et remit son téléphone dans son sac. *J'aurais dû le savoir*, pensa-t-elle.

La voiture s'arrêta devant le restaurant et Mia posa le pied sur le trottoir.

À travers les grandes fenêtres, elle vit que l'équipe était déjà installée à une grande table. Ollie et Graham étaient assis aux deux extrémités ; Jake et Will bavardaient au centre. Johnny et Sylvie lui signe firent d'entrer et elle les rejoignit. Mia regarda avec horreur le survêtement rayé vert citron et orange de Graham Stone.

Après avoir commandé le petit-déjeuner, Johnny se leva et fit tinter son verre à l'aide d'un couteau pour attirer l'attention.

— Comme cela pourrait être notre dernier petit déjeuner ensemble, annonça Johnny de façon dramatique, j'aimerais porter un toast.

— Quoi ? Pourquoi ? dit Will, surpris. Que s'est-il passé ?

— La nuit dernière, la police nous a ordonné d'arrêter l'émission.

— Johnny a raison, nos annonceurs retirent déjà leur parrainage, confirma Ollie Cooper.

— Il y a un moyen facile de régler ça, dit Mia, en prenant une bouchée de son omelette.

— Comment ? dit Sylvie.

Ollie Cooper la regarda avec curiosité.

— En découvrant qui a tué Dutch Brown.

Mia posa sa fourchette et fixa Graham Stone.

Avec précaution, elle ouvrit son sac, sortit le module de réception infrarouge et le posa sur la table. Johnny renonça à son toast et s'assit.

— Hé, où as-tu trouvé ça, Mia ? dit Jake. C'est pour les effets spéciaux.

— C'est vrai, Jake. C'est un module de réception infrarouge. C'est un petit appareil plutôt cool. Vous utilisez une télécommande pour envoyer un signal et déclencher une action. As-tu déjà vu un de ces appareils, Graham ?

Graham la regarda avec terreur. Sa peau avait commencé à prendre une teinte gris cendré. Il hocha la tête d'avant en arrière.

— Je ne crois pas, dit-il en secouant la tête.

Sylvie regarda Mia d'un air interrogateur, ne sachant pas exactement ce qu'elle mijotait.

— Ça vient des studios Jerry Dunstable, la société d'effets spéciaux pour laquelle Veronica Esposito travaille à temps partiel. Te souviens-tu de Jerry ? dit Mia, en regardant Graham dans les yeux. À Hollywood, on le surnomme Dunstable le Combustible.

— Je connais beaucoup de monde à Hollywood, rétorqua Graham.

Il commençait à transpirer abondamment.

— Je ne me souviens pas exactement, ajouta-t-il.

— Eh bien, peut-être te souviens-tu de ça ? Je l'ai pris dans ton bureau ce matin.

Mia mit la main dans son dos puis brandit un ziploc, qu'elle fit tomber sur la table. À l'intérieur se trouvait une télécommande avec deux boutons et du ruban adhésif sur le côté.

— Je l'ai déjà vu avant, dit Sylvie. Tu la gardes dans le tiroir de ton bureau.

Graham sembla sur le point d'être malade lorsque Mia pointa la télécommande en direction du module de réception infrarouge. Puis elle cliqua sur la télécommande. Un levier du module se relâcha soudainement et percuta puissamment la table, faisant trembler les verres et l'argenterie.

Ils se tournèrent tous vers Mia, confus.

— Ce dispositif a été installé dans la bibliothèque du Black Cat, leur informa Mia. Son but était de déloger un livre et de simuler l'apparition.

Mia avait capté l'attention de tout le monde mais ils avaient toujours l'air confus.

— Pensez-y. Qui parmi nous a été formé aux effets spéciaux, a fait des études d'ingénieur en mécanique, a truqué des apparitions par le passé, et connaît Jerry Dunstable, celui qui a créé ces mécanismes ?

Toute la table se tourna vers Graham Stone.

— Graham ? dit Ollie Cooper. As-tu quelque chose à voir avec l'apparition truquée au Black Cat ?

La lèvre de Graham trembla et pendant un bref instant, il sembla sur le point de s'évanouir ou de s'enfuir. Puis ses épaules s'affaissèrent, comme s'il abandonnait.

— Tout a commencé comme une farce inoffensive. Oui, j'ai aidé Dutch à truquer cette auberge. C'est moi qui ai activé le livre qui est tombé, mais une fois que Mia a vu que tout était truqué, j'ai tout stoppé. Je vous jure que j'ai tout stoppé. Tout ce qui s'est passé ensuite était vrai. Tout ce qui s'est passé dans le grenier avec Molly Sutcliffe était réel !

— Comme le lustre ? C'était bien réel, oui, dit Mia, puis elle s'expliqua. Un autre appareil comme celui-ci a été installé dans le lustre. Il était programmé pour déclencher une minuscule charge. Cette explosion a fait sauter le lustre de la chaîne et a tué Dutch Brown.

— Je vous jure que je n'ai pas tué Dutch Brown ! Pourquoi aurais-je fait ça ? Le lustre était programmé pour exploser pour les influenceurs, une fois l'entrée vide. Il était censé se balancer d'avant en arrière, pas tomber !

Le regard de Graham paraissait sauvage et désespéré.

— Mais Mia était comme un limier, donc on ne l'a jamais fait exploser !

— Si tu ne l'as pas fait exploser, c'était qui alors ? dit Mia.

— Il n'y avait pas qu'une seule télécommande, révéla Graham Stone. Dutch Brown en avait une aussi.

— Il y avait une autre télécommande ? dit Mia, déconcertée.

Soudain, une voiture de police banalisée s'arrête et se gara en double-file devant le restaurant. L'inspecteur Landry entra et s'approcha de leur table. Il tapota deux doigts sur son front en guise de salutation, puis se dirigea vers Mia et ramassa soigneusement le module infrarouge et la télécommande.

— Merci, Mlle Bold, dit-il.

Il se dirigea ensuite vers Graham et posa une main lourde sur son épaule.

— Pourriez-vous vous lever, s'il vous plaît, M. Stone ?

Graham regarda Landry, effrayé.

Landry le releva doucement de sa chaise, tira ses bras dans son dos et lui passa les menottes.

— Vous avez le droit de garder le silence, dit-il, en commençant à lui réciter ses droits. Tout ce que vous direz pourra être utilisé contre vous dans un tribunal...

— Non ! implora Graham. Je vous ai dit que je n'ai rien fait.

Il se tourna vers Mia.

— Je sais que tu crois que je n'ai aucun respect pour toi, Mia. Mais c'est faux. Tu es la meilleure enquêtrice que je connaisse, et je t'assure que je n'ai pas fait ça. Tu dois trouver qui l'a fait. Je t'en supplie. Trouve l'autre télécommande. Promets-le-moi !

— Je... je ne sais pas où chercher.

— Promets-moi que tu la trouveras, Mia. Je suis innocent. Je le jure.

— Écoutez, M. Stone. Si vous êtes innocent, nous le découvrirons d'une façon ou d'une autre. Maintenant, j'ai besoin que vous veniez au poste. Nous devons avoir une petite discussion tous les deux.

L'équipe regarda Graham être conduit à la voiture banalisée de Landry. L'inspecteur ouvrit la porte et poussa la tête de Graham vers le bas alors qu'il le faisait monter sur le siège arrière. Ils regardèrent la voiture de police banalisée disparaître en bas de la route.

Le petit déjeuner avait perdu de son attrait suite à l'arrestation de Graham, ainsi Ollie Cooper paya la facture et toute l'équipe se dirigea vers le bureau. Ils étaient encore sous le choc de la tournure que les événements avaient pris, mais ils avaient du pain sur la planche.

Ollie était comme une boule d'énergie alors qu'il gérait plusieurs tâches en même temps pour tenter de limiter les dégâts. Il parcourut la liste des annonceurs et envoya des courriels, fouilla dans les factures et les divisa en deux piles, payés et en attente de règlement. Mia et Sylvie s'affairaient à vider les bureaux qu'ils avaient à peine utilisés, tandis que Johnny était appuyé contre le mur et faisait défiler son téléphone, la tête ailleurs. Puis, Jake et Will allèrent dans la salle du matériel pour commencer à tout démonter, laissant Johnny, Mia, Sylvie et Ollie seuls.

— Eh bien, si nous étions sur le point de perdre nos annonceurs, attendez qu'ils apprennent que Graham a été arrêté pour meurtre. Ce sera vraiment le coup fatal.

Ollie grimaça à son choix de mots.

— Je ne comprends pas. Graham a toujours été ambitieux. Mais tuer le sujet de notre podcast ? Pourquoi ? Juste pour augmenter l'audience ? Il faudrait être un psychopathe pour faire ça, non ? continua-t-il.

Mia n'avait jamais vu Ollie aussi énervé. Il essayait de canaliser sa nervosité.

— Je ne pense pas que Graham soit un psychopathe, déclara Mia. Et je ne pense pas qu'il soit un tueur non plus.

Ollie s'arrêta et regarda Mia avec sympathie.

— Je suis désolé de t'avoir entraîné dans ce pétrin, vraiment. Tu as été mise dans une position terrible. Ce que je ne comprends pas, c'est pourquoi tuer Dutch ? Après tout, c'est toi qui essayais de démasquer l'apparition.

— Bien vu, dit Sylvie avec une bonne dose de sarcasme. Peut-être que c'est Mia que Graham aurait dû tuer.

— Oh mon Dieu, je ne voulais pas dire ça ! s'exclama Ollie. Pardonnez-moi ! Je ne suis pas moi-même.

Johnny leva les yeux de son téléphone et commença à faire les cent pas, devenant de plus en plus animé à mesure qu'il parlait.

— Ollie a raison, ça n'a aucun sens, dit Johnny. Pourquoi Graham aurait-il tué Dutch ? Je ne connais pas grand-chose au travail de la police, mais est-ce qu'il ne lui manquerait pas un mobile ?

Mia pensa que Johnny avait un bon argument. Même si à présent, les preuves accusaient Graham, il n'avait pas vraiment de mobile pour tuer Dutch Brown. La mort du sujet de votre podcast, ce n'était pas quelque chose qui attirait le public sur le long terme. La façon dont Graham l'avait supplié de trouver l'autre télécommande la hantait encore plus que l'apparition qu'elle avait vu la veille. Elle commençait à douter sérieusement de la culpabilité de Graham.

— Cette enquête n'est pas terminée, déclara Mia. Pas avant que nous soyons absolument sûrs que l'inspecteur Landry détienne le vrai coupable.

CHAPITRE VINGT-NEUF

En quittant les bureaux de *Cloche, Livre et Bougie*, Mia ressentit un pincement au cœur. Il était vrai que l'équipe avait à peine emménagé les lieux, mais ils étaient symboliques. L'échange d'idées et les lectures croisées de scripts allaient lui manquer. Tout comme l'amitié et la camaraderie. À son ancien poste au laboratoire, tout était très professionnel et stérile, tandis qu'au sein de cette équipe hétéroclite, elle avait eu l'impression de construire quelque chose à partir de rien, quelque chose de merveilleux.

Même si Mia était soulagée de ne plus être suspecte, la voix de Graham continuait à résonner dans ses oreilles. Le regard qu'il avait eu quand il l'avait suppliée de mener l'enquête. Le fait qu'il avait admis avoir mis en scène l'apparition, mais avait insisté qu'il n'avait pas tué Dutch. Cela avait touché un point sensible. Elle n'avait jamais aimé Graham, mais le voir effrayé et piégé sans personne pour l'aider lui était insupportable.

Et s'il était réellement innocent ?

Devant elle, elle aperçut l'auvent rayé noir et crème du Café Noir.

Elle pensa à Hugh Wolfe, son charmant propriétaire, et elle éprouva un soupçon de regret. Elle avait voulu apprendre à le connaître, mais elle n'avait cessé de repousser ce projet à plus tard. Son avenir à Salem était désormais compromis. Sans source de revenus, elle n'avait pas d'autre choix que de rentrer chez elle et de s'installer chez sa mère et Daniel pendant qu'elle réfléchissait à ce qu'elle ferait ensuite.

Je ne le reverrai peut-être plus jamais après aujourd'hui. Elle décida d'entrer et de voir s'il était là. Elle voulait lui dire au revoir. Le rencontrer avait été l'un des moments les plus heureux de son séjour à Salem.

Lorsqu'elle pénétra dans l'établissement, l'atmosphère était calme. Hugh était posté derrière le comptoir, occupé à hacher des légumes au rythme d'un staccato. Il était si concentré sur sa tâche qu'il ne la remarqua pas. Mais Mia n'avait pas de temps à perdre. Elle s'approcha du comptoir et l'interrompit.

— Salut, l'étranger, dit-elle en souriant.

Il leva les yeux et la vit. Aussitôt, son visage se mua en sourire chaleureux. Elle avait oublié à quel point il était beau et robuste. Elle se sentit rougir.

— Salut, Mia. Je suis content de te voir sur pied après ce qui s'est passé avec Dutch.

Il sortit de derrière le bar et tira un tabouret pour qu'elle puisse s'asseoir.

— Merci, dit Mia.

— Il y a un enterrement ce week-end. Je me suis porté volontaire pour faire le traiteur.

— C'est adorable de ta part. Je me sens très mal pour ce qui s'est passé. Au début, je pensais que Salem portait malchance, mais je commence à croire que ça vient de moi.

— Pourquoi penses-tu cela ?

— Eh bien, d'abord, notre émission est finie.

— Pourquoi ? dit Hugh, soucieux.

— La police nous a fait retirer le premier épisode. D'ici une semaine environ, nous aurons perdu tous non annonceurs.

— Eh bien, juste pour que tu ne penses pas porter la poisse, je vais te préparer un café porte-bonheur.

Hugh disparut derrière le comptoir. Les baristas s'écartèrent pour le laisser travailler, et comme un magicien créant une potion magique, il manipula habilement les commandes de la machine à cappuccino. Mia le regarda extraire le café, puis verser avec précaution une mousse de lait soyeuse et onctueuse sur la préparation. Elle se sentit incroyablement nerveuse lorsqu'elle le vit revenir avec deux tasses. Avait-il l'intention de l'accompagner ? L'arôme de café flotta délicieusement dans l'air alors qu'il posait les cappuccinos sur le comptoir. Mia fut ébahie de constater que Hugh avait créé un motif complexe de feuille sur la mousse de lait.

— Comment as-tu fait cela ?

— J'ai suivi pendant un semestre des cours à l'Académie du café à Paris quand j'étudiais à l'École de cuisine d'Alain Ducasse. Je voulais ramener un peu de culture française authentique dans ma ville natale. Salem peut être un peu traditionnelle.

Mia goûta le café, la saveur était incroyable. La saveur riche et sensuelle du café était compensée par la délicate mousse crémeuse et sucrée.

— Mmmmm. Délicieux, savoura Mia. Je suppose que la cuisine est un peu comme la chimie.

— C'est vrai. Il faudra que je te fasse visiter la cuisine un de ces jours.

— Ce serait adorable. Malheureusement, il faudra que ce soit bientôt. Je ne pense pas que je vais rester ici longtemps.

Ils dégustèrent leur café en silence. Une étrange réticence s'était emparée d'eux, comme quand on passe un moment merveilleux et qu'on ne veut pas qu'il prenne fin. Mia rougit à nouveau, douloureusement consciente de son attirance pour Hugh. Il y avait quelque chose de raffiné et d'élégant chez cet homme, même s'il avait un côté chaleureux et terre-à-terre. En pensant à son départ, il lui manquait déjà, tout comme l'opportunité d'apprendre à le connaître.

— Je peux te montrer quelque chose ? dit Hugh, en se levant.

— Bien sûr. Mais ton personnel ? N'ont-ils pas besoin de toi ?

— Ils peuvent gérer. Qui plus est, c'est moi le patron.

Hugh la conduisit dans un couloir calme derrière le bar. Les boiseries étaient recouvertes de tableaux encadrés, certains très anciens et tous de Salem.

— Peut-être que si tu vois Salem comme je la vois, tu envisageras de rester.

Mia se promena le long du couloir, laissant délicatement traîner ses doigts sur les cadres en bois. Les photos avaient été disposées chronologiquement, des plus anciennes aux plus récentes. Il y avait la rue Essex au siècle dernier, non pavée, avec les petits bâtiments de bois et de brique qui bordaient la rue de chaque côté. Les photos passaient du noir et blanc à la couleur et on voyait l'évolution de la mode, mais la ville elle-même était intemporelle. Elle s'arrêta devant une photo en couleur du Lièvre Ivre.

— Est-ce le Lièvre Ivre ? L'auberge de Billy Cranston ?

— Oui, confirma Hugh. Et ça, c'est l'auberge du Black Cat.

Mia s'approcha de la photo et l'étudia.

— Serait-ce Elizabeth Montgomery ? demanda Mia. L'actrice ?

— Oui. C'était probablement avant ta génération, mais il existait cette série télévisée qui s'appelait *Ma Sorcière Bien-Aimée*. En 1970, ils sont venus filmer ici même à Salem un célèbre épisode en deux parties, appelé la « Saga de Salem ». Est-ce que tu as vu la statue de la sorcière sur la place ?

— Tu parles de la femme sur un balai devant la lune ?

— Oui, celle-là. C'est l'actrice de *Ma Sorcière Bien-Aimée*. C'est une vraie attraction touristique. Les gens font la queue pour se faire prendre en photo près de la statue. C'est un peu comme du taureau de la bourse de New York made in Salem.

— Mais qu'est-ce que faisait Elizabeth Montgomery au Black Cat ?

— Ils ont filmé *à* l'auberge. C'était assez dément.

— Je n'ai jamais vu ce genre de photos là-bas. C'est pourtant une excellente publicité. J'aurais pensé que Dutch aurait affiché une photo comme celle-ci bien en évidence.

Mia regarda de plus près la photo de la belle actrice se tenant devant l'auberge du Black Cat, le bras posé sur un homme qu'elle n'avait jamais vu auparavant.

— Ce n'est pas Dutch Brown, dit Mia. Qui est l'homme de la photo ?

— C'est Henry Leach, le propriétaire précédent.

Mia regarda de plus près. L'homme lui semblait familier. Il avait les cheveux courts et le visage brûlé par le vent. Où l'avait-elle déjà vu ? Soudain, elle se rappela. Il s'agissait de l'homme qui l'avait interpelée son premier jour en ville, près de la Maison aux sept pignons.

— Je le connais, dit-elle, stupéfaite. Je l'ai vu un jour près du port.

— Qui ça, Henry ? C'est un sacré personnage. Il avait un bateau à Hawthorne Cove.

— Il continue d'aller jouer aux fléchettes au Black Cat. Pourquoi a-t-il vendu ?

— Si je me souviens bien, la propriété a été condamnée. La famille Leach a été propriétaire de l'auberge pendant trente ans. Puis Dutch est arrivé, l'a achetée pour une bouchée de pain, et l'a rénovée. Pour une raison que j'ignore, Henry tenait Dutch pour responsable.

L'esprit de Mia commença à se mettre en marche, comme une horloge. Elle sortit son téléphone et saisit le lien des archives numériques de Salem. Puis elle saisit l'adresse du Black Cat.

Une série de documents s'afficha sur son écran, dont l'acte de propriété original que Henry Leach avait signé en faveur de Dutch Brown. La liste des documents qui suivaient racontait une sombre histoire.

— Regarde ça, dit Mia en brandissant son téléphone. Avant qu'Henry ne vende sa propriété à Dutch, la ville a signalé plusieurs infractions : tuiles, plomberie, murs de soutènement, câblage, maçonnerie et réparation des fondations.

— Cela devait coûter une fortune ! s'exclama Hugh. Aucune petite entreprise n'aurait pu se permettre de telles dépenses.

Mia fit défiler la liste des documents.

— Il y a ici des lettres d'Henry, accusant Dutch de sabotage, dit Mia. Le groupe de travail pour l'amélioration du quartier s'est impliqué. Tout comme la Société historique de Salem. Après qu'Henry ait raté ses échéances, la ville a condamné l'auberge.

— Donc Henry Leach a été forcé de vendre, dit Hugh, stupéfait. Tu es une sacrée détective.

Elle se tourna vers Hugh et lui fit un grand sourire. Puis elle le prit dans ses bras et l'embrassa sur la joue.

— Merci, dit-elle. Tu ne t'en rends peut-être pas compte, mais il se pourrait bien que *tout* soit résolu grâce à toi.

Hugh lui sourit en retour, tout penaud. Mia crut le voir légèrement rougir.

Alors qu'elle sortait du Café Noir, elle composa le numéro de Sylvie.

— Qu'est-ce que tu dirais de te faire passer pour une photographe ? dit Mia.

— Je suis partante, qu'est-ce qu'il se passe ?

— Je crois que j'ai trouvé l'ennemi juré de Dutch Brown. Il s'appelle Henry Leach et je dois lui rendre visite.

CHAPITRE TRENTE

Mia et Sylvie roulèrent en voiture sur White Street jusqu'à la marina de Hawthorne Cove. Le port se trouvait à quelques pâtés de maison de la rue Essex, en plein cœur de la ville. *C'est étrange*, pensa-t-elle. *L'enquête me mène à un pâté de maisons de la Maison aux sept pignons, mon premier arrêt en arrivant à Salem.* La boucle était bouclée.

Le trajet en voiture se fit dans le silence. Sur le siège passager, Sylvie feuilletait les documents que Mia venait de récupérer dans le bureau de l'expert, tandis que Mia restait perdue dans ses pensées. Elle pensait à Graham Stone, interrogé par l'inspecteur Landry. Elle avait été dans cette position et savait combien il pouvait être effrayant d'affronter Landry et son esprit acéré. Graham était un égocentrique sans aucune morale, mais elle savait au fond de ses tripes qu'il n'était pas coupable et elle ne pouvait permettre qu'un innocent soit jeté en prison.

Mia manœuvra la vieille Toyota dans le parking d'une communauté maritime qui surplombait la mer agitée. Au sud-est se trouvaient de vieilles maisons en bois situées sur des falaises herbeuses au-dessus d'une côte rocheuse. Au nord-ouest, il y avait une centrale électrique. Elle gara la voiture et Sylvie leva finalement les yeux de sa lecture.

— Donc ce type, Henry Leach, a été mis en faillite par Dutch Brown ? dit Sylvie.

— On dirait bien, dit Mia. Chaque histoire a toujours deux versions, mais…

— …on ne peut pas vraiment demander à Dutch, termina Sylvie. Mais encore une fois, c'est Salem. On devrait peut-être aller voir cette sorcière blanche que tu as rencontrée, Hazel.

Mia rit. On pouvait toujours compter sur Sylvie pour détendre l'atmosphère.

— Avant d'essayer d'entrer en contact avec l'autre côté, je pense que l'on devrait découvrir ce que sait Henry Leach.

— Tu crois vraiment qu'il va cracher le morceau ?

— Non, c'est pourquoi nous allons faire semblant d'être des journalistes. Tu es ma photographe, compris ?

— Compris, dit Sylvie en souriant. Qu'est-ce qu'on cherche exactement ?

— Je ne sais pas trop. Henry Leach connaît une facette de Dutch Brown qui pourrait nous éclairer sur son meurtre. Gardes l'œil ouvert pour tout ce qui pourrait être utile et sur tout ce qui semble suspect, bien sûr.

— Compris.

Sylvie fit une pause.

— Penses-tu réellement que ce type aurait pu tuer Dutch ?

— Passer de la rancune au meurtre, ça semble un peu tiré par les cheveux, dit Mia. Mais on ne sait jamais. C'est pourquoi il faut qu'on lui parle, voir comment il est.

— Tu penses vraiment que Graham risque de finir en prison ?

— Peut-être, à moins qu'on agisse avant, dit Mia.

En sortant de la voiture, Sylvie claqua la porte pour la fermer, ce qui la fit grincer. Elle lança un regarde accusateur à Mia.

— Nous sommes arrivées à bon port, oui ou non ? dit Mia et elle haussa les épaules. Elle mit ses Ray Bans et glissa son cahier et son stylo dans sa poche arrière.

Une série de pontons blanchis par le soleil s'étendaient sur l'eau avec environ quatre-vingt bateaux amarrés à eux. Alors que les ombres de l'après-midi s'allongeaient, le ciel était devenu gris acier et l'eau, vert sombre. La mer était remplie de bateaux, leurs voiles nettes caressées par le vent salé qui tranchait l'eau en vagues agitées. Elles se rendirent dans le bureau du port, où un adolescent bronzé aux membres longs était occupé à regarder son téléphone.

— Pourriez-vous nous indiquer où trouver Henry Leach ? dit Mia.

— Son bateau est tout au bout. Il s'appelle *Bayou Bleu* , dit-il en montrant une cale sur l'un des pontons flottants en bois.

Les jeunes femmes passèrent à côté de bateaux à voile et de hors-bords portant des noms comme *Vieille sorcière de mer* et *Excelsior*. Au bout du ponton, elles arrivèrent face à un vieux chalutier à double pont, aménagé comme une péniche. Le lettrage bleu et blanc était si délavé qu'elles pouvaient à peine déchiffrer le nom, *Bayou Bleu*.

— On y est, dit Mia.

— Il faudrait repeindre tout ça, fit remarquer Sylvie, en regardant le bateau à travers ses lunettes de soleil rondes à effet miroir.

Un homme monta sur le pont. Il avait les cheveux gris, le visage buriné et des bras forts. Il avait l'air d'un homme habitué à travailler dur et qu'il ne fallait pas chercher. Il versa un seau contenant du liquide sur le côté du bateau et sembla jouer avec des cordes. Puis il se tourna vers Mia et Sylvie, qui se tenaient devant la passerelle.

— Henry Leach ? dit Mia en souriant.

— Qui le demande ? dit-il avec un fort accent du Massachusetts.

Il plissa les yeux, méfiant.

— Je m'appelle Mia Bold. Je suis journaliste au *Salem Patch*. Voici ma photographe, Sylvie Payne. Nous aimerions parler de la « Saga de Salem ».

— La quoi ? dit-il d'un ton indigné.

— L'épisode de la série télévisée *Ma Sorcière Bien-Aimée*. Ils l'ont filmé au Black Cat quand vous étiez le propriétaire dans les années soixante-dix.

Mia crut déceler de la douleur dans le regard d'Henry Leach.

— Cette série sur les sorcières ? dit-il. Pourquoi voulez-vous parler de ça ?

Sa peau était craquelée comme un alligator et ses lèvres étaient gercées. Le vent avait gravé un air renfrogné permanent sur son visage. Elle pensa qu'il allait les rejeter sur le champ, mais il se contenta de les fixer. Mia sourit et essaya d'agir avec la plus grande légèreté possible.

— Le *Patch* fait une rétrospective des années soixante-dix. Cette série est l'une des plus grandes choses qui soit jamais arrivée à Salem et vous en avez fait partie.

Henry Leach se tenait sur le pont alors que le bateau se balançait doucement. Il fronça les sourcils pendant un moment, puis il haussa les épaules et leur fit signe de monter à bord.

— Très bien, pourquoi pas ?

Il se retourna et descendit du pont. Mia et Sylvie le suivirent en bas des marches raides, jusqu'à la salle de séjour. Le chalutier était étonnamment spacieux à l'intérieur. La petite cabine avait un coin cuisine avec un grand réfrigérateur et un coin salon confortable. Les murs étaient recouverts de cannes à pêche et de divers outils.

Henry montra du doigt l'alcôve et elles se glissèrent sur des sièges en vinyle collant.

— Voulez-vous une bière ? demanda Henry.

— Pas pour moi, merci, dit Mia.

— Bien sûr, pourquoi pas ? dit Sylvie.

Mia regarda Sylvie. *Vraiment ? Maintenant ?*

Henry plaça une canette de bière devant Sylvie et une canette de Coca devant Mia.

— Je suppose que vous voulez que je vous parle de cette Elizabeth Montgomery ? C'était une fille populaire. La plus jolie fille que j'aie jamais vue.

Il ouvrit un tiroir, fouilla à l'intérieur et en ressortit un dossier. À l'intérieur, se trouvaient des photos de l'actrice entourée par une foule en adoration. Mia regarda les photos et les montra à Sylvie. Puis elle sortit son téléphone et montra à Henry Leach la photo de lui et Elizabeth à l'extérieur de la vieille auberge.

— Pouvez-vous nous parler de cette journée ?

— Bien sûr, répondit Henry. D'abord, quelqu'un est venu repérer les lieux. Ils voulaient prendre des photos à l'intérieur. Vous pouvez imaginer à quel point j'étais surpris. Pourquoi pas, je leur ai dit. Une heure plus tard, Lizzie est arrivée.

— Lizzie ?

— C'est comme ça qu'elle m'a dit de l'appeler, dit Henry. Elle a dit, mes amis m'appellent Lizzie. Je n'aimais pas beaucoup ces gens d'Hollywood. Mais Lizzie était une vraie dame. Et après ça, les gens sont venus à l'auberge juste pour voir où ils avaient filmé.

— Supers détails ! dit Mia, en griffonnant furieusement sur son bloc de papier.

— Mmm-hmmm, dit Sylvie, en sirotant sa bière.

Elles écoutèrent Henry leur raconter sa rencontre avec l'icône des années soixante-dix. Il raconta en détail chaque journée de tournage, comme s'il n'avait eu personne à qui parler depuis des années. Lorsqu'il arriva finalement au terme de son récit, Mia s'empressa de faire une suggestion.

— Savez-vous ce qui serait génial ? dit Mia. On pourrait vous prendre en photo sur le pont tant qu'il y a encore de la lumière. Avec la mer derrière vous et le nom du bateau ?

— Allez, Henry, dit Sylvie. Mia, tu devrais finir tes notes, on revient tout de suite.

Henry suivit Sylvie en haut des marches. Dès qu'ils furent partis, Mia se glissa hors de l'alcôve et commença à regarder dans la cabine. Elle ouvrit soigneusement les tiroirs et les étagères, fouillant dans les armoires de cuisine et les placards. Elle ne savait pas ce qu'elle cherchait. Mais elle savait que ce serait sa seule chance de fouiner. Dehors, elle pouvait entendre Sylvie lui donner des instructions.

— Reculez un peu plus loin. Ok, par-là, disait Sylvie.

— Je ne pensais pas que les journaux utilisaient des caméras de téléphone, dit Henry.

— Je pourrais diriger un vaisseau spatial à partir de ce téléphone, rétorqua Sylvie.

Mia commençait à désespérer. Il n'y avait rien d'autre que du matériel de pêche et des magazines de bateaux. Elle commençait à se sentir idiote. Que s'était-elle attendue à trouver ? Une cible de fléchettes avec une photo de Dutch Brown ? Un calendrier avec la mention "tuer mon rival" ? Rien n'indiquait qu'Henry s'était approché du Black Cat depuis qu'il l'avait vendu à Dutch Brown. Aucun signe qu'il avait même pensé à lui.

Puis, dans le coin, quelque chose attira son attention : un sac poubelle noir fermé, posé au bas des marches, comme pour être jeté à la poubelle. Elle le dénoua avec précaution et regarda à l'intérieur. Un nuage de poussière de plâtre s'éleva dans l'air. Son cœur commença à battre plus vite. Le sac était rempli de vêtements froissés, elle les poussa sur le côté. Au fond, elle trouva quelque chose qu'elle reconnût. Le plastique était fissuré en deux et il manquait la partie inférieure. Mais il s'agissait clairement des restes d'une télécommande à deux boutons, exactement le même modèle que celui qu'elle avait trouvé dans le bureau de Graham. Mia sortit son téléphone et prit une photo. Puis, nerveusement, elle envoya la photo à l'inspecteur Landry.

Deuxième télécommande trouvée
Henry Leach, ancien propriétaire de l'auberge.
La marina Hawthorne, vite !

Mia réalisa qu'elles étaient en grand danger. Le seul moyen pour Henry Leach d'avoir la télécommande était d'avoir été là quand Dutch Brown était mort. Et qu'il ait ou non tué Dutch, il avait pris la télécommande et effacé ses empreintes de la scène du crime. Et on aurait dit qu'il allait se débarrasser des preuves. Ce n'était pas vraiment le comportement d'un innocent.

Soudain, des pas lourds firent tanguer le bateau. Mia se précipita vers la table et se glissa dans le siège en vinyle au moment même où Henry Leach entrait dans la cabine.

— Comment ça s'est passé ? dit Mia.

— J'ai pris de superbes photos, dit Sylvie.

— Je pense qu'on a tout ce qu'il nous faut, dit Mia et elle se leva. Oh, encore une chose, Henry. Quels sont vos endroits préférés à Salem ?

— Mes endroits préférés ? demanda-t-il.

Sylvie semblait aussi perplexe qu'Henry Leach mais Mia savait que trouver la télécommande ne suffisait pas. Qu'arriverait-il s'il la jetait avant que Landry ne puisse obtenir un mandat de perquisition ? Avait-il prévu de sortir le chalutier et de jeter ce sac par-dessus bord ? Si elle pouvait le faire parler à nouveau, il pourrait faire une erreur. Au moins, ça leur ferait gagner du temps.

— Je veux dire, les endroits où vous faites vos courses, où vous allez manger. Vous êtes installés ici depuis longtemps. Je pense que cela intéresserait nos lecteurs, dit Mia.

— Oh oui, certainement, appuya Sylvie.

— Eh bien, je n'aime pas ces pièges à touristes sur la rue Essex, je n'ai rien contre le vieux Tom Hatter, bien sûr. Il faut bien gagner sa vie...

Mia et Sylvie hochèrent la tête de manière encourageante.

— La Taverne du Village a de la bonne nourriture simple. J'aime le faux-filet.

Mia détourna rapidement le regard pour qu'Henry Leach ne voie pas sa réaction. La Taverne du Village était le même endroit où Graham s'était rendu la nuit où Dutch avait été tué. Là où il avait mangé un steak. Là où des vieillards qui sentaient le poisson l'avaient rudoyé.

— Vraiment ? Il faudra que j'essaie. Mais y êtes-vous allé récemment ? demanda Mia sur un ton léger. J'ai entendu dire qu'ils avaient changé leur carte...

— Non, pas à la Taverne, dit Henry. La dernière fois que j'y suis allé...

Soudain, son corps se raidit et sa tête s'inclina légèrement. Puis il fit claquer sa main sur la table. Son comportement bourru mais amical se transforma en rage bouillonnante.

— Vous n'êtes pas ici pour parler de Lizzie, n'est-ce pas ? siffla-t-il.

— Bien sûr que si, dit Mia, craignant être allée trop loin.

Henry Leach regarda autour de la pièce. Puis il aperçut le sac dont la fermeture était desserrée.

Son visage devint bouffi et rouge.

— Vous avez fouiné, dit Henry Leach. Qu'est-ce qui vous a réellement amenées ici ?

Il se tourna vers le mur et attrapa un lourd crochet en acier. Le métal pointu et incurvé scintillait de façon inquiétante alors qu'il le tenait à la lumière. Mia sentit les poils se dresser sur ses bras.

Les yeux d'Henry Leach semblaient devenir noirs de rage. Il frappa le crochet contre la rampe métallique, secouant la cabine.

Mia poussa Sylvie derrière elle et commença à les faire reculer toutes les deux dans les escaliers.

— Henry, ce n'est pas ce que croyez.

Elle tendait la main pour repousser le crochet.

— Vous êtes venues ici pour apprendre des choses sur ce bon à rien de Dutch, n'est-ce pas ?

D'abord Sylvie, puis ensuite Mia tombèrent sur le pont.

Henry fit irruption par le portail et balança le crochet dans l'air. Mia esquiva et écarta Sylvie de la trajectoire. Elles essayèrent toutes deux de s'enfuir mais Henry sauta sur la passerelle, bloquant le seul passage pour descendre du bateau. Il commença à s'approcher d'elles, en faisant claquer le crochet dans sa paume calleuse.

Mia jeta un œil aux bateaux voisins. Il n'y avait personne pour les aider.

— Henry, je sais que vous étiez là cette nuit-là, dit Mia, en essayant de garder Sylvie derrière elle. Nous savons ce que Dutch vous a fait. Il vous a endetté et vous a volé votre entreprise familiale. Est-ce pour cela que vous êtes allé au Black Cat cette nuit-là ? Pour le confronter ?

— Ferme ton clapet ou je le fermerai à ta place, grogna Henry et il se précipita vers Mia.

Mia leva ses bras pour se protéger alors qu'il faisait passer le crochet au-dessus de sa tête.

Soudain, un coup de feu traversa l'air.

— Lâchez votre arme, Leach, cria l'inspecteur Landry, son arme pointée vers le ciel, le canon encore chaud et fumant.

Henry Leach poussa un cri perçant et frappa vers le bas avec son crochet. Mia essaya d'esquiver le coup, mais le crochet la toucha en pleine poitrine. Il y eut un craquement, puis Mia se tordit et s'affala sur le pont. Leach détala le long du bord du bateau, dépassa l'inspecteur Landry, avant de sauter sur le ponton.

— Sylvie, occupez-vous de Mia, cria Landry en s'élançant à la poursuite de Leach et criant dans sa radio pour avoir du renfort.

Le ponton en bois se balançait sous leur poids alors que Henry Leach courait sauvagement, crochet à la main.

Puis l'agent Lynn apparut au bout du ponton. Elle dégaina son arme et la pointa sur Leach, qui essaya de lui rentrer dedans. C'est alors que l'agent Lynn le frappa au corps comme un défenseur et il s'affaissa au sol. Une seconde après, l'inspecteur Landry était sur lui, jetant le crochet de côté et tirant ses bras derrière son dos pour le menotter.

Mia agrippa sa poitrine, à la recherche d'air. Elle regarda en bas, s'attendant à voir une mare de sang, mais il n'y avait rien. Elle déboutonna sa chemise et regarda l'amulette violette que Hazel lui avait donnée. Le pendentif avait une fissure au centre à cause de l'impact du crochet. Sa poitrine avait été secouée par le choc, mais à part cela, elle était indemne.

— Est-ce que ça va ? dit Sylvie en aidant Mia à se relever.

— Oui. Je suppose que cette amulette m'a porté chance après tout.

Elles s'étreignirent intensément. Puis elles se rendirent sur le ponton pour attendre les policiers.

L'inspecteur Landry marcha lentement vers elles tandis que l'agent Lynn mettait Henry Leach en garde à vue.

— Mlle Bold, je vous avais dit de rester en dehors de ça, dit l'inspecteur Landry sévèrement. Mais je suis content que vous alliez bien, toutes les deux.

— N'avez-vous pas besoin d'un mandat de perquisition ? dit Sylvie.

— Pas après que Leach vous ait attaqué de la sorte. Maintenant, montrez-moi ce que vous avez trouvé.

Mia emmena Landry sur le bateau et lui montra le sac poubelle noir avec les vêtements qu'il avait sans doute portés la nuit de la mort de Dutch, couvert de plâtre et la télécommande.

— Donc Henry Leach était sur place, dit l'inspecteur Landry. Bon travail.

— J'ai trouvé les registres de propriété qui prouvent qu'Henry Leach avait un mobile pour tuer Dutch Brown, dit Mia.

— Bien, alors que dites-vous de me retrouver au poste, dit Landry.

Mia pensa apercevoir le fantôme d'un sourire sur ses lèvres.

***

Mia se sentait tout autant fatiguée qu'euphorique. Elle s'agrippait au paquet de documents dans ses bras, alors qu'elle entrait dans le poste de police de Salem. Sylvie était juste derrière elle. En franchissant les hautes portes vitrées, elles furent surprises de voir Ollie Cooper et Johnny Astor à l'accueil. Ils parlaient au sergent de service.

— Mia ? Sylvie ? dit Johnny, tout excité. Où étiez-vous passées ? On a essayé de vous joindre.

Les femmes se regardèrent, ne sachant pas par où commencer. Mia consulta son téléphone et vit un tas de textos attendant d'être lus.

— Désolée ! C'est une longue histoire, dit Mia. Qu'est-ce que vous faites ici ?

— La police libère Graham, dit Johnny, appuyé contre la cloison vitrée où le sergent de l'accueil était assis, l'expression désabusée.

— L'inspecteur Landry a appelé et a dit que c'était grâce à toi, Mia ? dit Ollie Cooper, curieux.

— Mia Bold ? dit le sergent d'accueil de façon bourrue. L'inspecteur Landry vous attend.

— Il faut juste que je remette ces documents à l'inspecteur Landry, dit Mia. Je reviens tout de suite.

Elle suivit le sergent dans la salle de la brigade. Il y avait de l'agitation et beaucoup d'excitation. Les agents Lynn et Spitzer levèrent les yeux et hochèrent respectueusement la tête lorsqu'elle passa devant eux. L'attitude de tout le monde avait changé à son égard. Elle n'était plus la suspecte, elle était l'héroïne. Elle devait admettre que c'était plutôt génial. Elle se dirigea vers le bureau de l'inspecteur Landry. Assis sur une chaise, toujours menotté, se trouvait Henry Leach. Il prit un horrible air renfrogné en regardant Mia.

Landry vit Mia et alla à sa rencontre.

— Ah, Mlle Bold, dit-il. Je suis content que vous ayez pu venir.

— Contente de vous aider, inspecteur, dit Mia.

Elle lui remit la pile de copies de documents concernant le Black Cat. L'inspecteur Landry feuilleta les preuves et lui fit un léger signe de tête, à peine perceptible, comme pour indiquer qu'elle devait jouer le jeu avec lui. Pour la première fois, ils étaient dans la même équipe.

— J'ai bien peur que M. Leach ici présent refuse de répondre à mes questions. Nous attendons l'arrivée de son avocat. Vous pourriez peut-être nous éclairer sur ce qui s'est passé ?

— Je serais heureuse de vous aider, dit Mia. Est-ce que Graham Stone est là ? J'aimerais le voir.

Elle regarda l'inspecteur Landry d'un air entendu et il hocha la tête.

— Bien sûr, Mlle Bold. On vient de le relâcher.

Landry décrocha le téléphone et demanda au sergent d'amener Graham dans la salle de la brigade.

— Pour quelle raison l'écoutez-vous ? dit Henry Leach. Elle a pénétré illégalement dans ma propriété, sous de faux prétextes.

— Et vous l'avez poursuivie avec un crochet, rétorqua Landry. Pour le moment, vous êtes en état d'arrestation pour agression. Mais les charges pourraient changer.

Quelques instants plus tard, Graham fut escorté dans la pièce, en homme libre. À part son survêtement rayé vert citron et orange, qui donnait envie à Mia de vérifier le cercle chromatique, il semblait être en forme, voire jubiler.

Quand Graham vit Mia, un sourire illumina son visage.

— Tu as réussi, Mia, dit-il. Je savais que tu en étais capable !

— As-tu rencontré Henry ? dit Mia, en dirigeant doucement l'attention de Graham sur Henry Leach.

Graham regarda Leach et il haussa les sourcils en le reconnaissant.

— Tu es le gars qui m'a attaqué à la Taverne du Village ! Oui, je m'en souviens. Tu m'as traité de charlatan d'Hollywood. Tu m'as dit que je devais retourner d'où je venais, c'est-à-dire ici à Salem, au fait.

L'inspecteur Landry regarda Mia avec respect. Maintenant, il comprenait son idée. Graham pouvait confirmer la présence de Leach dans les environs du Black Cat la nuit de la mort de Dutch.

— Tu *es* un charlatan, dit Leach. Qui d'autre porterait une tenue aussi ridicule ?

Mia écarquilla les yeux. De toutes les personnes qui auraient pu critiquer le manque de goût pour la mode de Graham, Henry Leach venait en dernier sur la liste.

— Mlle Bold, quelle est votre théorie à propos de la nuit où Dutch a été tué ? demanda Landry.

— Eh bien, inspecteur, je crois qu'il existe deux histoires distinctes qui convergent vers un événement terrible.

— Tais-toi, espèce de fouine, grogna Henry Leach.

— Si vous continuez à harceler Mlle Bold, je vous jetterai dans une cellule en attendant l'arrivée de votre avocat, avertit Landry.

Henry se calma et s'affaissa sur sa chaise. Il voulait entendre ce que Mia Bold allait dire.

— La première histoire concerne Graham Stone, commença Mia, en le regardant droit dans les yeux, il a truqué le Black Cat le soir du podcast.

Graham la regarda d'un air penaud.

— J'avoue. On a piégé le livre et la chaise à bascule. Mais pas le lustre, et ce qui t'est arrivé dans ce grenier était réel.

Mia se souvint de la femme dans le grenier et ressentit un frisson. Elle devrait s'occuper de cela plus tard.

— Comment avez-vous fait truquer pour l'apparition ? demanda l'inspecteur Landry.

— J'ai mis Dutch en contact avec Jerry Dunstable, le gars des effets spéciaux. Il lui a envoyé un pétard et deux télécommandes. La charge était censée faire trembler et balancer le lustre, pas faire exploser le plafond. Dutch a dû mettre le bazar dans l'installation, mettre une charge plus grosse que nécessaire.

— Donc Dutch et vous aviez une télécommande pour déclencher la charge ? dit Landry.

— Mais nous ne l'avons jamais déclenchée, dit Graham. Après que Mia ait compris que l'apparition était fausse, c'était trop risqué.

— Ce qui nous amène à la seconde histoire, dit Mia. Ça commence dans les années 1970, quand Dutch Brown a conduit Henry Leach à faire faillite. Ils sont devenus des ennemis jurés. C'est pourquoi Dutch n'a jamais accroché ces photos d'Elizabeth Montgomery au mur. Quand Henry a appris que son ennemi avait était engagé sur un podcast, il s'est mis en colère. Cela faisait des années qu'il accumulait de la colère en lui. En apprenant que le Black Cat, l'auberge de sa famille, était de retour sous les feux de la rampe, avec Dutch Brown comme propriétaire et star, cela a rendu Henry Leach fou de rage.

— Tu ne sais rien, espèce de sorcière trop curieuse, dit Henry Leach d'un ton mauvais.

— Ce qui s'est passé, à mon avis, c'est qu'après avoir intimidé Graham à la Taverne du Village, Henry s'est dirigé vers le Black Cat pour en découdre avec Dutch. D'une manière ou d'une autre, il a pris la télécommande et a déclenché la charge.

— Puis il a essayé de dissimuler le fait d'avoir commis un meurtre, dit l'inspecteur Landry.

— C'est là que vous avez tort ! lâcha Henry Leach. Dutch Brown a essayé de me tuer !

— De quelle façon, exactement ? dit Landry, en jetant un œil à Mia. C'était là qu'il le voulait.

— Je suis allé le réprimander. On a commencé à se disputer. C'est là qu'il a sorti la télécommande de sa poche.

— Celle-là ? dit l'inspecteur Landry et plaça un sac de preuves sur le bureau avec la télécommande en plastique gris craquelée que Mia avait trouvé sur le bateau.

— Ouais, celle-là. On se battait lorsque Dutch a essayé de me pousser sous le lustre. C'est là que j'ai entendu l'explosion. Alors je l'ai renversé en le poussant fort. Le lustre s'est écrasé sur lui. Je ne savais pas quoi faire. Alors j'ai essuyé mes empreintes sur la porte. Je me suis dit que mes empreintes étaient sur la télécommande, donc je l'ai prise avec moi. Vous voyez ? Ce n'est pas un meurtre, loin de là.

— Mais vous avez fui et vous n'avez pas appelé la police pour le signaler, dit Landry. Et pour autant que nous sachions, Dutch Brown serait peut-être encore en vie si vous aviez appelé les secours.

Un homme en costume, lunettes sur le nez, fit irruption dans la pièce.

— Je suis l'avocat d'Henry Leach, dit-il d'un ton brusque.

— Votre client est en état d'arrestation pour homicide involontaire, dit Landry.

— Quoi ? Henry lança un regard noir à Mia.

Landry fit un signe de tête à l'agent Lynn pour emmener le suspect et son avocat dans une salle d'interrogatoire. Une fois partis, l'inspecteur Landry escorta Mia et Graham dans le hall. Graham se dépêcha de rejoindre Ollie et Johnny, qui lui donnèrent une tape dans le dos, l'accueillant ainsi de nouveau dans le monde.

L'inspecteur Landry prit Mia à part.

— Mlle Bold ? Je tiens à m'excuser de m'être trompée sur vous. Il s'avère que vous avez été d'une grande aide dans cette affaire.

— Appelez-moi Mia.

— J'en serais honoré. Mon prénom est Clayton. J'espère que vous ne me trouverez pas trop audacieux, mais je vois que vous êtes le genre de femme qui s'attire des ennuis de temps en temps. Alors si vous avez besoin d'aide, appelez-moi, d'accord ?

Mia sourit, heureuse d'obtenir l'amitié de l'inspecteur Landry, un cadeau, devinait-elle, qu'il ne devait pas accorder à la légère.

— En cas d'ennuis, je t'appellerai en premier, Clayton.

Elle tendit la main, qu'il serra fermement.

L'inspecteur Landry avait raison, bien sûr. C'était le genre de femme qui s'attirait des

ennuis. Et elle avait bien l'intention d'accepter son offre.

CHAPITRE TRENTE-ET-UN

« Un deux trois, test », dit Mia depuis la régie de sonorisation toute neuve du siège de *Cloche, Livre et Bougie*. Elle prit une profonde inspiration et lut le texte qu'elle venait d'écrire alors que les mots s'écoulaient sur l'application de téléprompteur de son iPad.

« Bienvenue sur *Cloche, Livre et Bougie*. Comme vous l'avez peut-être entendu, nous avons connu des évènements extraordinaires cette semaine. Demain aura lieu la réédition de notre premier épisode, "Apparition à l'auberge du Black Cat", suivie d'une discussion avec la distribution et l'équipe. Restez à l'écoute et découvrez comment nous avons résolu une véritable enquête criminelle ! »

Sylvie leva ses deux pouces en l'air. Mia retira son casque et sortit de la régie. Le son était clair et résonnant. Elle sourit.

Tandy la vit émerger et se précipita pour lui lécher la main. Tout content, il courait d'une personne à l'autre dans le bureau qui bourdonnait de vie. Ollie Cooper et Graham étaient assis à leur poste de travail, tandis que Jake et Will finissaient de mettre la dernière touche à leur travail, d'installer le matériel et les étagères. Johnny Astor était devant le grand tableau et notait des idées pour les prochains épisodes.

— Ça devrait le faire, dit Sylvie. J'ai récupéré les enregistrements originaux du nuage et j'ai remonté l'épisode entier.

Elle se tourna vers Mia et chuchota :

— J'ai ajouté quelques moments choisis du rendez-vous au café entre Johnny et Vicki. C'est hilarant.

— Tant qu'on raconte la vérité, ça me va, dit Mia. Pas la partie sur son vrai nom.

— Ah non, c'est top secret, la rassura Sylvie.

Depuis l'arrestation d'Henry Leach, tout avait changé. La nouvelle avait explosé sur Internet comme une force de la nature. L'inspecteur Landry avait publiquement attribué à Mia Bold la résolution du mystère et depuis, son téléphone n'avait cessé de sonner. Tout le monde voulait l'interviewer, du magazine *Wired* au *HuffPost*. Johnny Astor fût ravi lorsqu'un photographe se présenta pour prendre des clichés de lui et Mia, dos à dos, les bras croisés comme un duo de détectives experts en mystère.

En quelques jours, le hashtag #VéritéBlackCat apparut sur Twitter. Les fans exigeaient la diffusion de la version intégrale de l'épisode « Apparition à l'auberge du Black Cat ». Ils voulaient connaître toute la vérité sur la mort mystérieuse de Dutch Brown et sur la façon dont Mia avait démasqué Henry Leach. Les annonceurs revinrent en force. En une semaine, pour le plus grand plaisir d'Ollie Cooper, leurs recettes publicitaires doublèrent.

Mais la chose la plus spectaculaire qui se produisit fut le jour où Ollie Cooper convoqua une réunion d'équipe pour présenter sa déclaration de mission. Il distribua un document qui disait :

Nous n'accepterons aucun paiement de la part des sujets de nos enquêtes.

Si le phénomène s'avère être truqué, nous le dénoncerons.

Si le phénomène s'avère être valide, nous le reconnaîtrons.

Nous nous engageons à aborder toutes les enquêtes en faisant appel à la science et à la raison.

Nous nous engageons également à garder un esprit ouvert sur les phénomènes inexpliqués.

Il demanda à toutes les personnes présentes de signer la déclaration si elles étaient d'accord. Tout le monde signa. Puis Ollie fit quelque chose qui surprit Mia. Il s'assit bien droit, les épaules en arrière et fit face à Graham Stone.

— Ne truque plus jamais, au grand jamais, une apparition, dit-il sévèrement. Peux-tu le promettre ?

Graham, qui d'habitude, argumentait sans cesse, se contenta de regarder ses mains et de hocher la tête. Puis il jura de ne jamais recommencer.

Mia fut très impressionnée par Ollie. Il devenait enfin le producteur dont ils avaient besoin.

Son travail étant assuré, et le podcast sur le point d'être rediffusé, Mia décida que le moment était venu de clarifier une chose de plus. Elle sortit son téléphone et regarda une longue série de textos venant de Mark.

Depuis la nuit où il l'avait appelée, il n'avait cessé d'envoyer des textos. Des chaînes d'émojis étaient apparues sur son téléphone, jonchant littéralement son flux de SMS.

Visage souriant – cœur – fleurs – bonbons – homme qui court – pouce levé.

Tous les jours, il lui envoyait des petits mots, essayant de la convaincre de revenir à Fishtown, ou à Jersey ou même à New York. Ironiquement, il n'arrêtait pas de parler de la Prochaine étape. Mia ne comprenait pas ce lui arrivait. Peut-être disait-il la vérité sur ce que sa petite histoire avec « Daisy l'écervelée » lui avait appris, après avoir finalement admis que c'était bien une aventure. Mais il se montrait vraiment tenace à présent. En vérité, quelque chose d'étrange était arrivé à Mia, presque comme un changement émotionnel. Les papillons dans son estomac avaient disparu. Maintenant, quand elle lisait ses textos, elle ressentait un mélange de tristesse et d'irritation. Elle avait évité ses appels téléphoniques ces derniers jours.

Maintenant que l'émission était sur le point de sortir, elle savait qu'il était temps de prendre une décision. Elle s'assit sur les marches du bureau de *Cloche, Livre et Bougie*, Tandy à ses côtés. Elle était nerveuse. C'était vraiment une de ces situations difficiles et gênantes. Elle aimait bien Mark, vraiment, mais elle avait aussi l'impression que lorsque les choses étaient devenues difficiles, Mark n'avait pas été là pour elle. Mia ne savait pas si elle rencontrerait « le bon » un jour, mais elle ne voulait pas être avec quelqu'un sur qui elle ne pouvait pas compter. Elle composa le numéro de Mark et il décrocha immédiatement.

— Mia ! Ça fait des jours que j'essaie de te joindre.

— Salut, Mark, désolée de ne pas t'avoir rappelé plus tôt, j'étais débordée.

— Ce n'est pas grave, j'ai vu que ça s'était arrangé avec la police. Tant mieux. Et devine quoi ? J'ai eu une promotion. Attends de voir mon nouveau bureau. En fait, j'ai une vue sur Central Park.

Mia soupira et prit une profonde inspiration.

— Écoute, Mark, c'est super pour ton travail. En fait, c'est pour ça que j'appelle. Je voulais te tenir au courant. Je garde mon travail. Je reste à Salem.

— Qu'est-ce que tu veux dire ? Je pensais qu'une fois l'enquête de police terminée, tu pourrais partir ?

— Le truc, Mark, c'est que j'aime bien Salem. Je me suis attachée à cette étrange petite ville. Je me suis fait des amis, j'ai commencé une nouvelle vie.

Il y eut un silence à l'autre bout de la ligne.

— Mais c'est toi qui n'arrêtais pas de me parler de la Prochaine étape. Je suis prêt, maintenant, bébé. On va prendre un appartement à New York, tout ce que tu veux.

— Et mon podcast ? Il devient quoi

— Tu peux garder ça comme hobby. Je t'ai raconté ce que Nigel a dit. Je parie que Center Labs te réembaucherait en un clin d'œil

— C'est ça le truc, Mark. C'est ton idée de la prochaine étape mais pas la mienne. Ma carrière est ici. Je reste à Salem.

— Mais Mia…

— Au revoir, Mark, je suis en retard pour un événement spécial.

Elle raccrocha et se leva. Tandy la regarda et pencha la tête.

« Viens, mon grand, allons voir Rose. » Ils rentrèrent chez eux. Mia n'avait pas menti. Elle devait se préparer pour une occasion spéciale, bien que triste.

***

Les funérailles de Dutch Brown eurent lieu au cimetière de Green Lawn, un parc reposant et rempli d'arbres. Mia ne savait pas trop à quoi s'attendre alors qu'elle marchait sur les larges allées menant au cimetière, mais tout le monde était vêtu de ses habits du dimanche. Il y avait T.G. Prophet et sa femme Hazel, ainsi que Nelly Blythe et Vicki Carlyle, qui, elle devait l'admettre, était très sobre dans sa tenue.

Billy Cranston fit un éloge funèbre touchant, en disant combien il était désolé pour le passé et que nous nous dirigions tous vers le même endroit à la fin, alors pourquoi ne pas se pardonner les uns les autres ?

L'équipe de *Cloche, Livre et Bougie* se présenta avec un énorme bouquet d'œillets.

La réception eut lieu au Black Cat, rempli de fleurs et de délicieux gâteaux fournis par Hugh Wolfe et, bien sûr, par les ragots.

Une des rumeurs prétendait que Dutch avait légué le Black Cat à Nelly Blythe. Mais la rumeur la plus étonnante qui circulait parmi la foule concernait Vicki Carlyle. Il s'avéra que son père, perdu de vue depuis longtemps, n'était pas Dutch Brown, mais *Billy Cranston*. Comme pour confirmer cela, Billy, Nelly et Vicki furent aperçus ensemble à la réception. Une famille pour le moins particulière.

Après avoir pris congé, Mia retourna à son appartement.

En se promenant rue Essex, Mia se sentit plus à l'aise qu'elle ne l'avait été depuis longtemps. Il y avait les commerçants habituels qui vendaient leurs cristaux et leurs cartes de tarot. Et même si elle était une sceptique dans une mer d'adeptes convaincus, elle sentait que d'une certaine manière, Salem était l'endroit idoine pour elle.

Bizarrement, elle sentait que la ville avait besoin d'elle. Peut-être pourrait-elle se joindre à T.G. Prophet pour être une force d'équilibre.

Mia était presque arrivée au niveau de l'Emporium quand son téléphone vibra. Elle ne reconnut pas le numéro. Elle avait été tellement submergée d'appels dernièrement, qu'elle faillit ne pas répondre. Mais la curiosité prit le dessus.

— Bonjour, dit-elle prudemment.

— Mia Bold ? C'est Miles Cameron.

Elle s'arrêta net. Le PDG de Center Labs ? Pourquoi diable l'appelait-il ?

— Comment allez-vous ? demanda-t-il.

— Je vais bien.

Elle faillit dire « monsieur » mais se ravisa.

— Que puis-je faire pour vous ?

— J'ai une proposition à vous faire.

La respiration de Mia resta coincée dans sa gorge. La semaine dernière avait été une folle série de revirements, que pouvait-il bien vouloir proposer ?

— Mince, c'est très flatteur, M. Cameron, mais...

— Attendez, écoutez-moi ! s'énerva Cameron

Il ne semblait pas avoir changé.

— Tim Bagley ne travaille plus pour nous. Je sais, un choc, non ? Eh bien, la vérité est que certaines des choses que vous aviez soulignées à son propos se sont avérées vraies. Il n'était pas vraiment un chimiste après tout.

— Mmh, dit Mia, ne sachant pas quoi dire d'autre.

— La vérité est que nous avons eu un petit accroc avec l'agence des produits alimentaires et médicamenteux. Phoxy a échoué à l'essai de phase 2. Il s'avère que sans approbation de l'agence, on a un vrai problème de marketing. Donc, allons droit au but. J'ai besoin d'un nouveau chef de laboratoire. Quelqu'un qui peut parler le langage de l'agence. Je veux vous faire venir en avion dans ma propriété à Hawaii pour en discuter. Qu'est-ce que vous en dites ?

Mia faillit faire tomber le téléphone. Miles Cameron essayait de la réengager ? Malgré les allusions de Mark, il ne lui était jamais venu à l'esprit que cela pouvait être vrai.

— Encore une fois, je suis très flattée, M. Cameron, mais j'ai commencé une nouvelle vie à Salem. Ainsi, je me vois dans l'obligation de décliner.

— Êtes-vous sûre ? Vous êtes une femme qui dit ce qu'elle pense. J'apprécie cela. Donnez-moi votre prix. Je ne suis pas ravi de l'admettre, mais j'ai besoin de vous.

— Merci, mais vous avez une excellente équipe de recherche. Nigel Perez, par exemple. Il est capable de mettre au point ce médicament pour vous et de le faire approuver correctement. Il vous suffit de les écouter et de ne pas accélérer le processus. Phoxy est un excellent médicament, M. Cameron, vous pouvez y arriver.

Il y eut un long silence. Mia resta silencieuse, imaginant que le tempérament de Cameron s'échauffait. Mais sa réaction la surprit.

— Appelez-moi Miles. Vous étiez mon premier choix, Mia. Mais je respecte votre décision et j'apprécie votre recommandation. Est-ce que vous envisageriez de travailler en tant que consultante à l'avenir ?

Mia sourit intérieurement. Les choses commençaient à bien tourner pour elle. C'était comme si l'univers tout entier changeait les choses pour qu'elle arrive au sommet.

— Bien sûr, M. Cameron, avec plaisir.

ÉPILOGUE

Mia rentra chez elle et trouva Will en train de décorer son appartement en accrochant des guirlandes lumineuses et des lanternes en papier au plafond. Rose était à ses pieds, tapant sur les lanternes en papier tandis que Tandy l'observait patiemment. Mia était ravie de voir à quel point c'était beau. Elle se sentait heureuse et pleine d'espoir pour l'avenir.

— Salut, es-tu au courant ? Nous sommes numéro un ! dit Will avec un sourire.

— Vraiment ? dit Mia. L'épisode n'est sorti que ce matin !

— Va voir sur Twitter, je ne plaisante pas.

Mia consulta son téléphone. Twitter débordait d'excitation. Tout le monde parlait de la vérité sur ce qui s'était passé au Black Cat. Les fans traitaient Mia d'ultime sceptique. Un flot de hashtags - #VraieSceptique #Livre #lalogiquel'emporte #chasseusedefantômes était diffusé avec des mèmes gratuits, souvent hilarants. Ayant ressenti le côté sombre de la notoriété, Mia était ravie de se prélasser dans le côté lumineux de la célébrité. Son téléphone vibra à nouveau, comme il l'avait fait toute la journée. C'était Brynn.

— Salut, sœurette, dit Mia.

— As-tu vu Internet ? dit Brynn. Je suis si fière de toi !

Mia sentit son cœur se remplir de joie en entendant l'enthousiasme sincère de sa sœur.

— Oui, j'ai vu. C'est dingue, dit Mia.

— Tout le monde va bientôt arriver, dit Will en sautant sur le sol et en rangeant ses outils. J'y vais, à ce soir.

— Écoute, Brynn, je dois y aller, mes invités seront là dans une heure.

— D'accord. Amuse-toi bien. Je t'aime, Mimi.

— Moi aussi, B.

Mia prit une douche, s'essuya, et enfila une robe de soirée argent en dentelle qu'elle accessoirisa avec un des bijoux anciens de son beau-père, un pendentif en pierre de lune accroché à une épaisse chaîne en argent. Elle coiffa ses boucles brunes sur le dessus de sa tête en laissant quelques boucles tomber sur ses épaules, avant d'appliquer de l'eyeliner, du brillant à lèvres et de la poudre. Elle fit le tour de l'appartement en vérifiant le tout. Des bouteilles de vin et d'alcool se trouvaient sur le comptoir, ainsi que divers verres. Elle sortit du réfrigérateur des plateaux de crudités et de la sauce au yaourt et à l'aneth, qu'elle disposa sur les tables.

Les invités commencèrent à arriver à l'heure. Sylvie fut la première. Elle avait teint ses cheveux d'un bleu encore plus vif et les avait coiffés en nattes sur le dessus de sa tête. Elle portait un tee-shirt avec un smiley découpé, des éclaboussures de sang sur le visage, une jupe plissée à carreaux rouges, des bas résille et des chaussures à plateforme compensée Doc Martens.

— Tu es superbe ! Mia la serra dans ses bras et pensait vraiment ce qu'elle disait.

Elle adorait le style de Sylvie.

La sonnette de l'entrée du bas retentit.

— J'y vais, dit Sylvie et appuya sur le bouton pour faire entrer Jake, Ollie et Graham, qui montèrent les escaliers.

Ensuite, arrivèrent T.G. Prophet et Hazel, qui avaient l'air exquis dans une paire de tuniques violettes éclatantes. Elle avait invité quelques autres personnes qu'elle espérait voir, et même l'inspecteur Landry, bien qu'il l'ait remercié et ait refusé en raison d'une affaire sur laquelle il travaillait.

Les gens riaient et s'amusaient. Sylvie avait mis en place un programme musical étonnant qui participa vraiment à donner une atmosphère agréable à la soirée.

T.G. Prophet discutait avec Ollie Cooper au sujet de l'organisation d'une fête de lancement dans sa boutique, tandis que Tom Hatter et Hazel parlaient de fenêtres des sorcières et d'autres légendes de Salem.

Mia se mit à rire en réalisant qu'une sorcière était entrée malgré la fenêtre de la sorcière.

Tandy était tout excité, essayant de dire bonjour à tout le monde dans la pièce.

Alors que Mia se rendait à la cuisine pour se servir un verre, Johnny Astor se glissa à côté d'elle.

— Je suis fier de toi, dit-il. Je veux te dire que je suis désolé. Je me sens mal à propos de ce moment de l'émission où j'ai cru Dutch plutôt que toi. C'est en restant fidèle à tes convictions qu'un homme innocent a pu éviter la prison.

Mia était touchée par l'inquiétude de Johnny sur ce qui s'était passé. Mais il y avait quelque chose qu'elle n'avait pas osé lui dire. Il était si gentil et si ouvert avec elle, qu'elle sentit que c'était le bon moment.

— Tu avais raison aussi, Johnny. La nuit où je suis retournée au Black Cat, j'ai vu... quelque chose.

Johnny la regarda, stupéfait.

— Qu'est-ce que tu as vu ?

— Quelque chose dans le grenier...

Mia n'avait pas d'explication pour ce qui s'était passé cette nuit-là. Cela ne voulait pas dire qu'elle croyait que c'était quelque chose de surnaturel. C'était juste quelque chose d'inexpliqué, quelque chose qu'elle ne pouvait pas logiquement écarter. Mais elle avait appris à faire confiance à Johnny, et elle voulut être totalement honnête avec lui, même si ce qu'elle avait vu remettait en cause la base de son système de croyance.

— Quoi ? dit Johnny.

— La nuit où je suis retournée à l'auberge, ces bruits de pas ont recommencé. Je les ai entendus au-dessus de moi.

— Alors tu es allée là-haut ?

Mia acquiesça. Elle avait du mal à admettre ce qui s'était passé. Mais il fallait qu'elle le dise.

— J'ai monté les marches pour voir ce qui faisait ce bruit. Quand j'ai ouvert la porte, il y avait une femme dos à moi qui regardait par la fenêtre.

— Molly Sutcliffe ? dit Johnny, en devenant blême.

— Je ne sais pas. Je ne peux pas me résoudre à croire aux fantômes, mais je ne peux pas l'expliquer non plus.

Johnny hocha la tête et leva son verre. Ils firent tinter leurs verres ensemble.

— Aux mystères, dit Johnny. Explorons-les en équipe.

— Aux mystères, dit Mia, et ils trinquèrent.

Johnny retourna se mêler aux autres et Hazel s'approcha.

— C'est une belle fête, dit-elle avec un regard lointain.

— Je voulais te remercier, dit Mia.

Elle sortit la chaîne de son haut. C'était l'amulette que Hazel lui avait donnée avec le coup de crochet qu'Henry Leach avait porté à sa poitrine.

— Si je n'avais pas porté l'amulette que tu m'as donnée, je ne serais peut-être pas ici ce soir.

Hazel sourit énigmatiquement.

— Je vais m'assurer que tu en aies une nouvelle.

Soudain, son regard fut attiré vers le frigo. Elle prit la photo de Frank Bloom portant Mia sur ses épaules accrochée par un aimant. Elle la regarda pendant un long moment et ferma les yeux comme si elle savourait quelque chose. Enfin, elle regarda Mia.

— Il est proche maintenant, dit-elle. Il revient vers toi comme la marée. Tu le reverras, ne t'inquiète pas.

— Qui ça ? dit Mia, sentant les petits cheveux de son cou se dresser.

— Frank, bien entendu.

Hazel replaça la photo sur l'aimant et sourit gentiment avant de s'éloigner.

Avait-elle jamais dit à Hazel le nom de son père ?

La porte d'entrée s'ouvrit et Hugh Wolfe entra, accompagné de Becca, sa nièce. Il avait l'air très fringant dans son blazer et son pantalon. Il aperçut Mia immédiatement et lui fit signe depuis l'autre côté de la pièce. Il sourit admirativement en embrassant son apparence du regard.

Will s'approcha de Becca et ils commencèrent à discuter et à partager des choses sur leurs téléphones.

Puis Ollie Cooper leva un verre et le fit tinter plusieurs fois pour attirer l'attention de tout le monde.

— Nous avons une annonce spéciale à faire, dit Ollie et fit un signe de tête à Graham Stone, qui se leva pour être au centre de l'attention.

Chaque fois que Mia avait pensé que les tenues de Graham ne pouvaient être pires, elle s'était trompée et ce soir ne fit pas exception. Elle ne pouvait même pas imaginer où il pouvait bien dénicher ses tenues. Cette fois, il portait ce qu'elle savait être une combinaison, mais ressemblait plus à une grenouillère pour adulte avec un col carré épais et une fermeture éclair dorée, à moitié ouverte pour révéler un nid de poils bruns sur la poitrine et une épaisse chaîne dorée qui se balançait.

— Grâce à la distribution, à l'équipe et aux fans de *Cloche, Livre et Bougie*, notre podcast est numéro un dans les charts. Grâce à votre travail acharné et à notre succès, nous avons décidé de faire passer l'émission au niveau supérieur ! Avec nos deux étoiles montantes et brillantes, Mia Bold et Johnny Astor, le prochain épisode sera *filmé* et enregistré. Notre but est de créer une émission de télévision !

Alors que la foule applaudissait, Hugh Wolfe traversa la salle bondée pour rejoindre Mia.

— On dirait que les cieux te sont favorables, dit-il en souriant chaleureusement.

— Je suppose que ton fameux café porte-bonheur a vraiment marché, dit-elle, heureuse.

— Cela veut-il dire que tu restes à Salem ? dit Hugh, en la regardant dans les yeux.

De l'électricité passa entre eux.

— Sans l'ombre d'un doute, répondit Mia.

Il y avait beaucoup de choses à célébrer, réalisa Mia. Cette petite ville excentrique lui avait déjà beaucoup appris. Elle avait deux adorables animaux de compagnie, de bons amis, une carrière fulgurante et une nouvelle vie. Qui savait quelles aventures l'attendaient ?

Elle avait maintenant le temps, le temps de résoudre les mystères de Salem, et peut-être même ceux de son cœur.

MAINTENANT DISPONIBLE !

SCEPTIQUE À SALEM : UN ÉPISODE DE CRIME
Un roman policier ensorcelé – Livre 2

« Très divertissant. Hautement recommandé pour la bibliothèque de tout lecteur qui apprécie un mystère bien écrit, avec des rebondissements et une intrigue intelligente. Vous ne serez pas déçu. Excellente façon de passer un week-end au chaud ! »
--*Books and Movie Reviews* (pour *Meurtre au manoir*)

SCEPTIQUE À SALEM : UN ÉPISODE DE CRIME est la première histoire d'une charmante nouvelle série de cosy mystery par Fiona Grace, l'auteure à succès de *Meurtre au manoir*, un best-seller avec plus de 100 avis 5 étoiles (en téléchargement gratuit) !

Quand Mia Bold, 30 ans, apprend que l'entreprise pharmaceutique qui l'emploie ne s'intéresse qu'au profit, elle démissionne sur-le-champ, abandonnant une carrière de haut niveau – ainsi que son petit ami de longue date, qui a rompu avec elle.

Alors que le podcast prend son envol et que couve une histoire d'amour, Mia et son équipe filment le premier épisode de leur nouvelle série télé, dans la maison hantée d'une des premières sorcières de Salem. Mia travaille dur pour démystifier les événements inexpliqués – quand soudain, quelqu'un meurt inopinément.

Pire encore, la suspicion s'abat sur elle.

Son avenir, sa carrière et sa réputation étant en jeu, Mia n'a pas d'autre choix que de résoudre ce crime inexpliqué. La cause pourrait-elle être surnaturelle ?

Envoûtant, rempli d'intrigues, de mystères, de romance, d'animaux, de bons repas et surtout de surnaturel, SCEPTIQUE À SALEM est un cosy mystery plein de rebondissements que vous chérirez tout autant que son personnage principal, et qui vous captivera (et vous fera rire) jusque tard dans la nuit.

« Ce livre a du cœur et toute l'histoire se déroule de manière harmonieuse, sans sacrifier l'intrigue ni la personnalité. J'ai adoré les personnages – tous ces personnages géniaux ! J'ai hâte de lire les prochains romans de Fiona Grace ! »
--Commentaire sur Amazon (pour *Meurtre au manoir*)

« Wow, ce livre décolle et ne s'arrête jamais ! Je n'ai pas pu le lâcher ! Chaudement recommandé pour ceux qui aiment un grand mystère avec des rebondissements, des tournants, de la romance et un membre de la famille perdu depuis longtemps ! J'attaque le prochain livre tout de suite ! »
--Commentaire sur Amazon (pour *Meurtre au manoir*)

« Ce livre se lit assez vite. Il a le bon mélange de personnages, de lieux et d'émotions. C'était difficile de le lâcher et j'espère lire le prochain livre de la série ».
--Commentaire sur Amazon (pour *Meurtre au manoir*)

Le livre 3 de la série – UN ÉPISODE DE MORT – est également disponible !

Fiona Grace

Fiona Grace est l'autrice de la série des romans policiers LACEY DOYLE, comprenant neuf tomes (à ce jour) ; ROMAN À SUSPENSE EN VIGNOBLE TOSCAN, comprenant trois tomes (à ce jour) ; ROMAN POLICIER ENSORCELÉ, comprenant trois tomes (à ce jour) ; et ROMAN POLICIER LA BOULANGERIE DE LA PLAGE, comprenant trois tomes (à ce jour).

Fiona serait ravie de vous lire, ainsi, visitez le site www.fionagraceauthor.com et recevez des livres numériques gratuits, soyez au courant des dernières nouvelles et restez en contact.